琢玉成妻 下

畫淺眉 著

風文創 500

目錄

第二十九章

「大膽。」不知何時出現的一小隊身穿飛魚服的漢子，替代了擋在梁家門口的俞家兄弟，神情肅穆地看著議論紛紛的人群。

為首的壯漢一改過去在村裡晃蕩時滿臉的憨笑，瞪著眼呵斥道：「妳個婆子，滿口穢語污言，再說話，就送妳去縣衙。」

平頭百姓最怕的就是見官，饒是老太太再怎麼生氣，此時也不敢說什麼了，只憤憤地瞪眼。

「這位……官爺，您是？」徐嬸扶著梁秦氏，見梁玉琢與她身邊的男子似早已熟識，心下微驚，忙開口。

下川村的百姓能認出飛魚服的不多，可出現的這群漢子裡，認得薛荀的人不在少數，聽見徐嬸的詢問，薛荀轉身，好言道：「這位是錦衣衛指揮使，鍾贛鍾大人。」

聽見「錦衣衛」三個字，在場的人頓時倒吸了一口氣，梁老太太更是嚇得站不住，靠在梁趙氏的身上差點軟倒，而梁連氏臉色蒼白，嚇得乘機逃走。

都說錦衣衛是朝廷的鷹犬，名聲差得很，遇上錦衣衛，只脫層皮已是最輕的了，相較於縣衙裡的官老爺，錦衣衛的名聲更能震懾人心。

俞家兄弟此時也打了個趔趄，俞二郎更是轉頭向梁玉琢看去，差不多一年的時光，原先瘦弱如稚子的女孩，已經有了少女的身形，可站在這個錦衣衛身邊，卻仍舊像個還未長大的小姑娘。俞二郎張了張嘴，只能瞠目結舌。

比起看著她為自己的未來努力，鍾贛更喜歡將這個小姑娘護在自己的身下。他似有些漫不經心地聽著人群裡的議論，低頭對上梁玉琢帶著淺淺笑意的眼神時，到底還是伸出手，輕輕拍了拍她終於長肉了的小臉。

這個動作有些曖昧，鍾贛還記得除夕那晚為梁玉琢上藥時的柔滑手感，此時摸到臉上，下意識地摩挲兩下，在眾人的瞠目結舌中，轉身向梁秦氏拱了拱手。「在下鍾贛，冒昧求娶梁姑娘。」

梁秦氏被結結實實地嚇了一跳，前一刻，她的女兒還被薛家當作物什，想著給人沖喜，現在卻得了貴人的青眼。她愣愣地抓著徐嬸的手，看向梁玉琢的目光中摻雜良多情緒。

梁玉琢卻在此時垂下眼，不去看梁秦氏的眼。

鍾贛的求娶自然沒有得到立即的應允，他卻不急，只等人群散去，等到梁老太太氣急敗壞地離開，方才牽住梁玉琢的手。

院子裡已經沒有其他人，梁秦氏帶著二郎去了隔壁。

俞二郎雖有些不放心，可看著不遠處三三兩兩站著的錦衣衛，也不敢明目張膽地在旁邊偷聽。他站在自家院子裡，朝梁玉琢的方向看了一眼，對上那個錦衣衛指揮使的視線，有些不甘心地在牆上捶了一拳，低頭走進屋子。

離開梁家的人群，有些人邊走邊回頭，興許不用半日工夫，下川村旁邊的山裡住著錦衣衛的消息就會傳遍整個縣，同時傳出的還有錦衣衛指揮使看上了村姑的事。

可旁人的言語，對鍾贛來說不過是從耳旁掠過的風。握在掌心裡的手向外掙脫了幾下，見掙脫不開，已經放棄了動作，任由他牽著。

「第二次了。」鍾贛低聲道：「第二次向妳求親了。」

梁玉琢閉上眼，包裹著自己的手掌大而炙熱，將方才憤怒的情緒漸漸平緩，她深吸了口氣，再睜開眼時，臉上已經露出苦笑。「鍾大哥，你為何要娶我？」

「大抵，是因為歡喜妳。」見梁玉琢臉上並無欣喜，反倒全是苦澀，鍾贛心底生出些許憐惜。他素來冷面冷心，不然不會十三歲就離府獨居，至今孑然一身。「想將妳討回家去，寵著妳、護著妳、叫妳歡喜，叫妳笑。」

他並不清楚自己是何時起了這個心思，可如果早晚要娶妻生子，比起被開國侯府裡的那位用噁心人的手法塞到身邊的妻子，或是其他嬌弱的世家小姐，他更願意娶一位在他不在身邊的時候，能有勇氣和膽識獨當一面的妻子。

在幾番接觸中，他漸漸將這個小姑娘放在了心裡，越發覺得，與其看著她獨自掙扎、堅持，不如討回家去，放在身邊護著。

鍾贛說的歡喜，梁玉琢隱約能感覺到，可正是因為這份歡喜，讓她在心動之餘感到不安。他們的身分差得太多，不管從哪方面來說都太不相配了，如果她是什麼世家小姐，興許還能試一試……

梁玉琢遲疑。「可是為什麼呢？」她困惑地指了指自己，又指了指鍾贛。「我不過是個村姑，就連薛家這樣尋常的門第，也只有到了沖喜的時候才會想著要我……」

「那又如何？」鍾贛的語調向來是冷淡的，如今卻似乎帶了幾分笑意，握著她手掌的大手鬆開，撫上她的臉頰。「我中意妳，想娶妳，這便夠了。」

這怎麼能就夠了呢？梁玉琢搖頭，男人的手掌卻始終貼在她的臉頰上。手指順著側臉來回撫弄，若有還無地掠過她的唇角，見她搖頭，又難得低笑了一聲。「這就夠了，我中意妳，想娶妳，想討妳回家，想和妳生孩子，難道還不夠嗎？」

男人的話透著堅持，梁玉琢微微仰頭，撞見了那雙藏著深淵的眼中的自己。他眼中的那個少女，仍有些瘦弱，看起來似乎很徬徨，卻突然壯起了膽子，抬手抓住放在側臉的手掌。

「若娶了我，日後家中要是進了妾室，我能和離嗎？」

男人的瞳孔，有一瞬的緊縮，下一刻，梁玉琢的腰身被緊緊箍住，拉進了懷裡，吻也隨即落下。「不能。」

鼻尖是女兒家淡淡的體香，雖然才從地裡回來，卻並未帶上泥土的腥味。

「我不納妾，也無通房。」她的唇如同記憶中的那般柔軟，雖有些乾，但不多一會兒工夫便被滋潤得令人渴求深入。「往後只與妳，共白首。」

那個吻到底沒有太過深入。鍾贛自那日求娶後，似乎又因公務離開了鍾府，唯獨他求娶的消息，在平和縣傳了一日又一日；就連縣官黃大人也聽聞了此事，當即命人拉上一車的好物，親自送去了下川村。

而薛府，卻出了旁的事情。薛家小公子的事，老三很快就打探仔細，還一式兩份寫了出來，分別遞給了鍾贛和梁玉琢。

梁文的死令薛瀛怯弱了幾分，他早就不再像從前那般衝動行事，此番出事，是因與好友出遊，途中驚馬，一時不慎摔下馬背，遭馬蹄踩踏，傷了心肺，請來的大夫都說恐怕很難治好，只能量力而為。

薛府有人提議沖喜，薛姚氏當即到處找合適的人家，可門第相當的怎麼也不肯委屈了自家女兒，這時她就想到了之前遭拒的梁家；而梁玉琢的生辰八字，便是薛姚氏託人找到梁老太太，從而得來的。

八字好合，可樂意難買。梁玉琢不願嫁，薛姚氏心急薛瀛性命，只好轉而買了別的姑娘，三媒六聘的程序一日內完成，第三日黃道吉日便匆匆要成親；只是喜事還沒來得及成，姑娘穿著嫁衣坐著花轎才到薛府門前，府中便傳來了號哭聲。

紅色喜字揭下，白綾掛起，燈籠上的「奠」字觸目驚心。

好好的姑娘，就此成了望門寡，還被薛姚氏逼著和公雞拜堂，嫁給躺在床上、已經僵硬了的薛瀛。

可這又能如何？那姑娘的娘家本就窮苦，底下還有四、五個弟妹，家裡是窮得揭不開鍋，她娘卻又懷上了，家裡不過才兩畝地，一家人一年的口糧都種不出，還怎麼養活孩子？如今得了薛府的二十兩銀子，便是女兒嫁給了一個死人，成了寡婦，他們也不會再管什麼了。

聽到嘆息聲，鴉青看了看梁玉琢。「姑娘可是覺得可憐？」

梁玉琢點頭。

「各人有各人的活法，姑娘莫要太掛心了。」鴉青說著，將梁玉琢看完的這一封密信收起。「指揮使私下已經命人給那位小夫人送去了傍身的銀兩，即便來日遭薛府休棄，憑那些銀兩，那位小夫人也可活下去。」

聽得鴉青提及鍾贛，梁玉琢方才抬眼。「他……鍾大哥最近可是又去出任務了？」

「聽老三說，指揮使是得詔令回京了。」

第三十章

數日騎行，幾匹快馬飛馳入城門，為首一人身著麒麟服，腰側一柄繡春刀，面若寒霜，直往宮門。

夜半三更，城內宵禁。

大雨幾乎是在轉瞬間傾盆而下，勢要將整座皇城都淹沒，閃電催著雷鳴，一陣接一陣擊打在宮殿正脊兩端的脊獸上。韓非立在宮殿屋簷下，手中提著的宮燈幾度被驟雨大風熄滅。

深夜的殿外，除開宮中守衛，只有韓非還立在這裡，手中的宮燈，在驟雨大風中飄飄晃晃，一不留神宮燈又一下熄滅。韓非從袖口裡掏出火摺子，正要再點上，聽得「轟隆」一聲雷響，有雜遝的腳步聲踩著雨水從遠處走來。

「鍾大人總算來了。」

閃電稍縱即逝，韓非仍一眼就看到了在接引太監身後的鍾贛。那身如今朝中少見的麒麟服，穿在這一位身上，果真稱得上龍章鳳姿，難怪今上會如此偏愛這一位；就連氣度上，也只有這一位，更像已經過世多年的老侯爺。

「韓公公。」鍾贛走上殿前石階，雙手抱拳。「今上急召，可是出了什麼事？」

「鍾大人進殿便知。」韓非側身回禮，看了看退下的接引太監，開口笑問道：「聽聞鍾大人前些日子向人求親了？老奴在此，恭喜大人了。」

「公公客氣了。」鍾贛點頭。

他身上的麒麟服此刻滴著水，按理該去偏殿換身整潔的官服，只是韓非並未提醒，他便順勢抬腳進殿，由著那雨水順著衣袍滴落殿中，留下長長一串水漬。

殿中焚香，混著藥的苦味，宮燈亮著，卻有些昏暗。本該因藥效昏睡的天子，此刻卻靠坐在龍床之上，近身的小太監正接過天子喝完的藥盞，見鍾贛走近，忙躬身離開。

永泰帝今年已過四旬。太祖駕崩那年，永泰帝尚未及冠，卻力排眾議，奉旨登基；如今，永泰帝已經兩鬢斑白，不復從前。

看著龍床上的天子，鍾贛行禮。「陛下，請保重龍體。」

「自然是要保重的。」永泰帝頷首，看著立於殿內的青年，口中嘆息道：「只是若再不召你進宮，只怕你就永遠回不來了。」

鍾贛不語，心底卻隱約猜到了什麼。天子之於鍾贛，亦父亦兄，只是再怎樣，他仍只是外臣，天家父子，說的永遠是這宮內的幾人。

「渾小子，朕若不召你回城，你當真要把那山野小院當作家宅不成？」

「平和縣別院乃陛下所賜，臣不敢不住。」

「胡說，朕這些年賜你的可不止這一座院子，另還有美女無數，你為何不說不敢不用了？」

「紅粉骷髏，白骨皮肉。」

「說得倒是好聽，不過朕怎麼聽說，你看上了個村姑？」

錦衣衛本就是朝廷的鷹犬，或者說，是天子放在朝野內外的眼睛。這世間的任何地方，都有一雙眼睛盯著，哪怕是錦衣衛本身，也被暗中緊盯。

鍾贛絲毫不意外自己在下川村的事情會叫永泰帝知道，只是在聽到「村姑」兩字的時候，眼中晃過一絲柔光。「她很好，只是出身低了點。」

能和一向寡言的鍾贛談及心上人，永泰帝的神色似乎好了不少，靠著龍床咳嗽兩聲，笑道：「都說情人眼裡出西施，只怕那位姑娘在你心頭，當真是如珠似玉了。」

話才落，殿門外忽然傳來韓非的聲音，繼而又有喧鬧聲，片刻，方才奉茶的小太監已經躬著身子走了過來。「陛下，是安泰公主。」

永泰帝默然，長久後嘆了口氣，看著鍾贛，苦笑。「景吾啊，朕的這位公主，當真入不得你的眼嗎？」

安泰公主是永泰帝最寵愛的女兒，不然也不會在冊封公主時，允諾封號中的這一個「泰」字；只是女兒大了，有了自己的主意，再不是幼時乖巧伶俐的模樣。

鍾贛不語，直到殿門外的喧鬧停息，他方才開口。「公主金枝玉葉，臣高攀不起。」

知道他說的是客氣話，永泰帝只是笑了笑，輕咳兩聲，道：「朕這位公主真是被皇后寵壞了。罷了，你如今有了心儀之人，朕讓皇后不必再幫你相看京中閨秀。明日，你便復職吧，也好叫那幫老傢伙知道，錦衣衛的招子還沒鏽。」

永泰帝一咳嗽，臉上就浮起病態的紅暈。他的後宮妻妾成群，光是皇子就有十餘位，更有無數公主，為免兄弟相殘，永泰帝待皇后誕下皇子璋，便將其立為太子。

如今一晃多年，朝堂內外、後宮之中人心浮動，妄圖劃分勢力，廢棄太子，擁護其他皇子……那幫老傢伙們，以為錦衣衛自六王之亂後元氣大傷，竟將手伸入了後宮。

「景吾啊，錦衣衛的虎口該張開了。」

「臣明白。」

永泰帝笑著點頭。「這些人，你讓他們都去查一查，任何細節都不要錯漏。」笑聲沈下，帝王的眼中如濃墨。「該把他們咬下一口了。」

小太監呈來的紙上寫滿了朝臣的名字，文臣、武將皆羅列其上，大多是錦衣衛這些年監視的亂臣，部分還特地用朱砂圈起。鍾贛一言不發，將紙收好。他不過將近一年未回京，而永泰帝如今的身體狀況實在離奇，大抵與紙上的這些人脫不了關係。

「回去吧，明日記得上早朝，好讓他們看看，錦衣衛的白虎回來了。」

永泰帝撐著病體，命韓非送鍾贛出宮。殿門闔上的時候，他忽然呼吸急促，小太監慌忙間想要去請太醫，卻聽得「砰」的一聲，茶盞被狠狠砸落在地上。

「去查，去查一查，是誰那麼大膽？敢把朕殿中的消息傳給安泰公主。」

徹夜趕回宮中，陪同回京的錦衣衛皆在宮外等候，見鍾贛出來，忙迎身上前。

「鍾大人。」一見鍾贛行禮後便要上馬回府，韓非不由出聲，等人轉頭看來，才道：「開國侯夫人日前曾入宮，代令弟求娶安泰公主。」

安泰公主雖最得寵，到底已經到了該出嫁的年紀，京中誰人不想借勢，這位公主便成了最好的目標。

韓非知道，他不提，鍾贛大抵只會當作不知；可他到底看著公主長大，瞧她一顆心陷落在眼前這隻錦衣衛白虎身上，如何不想她能心想事成。

然而，對於鍾贛而言，世間女子似乎除了那個哪怕踩了一腳泥水仍看起來俏皮可愛的少女，其他人不過是紅粉骷髏，白骨皮肉。

「那就恭喜公主殿下了。」鍾贛頓了頓。「待他日公主出嫁，景吾必回侯府討杯酒水。」他言罷，不再停留，縱馬離去。

韓非佇立在宮門前，長長嘆了口氣。

到底是，落花有意，流水無情啊！

雨後黎明，天光格外明亮，空氣中雖還帶著濕氣，卻清新得像是人間的塵埃皆被沖刷洗淨一般。京中角落裡的魑魅魍魎，似乎因昨日飛馳而入的錦衣衛，一夜之間消聲滅跡。

這日早朝，已撤職一年有餘的開國侯嫡長子鍾贛，身著御賜麒麟服，手持錦衣衛指揮使金牌入宮覲見。

再度看到這位曾經的、史上最年輕的、赫赫有名的錦衣衛指揮使時，朝堂眾臣皆是驚駭；待永泰帝於朝堂之上，為鍾贛官復原職時，他們更是群情激憤。然而，聖旨已下，不可更改。

未幾，官復原職的錦衣衛指揮使呈上罪證無數，引得天子震怒，六部被斥，更是牽涉到國舅及太子妃母家。不等大殿裡惶惶不安的朝臣下跪求饒，殿外的金吾衛將士已經手握腰側刀柄，將人拖出大殿，徒留下一殿戰戰慄慄、頭皮發麻的朝臣。

待到早朝結束，群臣退出正殿時，大多神情惶惶地回頭窺視殿中天子，終究必須承認，雷霆、雨露皆是君恩。

鍾贛最後從殿中離開。永泰帝的臉色比昨夜看起來稍顯好些，只是眼下青黑有些遮掩不住；然而，對於他方才咬下的那幾塊肉，永泰帝顯然是滿意的。

六部之中，吏部為首。太子妃的母家便有三人在吏部為官，此次皆被錦衣衛蒐羅罪證，上呈給了永泰帝。

只不過，旁人不知，鍾贛卻是對那些罪證一清二楚。

比起其他被帶走的朝臣，國舅及太子妃母家的那些罪證實在是無中生有出來的，將他們也拉下去，不過是為了明面上看著公平一些，實際上不痛不癢，省得有人如蚱蜢一般，乘機上躥下跳，惹出腥臊。

鍾贛出殿後，本想回錦衣衛北鎮撫司，半途中卻遭一小太監攔住。掃了眼塞進手中相邀私會的紙團，鍾贛回首，只一手刀，便將猝不及防的小太監砍昏在地，旁邊有路經的太監目瞪口呆，嚇得後退了幾步。

「把人綁了，送給陛下。」鍾贛隨手將紙團拋進太監懷中。「這個也呈送給陛下。」

那小太監只當紙團內有什麼密文，不敢偷窺，又念著能在永泰帝跟前露臉，當即應聲，但手頭一時找不著捆綁的繩子，竟索性將地上太監的衣裳脫下，將人反手捆住，押送到了韓非面前。

當日，後宮驚惶，安泰公主癱倒在地，捂著嘴，驚懼地看著被韓非砍死在面前的幾個太監、宮女。

永泰帝見此情景，道：「他日妳若敢再往朕的身邊安插人手，韓非手中的刀劍砍的將不再是他們的血肉，我的公主，妳可明白？」

這些太監、宮女，本是永泰帝身邊幾個得用太監的手下，昨夜徹查後已經將這些人全數揪出，加上鍾贛方才命人押送來的太監一共五人，全數由韓非當著安泰公主的面，親手砍殺。

沒有哪個皇帝願意將自己的後背暴露給別人，哪怕這個人是他最寵愛的女兒。

永泰帝的舉動震懾了滿朝文武，一連數日，整個盛京彷彿都還處在餘震中，不管是三品以上的大員，還是尚未夠格上早朝的四品以下文臣、武將，一夜之間都韜光養晦了起來。

就連街上馬車爭道的事都少了大半，尚未分封的皇子們縮起脖子，乖巧安分地當起了好兒子。這幾日的盛京，彷彿一直沈浸在一種莫名蕭瑟的氣氛當中，明明不過四月天，卻像是略過了春夏，直接到了秋冬。

除了老百姓，誰都知道，永泰帝最近的心情不算太好，不然，為何連最得寵的安泰公主也被下旨禁足了？

而太子，卻在此時鬆了一口氣，只是，不論如何鬆了氣，心裡頭還是對情勢生了後怕。太子如今在宮中行走，最怕的就是一不留神撞上北鎮撫司的那幾位大爺。

鍾贛此番回京，一道帶回的是老五、老六那幾人。留在京中的錦衣衛如今見指揮使歸來，自然昂首闊步，個個再度氣宇軒昂起來，即便是在宮中，也是十分神氣。

「安泰公主如今當真是歇了。聽說前幾日她得知指揮使進宮，大半夜即命人打扮一番前去面見陛下，想和指揮使撞上一回，沒承想反被拿捏住把柄。」

是人都喜歡八卦些男歡女愛的事，在宮中當差的錦衣衛，自然都知曉安泰公主歡喜鍾贛的事。

要說安泰公主的容貌，也稱得上是沈魚落雁，只可惜生得再好，落在無心之人的眼裡，不過是平白長了一張比別人稍好一些的臉孔；更何況，鍾贛如今心頭已有了相思人，哪裡還會顧著安泰公主生得是好是壞？可對於旁人來說，這一堵高牆內的女子，生得都是一副驚人的容貌。

「光生得好又怎樣？光生得好，卻沒這個，豈不是白長了一張臉。」有錦衣衛千戶笑著點了點腦袋。「我瞧指揮使對光有模樣沒頭腦的姑娘，可是素來不喜的。」

先前出聲的錦衣衛嘿嘿一笑，隨即道：「咱們指揮使是什麼人？要說長得好，開國侯府裡的丫鬟，哪一個不是千嬌百媚似朵花？就說侯夫人這些年往指揮使身邊塞的，又有哪個長得醜的？」

這話說得自然。鍾贛生母常氏在長子六歲那年再度懷上身孕，卻意外在中元節時落水溺死，一屍兩命。常氏死後第二年，開國侯便續弦娶了如今的侯夫人馬氏，同年，馬氏早產，誕下麟兒。饒是開國侯府再怎麼防範，仍舊傳出風言風語，皆說馬氏並非早產，乃是足月生子，這一胎，分明是珠胎暗結。

老侯爺尚在人世時，自然護著嫡孫，開國侯也不好發作，只暗中將府內原先侍奉常氏的嬤嬤、丫鬟們盡數杖斃。等到老侯爺過世，鍾贛已經十二歲，次年，他便搬出了開國侯府。

只不過，他那位繼母，卻是個不安好心的，即便鍾贛離開開國侯府，並表示對爵位無意，馬氏仍舊不肯輕易放過他，言語間的奚落不過尋常，夜裡送來的通房丫鬟更是無數。

倘若鍾贛是個不知節制的，只怕早早被帶上歪路，徹底養廢；可興許是老侯爺保佑，鍾贛十五歲入錦衣衛，自此青雲直上，與開國侯府已無任何關係。如今的開國侯在他堂堂錦衣衛指揮使面前，竟如同稚子一般，不屑一顧。

八卦聊得差不多了，一行人回了錦衣衛們住的大院，看見鍾贛似乎準備出去，方才說話的千戶忙問：「指揮使可是要回府？」見他頷首，千戶又道：「這幾日街上風聲緊，明面上那幾位都忍著不敢造次，但還請指揮使當心。」

雖說發落六部是永泰帝下的旨意，可歸根究柢，呈送上證據的是他們錦衣衛，更何況，是由早早被發落的鍾贛親手送上的。一朝回京，沒等人心裡打個激靈就放了這麼一個大招，鍾贛想要不招人記恨，簡直就是玩笑。

然而，鍾贛自是不怕那些明著、暗著的詭計。他如今在這盛京之中，心無旁騖，身邊不過是一身麒麟服、一柄繡春刀，加上生母常氏留下的若干陪嫁。

真正能讓他記掛的那人，還安然無恙地生活在鄉間，踩著泥地、穿著布衣。

第三十一章

從北鎮撫司出來，鍾贛穿著一身官袍直接騎馬回了家中。

他如今住的是常氏當年的陪嫁之一，在盛京地段最好的一處宅子。近些年來，周邊的宅子大多成了官宅，還有皇子住在其間，別處總是熱熱鬧鬧的，唯獨他的府邸，冷清得彷彿沒有人氣。

看門的是個啞巴老頭，因為當年常氏有恩於他，故而一直幫忙照看這座宅子，等到鍾贛十三歲遷入，見他忠心，便將人留下當了門房。

一個忠心的、不能說話的門房，加上門房那有些囉嗦、但從不胡亂說話的乾兒子，雖然冷清，可鍾贛的這座府邸外人想要進門，也並非那麼容易。

府中早有老嬤嬤打點一切，聞聲知曉主子回來了，讓丫鬟去廚房把燉好的湯水呈上來。

「大郎可要先沐浴更衣？」

嬤嬤姓常，是常家遠房旁支小門小戶出來的，後來做了常氏的奶娘。常氏身亡後，她因照料鍾贛，從開國侯手下存活下來，如今年歲大了，禁不起折騰，因此鍾贛被撤職遠走後，並未跟著離開盛京。常氏當年生下鍾贛，便是由老嬤嬤一手照料，因此即便離開開國侯府，仍舊一口一個大郎喚著。

鍾贛雖向來是個冷面孔的人，可對上常嬤嬤，嘴角還是彎了彎。「好。」

浴桶已經在房中備好，由僕役將熱水倒滿，鍾贛屏退眾人，繞過屏風舒服地洗了回澡。

屏風外，常嬤嬤將換洗的衣裳掛上，又舀了碗湯水盛著放涼，這才開口。「大郎這次回京，可是不走了吧？」

鍾贛回京當晚，府裡一片慌亂，僕役絲毫不知主子將歸，很是忙碌了一番。到了天明，他又穿戴整齊進宮上朝，之後數日便一直住在北鎮撫司，因此常嬤嬤一直未能和他好好說上話。

「要走。」

「可是在鄉下還有東西未帶回？不如叫底下人去一趟……」

屏風後，傳來嘩啦水聲，片刻，掛在屏風上的中衣被麻利地拉下，不多一會兒工夫，鍾贛一身中衣，從屏風後轉了出來。「嬤嬤，去請官媒來。」

常嬤嬤一時愣怔，像是突然聽清了他的話。「官媒？大郎可是……可是瞧上了哪家閨秀？」

自常氏意外落水，帶著腹中胎兒死後，常嬤嬤便將鍾贛視作心頭肉，見素來不問女色的鍾贛忽然提及官媒，只當他出去一趟，終於遇上了歡喜的姑娘，想要娶妻生子，激動不已。

正經娶親，少不了要過三媒六聘的程序，而像鍾贛這般的官家，自然要請官媒。鍾贛並未對常嬤嬤直言自己要娶親的是何人，直到盛京有名的官媒上門，已換上常服的鍾贛方才開口，這一開口，驚到的不光是官媒，更讓常嬤嬤愣怔不已。
「我欲聘平和縣下川村梁家姑娘為妻。」
「大郎要娶的是農家女？」常嬤嬤有些吃驚，卻知不好在人前下主子的臉面，直到官媒暈頭轉向地拿了銀子被人送出大門，常嬤嬤這才驚惶道：「大郎是官身，怎好娶農家女？便是再喜歡，將人納了帶回府裡便是，緣何要娶？」
普天之下，門當戶對一詞重要至極，就連天子廣納後宮時，也不曾將農女劃入範圍之內。盛京之中，遍地官宦人家，從不曾聽聞哪一戶聘了農女為妻；即便有，不過是和商戶女一般，一頂紅轎子從側門抬進後院，待生了個孩子，便抬為姨娘，不外乎如此。
常嬤嬤只當是鍾贛被撤職避禍的那段時日，一時豬油蒙了心，看上了農家女，又叫人三言兩語哄騙了去，這才不顧官身名聲地要娶農女為妻。
如此想來，越發覺得得趕緊為他覓一門門當戶對的婚事。
「大郎若是喜歡，抬進來便是，娶妻當娶賢，聽聞王太傅府上有位千金，容貌清麗，琴棋書畫樣樣精通，今年方才及笄，正是要說親的年紀……」
屋子裡只聽得常嬤嬤的聲音，鍾贛端著茶盞，輕輕吹了兩口，一言不發。
常嬤嬤到此時，才發覺鍾贛的沈默，聲音到後來已經發不出，只喏喏道：「大郎……」
「嬤嬤。」鍾贛道：「我想娶她，這便夠了。」
老嬤嬤動了動嘴唇，知道當年被她摟在懷中的大郎已經長大，有了自己的主意，只好嘆了口氣。「大郎，那姑娘好嗎？平日在家裡都做什麼？」

做什麼？鍾贛垂眸，蓋住眼底的笑意。

這個時辰，大概正在上山下地想辦法掙錢，也說不定帶著她家二郎在溪澗裡抓魚。

正如鍾贛所說，這個時候的梁玉琢，的確挽了褲腳在水裡抓魚。

農家的閨女不像在城裡頭那麼多規矩，便是要避嫌，也從來不是叫人看見一小截腳踝或是腿肚子，就尋死覓活認為自己丟了名節。

下川村外的小河道裡，因為接連下了幾天的雨，水量充沛，就連河裡的魚也多了不少。村裡的小子們跑去下游游泳洗澡，上游就成了姑娘們洗衣抓魚的地方。

二郎人小，雖然想跟著去下游，可梁玉琢見往下游跑的小子當中有梁同在，便怎麼也不肯放二郎過去；好在鴉青在旁邊陪著，二郎也不一定要和小子們玩，反倒學了阿姊的模樣，捲起褲腳下河抓魚。

魚不好抓，樂趣卻十足。

二郎下水時沒踩穩，一個踉蹌撲進水裡，驚起旁邊一眾叫聲。旁邊忽地有人跳進河裡去抱二郎，濺開的水花嘩啦一下，驀地把驚呼聲全都嚇沒了。

等到水花落下，看著站在河水僅僅沒過小腿肚的河道中，一手撈著二郎粗短腰身，一手抹開臉上水花的年輕男子，梁玉琢沒忍住，「噗」一聲笑了。

下川村村口的這條河道是山上錦衣衛近年新幫著挖開的，下游水深及腰，因此能讓小子們跑去洗澡游泳，上游的水淺，比不得二郎當初出事的那個池塘，況且這回她也在河裡。因此，二郎這回撲進水裡，旁人看著驚險，梁玉琢卻知道出不了多大的事，最多不過是被河底的石頭磕著、碰著，哪裡知道，這會兒會突然冒出來一個年輕男子下河救人。鬧了個烏龍的男子有些狼狽，恰好俞二郎從旁經過，得知此事，便拍著胸脯帶男子回家換身衣服。

等到梁玉琢上門致謝的時候，男子才道明自己的身分。

男子姓聞，單名一個夷，字倡白，是位秀才。

「你是來學堂當先生的？」

聞夷注意到梁玉琢投過來的目光，又打量了一眼方才被他從河裡撈出來，此刻正緊緊抱著自家阿姊腰身不放的二郎，尷尬地咳嗽兩聲。

「是，在下是來此當教書先生的。」

梁玉琢仔細打量面前的男子，因為濕了一身衣裳的關係，眼下的聞夷穿的是俞二郎的衣裳，因為體格上的差異，這身青灰衣衫讓他看來格外單薄，臉色看起來也不是太好，似乎大風吹上兩次，就能跟著上天。

只是，瘦弱歸瘦弱了一些，卻是實打實的書生模樣。她想起給賈樓送小豆時，偶爾能撞見的幾個書生，個個看著身體單薄，偏又喜歡狎妓，沾染一身脂粉味，幸而眼前的聞夷沒這毛病。只不過，村裡的學堂並未聽說原先的先生要走了。梁玉琢自然將心中疑問拋向聞夷，他微怔，只當她是不信，又從隨身的包裹裡掏出了聘書。

原以為村裡認字的人不多，聞夷一臉愧意地打算收回，卻不想梁玉琢一把拿過，一字不漏地看了起來。

依聘書上所言，村裡的學堂竟是被縣裡收走，不再歸薛家所有，連帶著束脩也比過去少了一半；而原先在學堂內教書的先生，不知為何被解聘了，是以才聘來聞夷。

學堂的事里正顯然也是剛得知，匆忙到俞家將聞夷請走，末了還囑託徐嬸幫著去家裡，和高氏一道為先生做一桌接風宴。徐嬸去了，在宴上做了幾道梁玉琢私下教她的新菜式，直吃得新先生眼睛都亮了。

這些自然都是後話。

眼下，聞夷跟著薛良走後，梁玉琢便將學堂的事和鴉青說了說，鴉青回頭就找到老三，而老三，囫圇吞下鴉青送來的熱菜，抹了抹嘴，樂道：「這事，自然是指揮使的主意，總不能真叫未來小舅子讀不起書，當個目不識丁的農戶吧？」

老三的話給赴京的鍾贛賣了個好，梁玉琢想起那日的親吻，自然又是沈默了一夜。

到第二日天明，她早早起床，和鴉青一道替二郎穿了一身乾淨的新衣，帶上銀錢，親自把人送到學堂。

當初那位先生在時，因為薛家的關係不願收二郎；即便後來梁秦氏提出一年二、三兩銀子，和城裡的教書先生一般無二的束脩，先生也未曾鬆口收二郎入學堂。

二郎年紀雖小，卻不是不懂事，知道阿娘幾次三番為了自己上學的事求人，卻遭人拒絕，當下就摔東西表示不肯再去。

梁玉琢那時怕耽誤了二郎，還藉著進城買賣的工夫，詢問過城裡學堂的事。她如今收入穩定了，自然想更多的是怎麼讓二郎能夠讀書識字，哪怕不去考科舉，也不能當目不識丁的泥腿子。

聞夷的出現，讓梁玉琢想了一夜學堂的事情。此刻把二郎送到學堂門口，梁玉琢這顆心撲通撲通跳得飛快。她低頭，看著站在身邊、小小年紀卻繃著臉的二郎，沒來由心頭一軟，抬手摸了摸他後腦勺，拉著人進了學堂。

聞夷剛剛收拾好前任先生留下的東西，正等著給孩子們上課，瞧見梁家姊弟過來，忙放下書迎上前。

得知梁玉琢的來意，聞夷有些吃驚，低頭問了二郎幾個問題，譬如是否識字，在家中可讀過書等等。

二郎仰頭回答，倒是沒了平日裡的調皮，一本正經，唯獨牽著梁玉琢的那隻手因為微微發緊，暴露了緊張的心情。

梁玉琢往常忙完回家，入夜前會把二郎抱到自己房裡，點上燭燈教他認字。阿爹留下的書裡，有幾本是當年教女兒用的，上頭塗鴉般留著幾個令人哭笑不得的小雞、小鴨，分明是幼時的梁玉琢添上去的，她就拿著這幾本書，教二郎認了些字。

好在梁玉琢私下裡的教導，意外地沒讓二郎和學堂裡其他同齡的孩子差太多。聞夷不似從前那位先生，和薛家沒什麼關係，自然依照正正經經收學生的規矩，收下了二郎。

此後，二郎便也是要上學的人了。

為此，梁秦氏很是高興了幾天，哪怕平日裡梁玉琢對她再怎麼冷淡，她也兀自貼近，想著暖一暖閨女的心。

二郎似乎也因此胃口大開，每日能吃下好大一碗飯。這段日子家裡的生活寬裕許多，梁玉琢狠下心買了一些食材，白米飯吃得噴香，短短幾天就叫二郎又胖了一圈。

進了學堂之後，二郎每日起早就乖巧地爬起來，擦過臉後提著梁玉琢從城裡買回來的小書匣，一路奔進學堂。

大抵是因從小耳濡目染，知道未曾謀面便陰陽相隔的生父是秀才出身，二郎也尤其喜好讀書識字，每日都是頭一個進學堂的，小小年紀便學得和他阿姊幾分像，拿著柴門後的掃帚開始灑掃。

先前薛家的先生在時，學堂裡的清掃都是由先生身邊的書僮、小廝做的，等到歸縣裡管了，自是安排了僕役。二郎搶了幾次僕役灑掃的活後，聞夷便讓人在旁邊顧著一些，並沒有阻攔，只在私下裡時常給二郎指點。

這一晃眼，日子就到了四月底，再過不久，就該過端午了。

梁玉琢如今賺錢的門路越發多了起來，梁秦氏瞧見閨女的勁頭，終究是不再勸說什麼。光靠著家裡的五畝地，自然是不成樣子的。梁玉琢跟賈樓的合作，從最開始的銷售小豆和賣食譜，漸漸又發展出了別的門道，單是一道茶碗蒸，就叫她和賈樓玩出了更多合作花樣。

下川村旁邊的那座山空著許多地。梁玉琢找到里正薛良，得知那座山頭如今算在鍾府名下、便又找了老三，像模像樣地寫了契書，叫老三送去給鍾贛，只說租了山裡頭多少地，每年多少租金。

老三自然是送去了信，還沒等契書寄回，就帶著府裡頭留守的幾個弟兄，幫著梁玉琢把要租的地先給圈了起來。

梁玉琢在裡頭養了不少雞，又託了俞家兄弟不上山打獵的時候幫忙看顧著裡頭放養的雞，每月一貫錢。

那些雞原先都是在院子裡圈養的，如今放到了梁玉琢的這個園子裡，很快就活動開了，不過月餘，小雞仔長大了些，大母雞產下的蛋也越發沈，就連敲了殼落在碗裡的蛋黃，也顯得形圓色濃，好看得緊。

梁玉琢拿著這些蛋去了賈樓，和賈樓的掌櫃訂了契書，打出山雞蛋的名號。

若非下川村不靠海，梁玉琢還真想打出海鴨蛋的招牌。前世老家的海鴨蛋，一盒就能賣出五、六十元，賣的就是把鴨子放養在海邊，吃著小魚、小蝦的名頭。

光賣山雞蛋肯定是不夠的，梁玉琢又把茶碗蒸的菜譜賣給了賈樓。菜譜上有種食材叫香蕈，掌櫃的原是覺得這味食材太過講究季節，不敢花大錢買張無用的菜譜。

卻不料，梁玉琢早就打聽好消息，說是縣城附近的山裡，竟住了位六十餘歲的老翁，無兒無女，養著兩個徒弟，師徒三人躲在深山嘗試人工栽培香蕈，一種就是二十餘年。

人人都道這師徒三人是癡傻的，偏生要去種天生地養的東西，哪知到今年還當真就給他們種成了；可成是成了，卻沒人敢嚐，生怕一口下去是帶毒的，就沒了性命。

第三十二章

梁玉琢原是託了老三打聽誰家有種香蕈，卻是花了好些工夫才發覺只有那師徒三人在試種，旁人的香蕈多是山裡野生的。

既要做菜，野生的香蕈自然是不夠。梁玉琢得知此事後，親自上了趟山，旁人不敢嘗試這種出來的香蕈，她卻是敢的。嚐過香蕈後，雖然發覺口味和後世的香菇有些許差別，倒也覺得鮮美，梁玉琢便留了契書，商定一年的香蕈供給。

如此東風相助，不光令梁玉琢喜笑顏開，賈樓更是喜上眉梢。得了老翁親自送來的香蕈，掌櫃的甚至顧不得先做幾盞試著去賣，就先把食譜給買了下來。

賣了雞蛋、賣食譜，梁玉琢卻沒當即從賈樓離開，將準備盛茶碗蒸的碗瞧了瞧，又給掌櫃的出了幾個主意——不管是碗還是盞，往好看的尋。

梁玉琢賣了這個好，方才離開，拿了銀錢給二郎扯布做新衣去了。

二郎現在在學堂越來越好，平日裡上學身上總帶著一個小荷包，荷包裡塞著各種果脯、點心，大多是梁玉琢回回進城給帶來的；偶爾也有老三自作主張，幫著指揮使拍未來小舅子馬屁獻上的小點心。

但二郎最喜歡的，還是他阿姊時不時進灶房做的吃食，往往帶上一小包去學堂分，不光同學分著吃，連帶著聞夷也能蹭到幾塊。時間久了，梁玉琢每回做點心，都會多做一些，特地讓二郎另外給先生送去。

日子就這樣順順暢暢地過去，這天臨到放學，忽然下起雨來。

起早出門的時候，梁玉琢把二郎送到學堂就轉身去了縣城，彼時，天色看著不錯，想來是不會下雨的，因此也沒叫二郎帶上傘。

偏生臨了放學，卻嘩啦啦地下起大雨，田裡甚至還起了蛙鳴。二郎在學堂廊下站了一會兒，卻不見阿娘送傘，想了想，他抱起書匣就準備衝進雨裡。

聞夷從廊下經過，看見他這副模樣，忙讓僕役拿了傘，揹起二郎送他回家。

這一路師生兩人有說有笑的，到了梁家門口，敞開的柴門內，卻傳來了陌生尖銳的聲音。

「我家夫人念著妳家姑娘家底薄，特地叫我送來這些銀兩，日後吃的、用的，也好寬裕一些，等抬了妳家姑娘進我們開國侯府做妾，還怕享不了福嗎？」

用這般尖酸刻薄言語說話的人，乃是平和縣十里八鄉有名的媒人邱婆子。邱婆子早年是做人牙子的，經常買來一些窮苦人家的小孩，調教好了不是賣給大戶人家當下人，就是揀姿色好的送到青樓。

自從家裡的老頭死了，邱婆子也不做人牙子了，守著兒子、兒媳改行當了媒婆。因為一張索利的嘴皮子，倒也幫著不少人成過事，只是這一回，卻是陪著從盛京來的媒婆上門給梁家說親來了。

「妳得知道，妳家姑娘如今可沒什麼好名聲了。」邱婆了拍拍桌子，一臉痛心。「妳家姑娘這臉長得是真的好，要不然開國侯府的大公子怎麼能瞧上呢？可姑娘家沒了名聲，哪裡還嫁得了好人家？」

梁秦氏垂著頭，藏在袖口裡的雙手緊緊握拳。打在屋頂上的雨水，啪啪作響，好像一下子又回到薛府上門來鬧事的時候。

「是呀！名聲多重要啊，妳家姑娘今年也不小了，又沒了好名聲，難不成就這麼放著繼續耽擱下去？哎呀，當不了正頭娘子，給富貴人家當妾也是好的嘛！」

梁秦氏到這會兒，終於咬牙開口。「我家姑娘……不做妾。」

邱婆子不以為然地嗤了一聲。「哎喲，什麼不做妾，就是小姑娘家家的不懂事，胡說八道的。叫老婆子說，妳家姑娘當初跟薛家說不做妾，那還不是因為薛家就是個小門小戶。」

梁秦氏受不了這陰陽怪氣的話，給自己灌了兩杯茶，拿杯子的手都在不由自主地發抖，一不留神，本就缺口的茶盞直接掉到了地上，「啪嚓」碎了。

聽見響動，二郎從門外衝了進來。「阿娘。」

二郎身後跟著瘦弱的聞夷，他似乎不打算插手學生家裡的私事，可也擔心孤兒寡母受人欺負，就站在門口默不作聲。

看見衝進門來像頭小老虎似地瞪著自己的小郎君，從進門開始一直倨傲沒有說話的媒人終於抬了抬眼皮，涼涼地打量了眼跟前的母子兩人，哼了一聲。

「喲。」邱婆子這會兒卻顯得有些局促，大抵都是敬重讀書人的，邱婆子看見站在門口的聞夷，咳嗽兩聲。「這不是學堂的聞先生嗎？」算是打過了招呼，邱婆子回頭瞅著母子兩人。「二郎呀，讓你阿姊去有錢人家裡好不好？每天好吃好喝地供著你，多好啊！」

邱婆子只當二郎年紀小，不懂什麼叫妾，卻不想直接被這頭小老虎給吼了回去。「不好，我阿姊才不去做妾。」

二郎如今越發懂事，經過上回薛家鬧事，越發懂得妾到底是什麼東西。

村裡原先也是有人納妾的，但很少，畢竟靠天地吃飯的人家，哪有那麼多的閒錢再養一個女人？曾有家裡的婆娘不能生，夫妻感情又好，就租個女人當一年的妾，等生下兒子再把女人還了；也有特地納一個的，卻樣樣比不上正頭的妻子，穿衣吃飯都講究著規矩，麻煩得很。

二郎和梁玉琢的感情好，自然不肯讓阿姊去別人家吃苦受罪，聽見邱婆子的話，更是氣得不行。

邱婆子「咦」了一聲。

梁秦氏拉住兒子。「我家姑娘不做妾，就是名聲徹底毀了，大不了絞了頭髮去做姑子，也絕不當人家的妾。」

邱婆子臉上現出難色，旁邊從盛京來的媒人這會兒臉上也浮現不以為然的神色，啪地一聲拿回了擺在桌上的銀兩。「還真當自己是什麼名門閨秀不成？開國侯府這麼高的門第，尋常時候哪是你們這種鄉下小民可以高攀得上的？就是做妾，開國侯府裡的姨娘可都是好人家的姑娘。」

這口吻滿滿都是高高在上，梁秦氏聽得眼眶發紅。

那媒人抬起下巴，哼了兩聲。「這年頭，真以為靠著大公子的寵愛，便能麻雀變鳳凰了不成？也不叫人看看，這破屋子裡能走出怎樣的姑娘來……」

「那妳不妨擦亮眼睛，看看我是怎樣的姑娘。」

突然闖入的聲音打斷了媒人的話。邱婆子最先轉頭往聲音傳來的方向看，卻見聞夷仍擋在門口，好一會兒他才後知後覺地側過身，露出不知何時出現在身後的少女身影。

邱婆子到的時候，家裡只有梁秦氏一人。因雨下得突然，鴉青記掛著沒帶傘的梁玉琢，拎了傘就往縣城走，因而與坐著馬車而來的邱婆子擦肩而過；等接到人，主僕兩人回了家，才發覺家裡竟然又出了這種事。

梁玉琢朝聞夷微微點頭，側頭低聲讓鴉青送先生回去，方才邁步進了屋子。而這般模樣落到旁人眼裡，只覺得梁家這個姑娘，竟難得是個有規矩的，且一張臉當真生得很好。

雖是農家出身，膚色也不白皙，可看著朝氣十足，一雙明眸看著不像那些名門閨秀含蓄，卻別有一番氣韻。突然間，倒也能理解，大公子那樣的人物怎麼就看上她了。

只是，還不等兩人把她打量仔細，梁玉琢眼神一掃，看向了和邱婆子坐在一道的媒人。

邱婆子這些年掙了不少錢，可禁不起家裡有個花錢的兒子和好吃懶做的兒媳婦，沒能給自己攢下多少。平日裡出門給人說親，穿來穿去不過那幾套體面的，這一回卻穿了身簇新的衣裳，就連手腕上都戴起了指頭這麼粗的金鐲子。

只是這一身，卻比不過她旁邊的那媒人。方才聽口吻，像是從盛京來的，單這一身裝扮便看得出的確不俗，只是她打的名號，卻是開國侯府的。

想起鍾贛曾一語帶過的開國侯府的那些事，再看看眼前倨傲的媒人，梁玉琢忽然就笑了。

「姑娘，妳笑什麼？」邱婆子有些不解。

梁玉琢並未回答邱婆子的詢問，只定定地看著旁邊的媒人，說道：「煩請這位大娘回去和開國侯夫人說一聲，梁家雖是小門小戶，可頭頂著青天，做的都是敞亮事；既然門不當、戶不對，夫人並不願和梁家結親，倒不如就這麼算了。」

「小姑娘家到底不懂事。」邱婆子趕緊笑道：「這做妻、做妾的，可不就是名頭上的差別嗎？叫老婆子說，大公子疼愛妳，肯定不會叫正頭娘子欺負了妳，嫁進去，就是做妾也和和美美的……」

梁玉琢嗤笑，目光移到了地上的碎茶盞。「都說一個茶壺得配上幾個茶盞，可我為何偏生要去做這個茶盞？」

這話說得頗有深意，梁秦氏抱著二郎，心頭一顫，越發覺得女兒變了，可也明白，若不變，又怎麼能在這樣吃人的目光下活著？

邱婆子不好再說什麼，等到被梁玉琢送出梁家門，心裡懊惱的卻是事情沒成，要給人退回一兩銀子，心疼得不行。

而盛京來的那一位，氣急敗壞爬上馬車的時候，終於忍不住，伸手指著梁玉琢的鼻子呵斥道：「姑娘這一番，可是生生斷了自己的富貴，來日，我可得過來瞧瞧，姑娘是另攀上了什麼高枝，連開國侯府都敢得罪。」

話音才落，人還沒來得及鑽進馬車，便聽見拉車的馬突然一聲嘶鳴，順著馬車的駛動被驚得滾進了車裡。

那媒人摔得狼狽，頭上的髮髻都歪了邊，花簪堪堪掛在腦後，臉上血色全無。待她掀了車簾就要往外呵斥，卻一眼看見離梁家不遠的地方，站著幾個人高馬大的漢子，為首一人正上下拋著手心裡的石子，咧開嘴衝她笑了笑。

雖沒穿著飛魚服，也未佩戴繡春刀，可那媒人到底是在盛京中見過世面的，怎麼也不會認錯那為首的壯漢，是開國侯府大公子身邊的副千戶。

慌裡慌張逃竄的馬車因為下雨，只看得見車輪輾著泥路，泥水四濺。梁玉琢站在門外，眼瞅著馬車從視線裡消失，回頭再看老三，幾個大漢收斂了力才捉弄人時的戲謔，老實地候在旁邊。

「鍾大哥……我是說你們指揮使，是不是和侯府的關係不太好？」

「是有些微妙。」老三是個粗人，從他口中冒出「微妙」一詞，可想而知開國侯府裡的那些彎彎繞繞當真是微妙了。

梁玉琢收回視線，不願再想，身後卻又傳來踩進水坑裡的腳步聲。她回過頭，看見院牆外身形有些狼狽的婦人，不由出聲詢問。「這位嬸子，可是需要避個雨？」

那婦人容貌平平，身上的衣著極其體面，雖撐著傘，到底風大雨大，顧得了頭卻顧不了腳，一不留神踩進水坑，頓時越發狼狽。聽見有姑娘喚自己，婦人忙抬頭，卻一眼瞅見站在附近的幾個壯漢，面上微愣，再循聲去找好心人，面上頓時帶了幾分笑意。

「這位姑娘，可是姓梁？」

這是怎地，一個、兩個的都過來找她？梁玉琢眉頭微挑。

鴉青已經送完聞先生，這會兒也回到了梁家，看見院牆外站著的婦人和老三幾人，還當是又出了什麼事，鴉青忙警惕地走到梁玉琢身前，替人擋下視線。

那婦人似乎並不介意鴉青的舉動，反倒是走到門前，畢恭畢敬地行了禮，臉上綻放出一個笑來。「奴家是京中官媒衙門的媒官，錦衣衛指揮使鍾大人，特地命奴家來為他說親。」

又是媒婆？

在大雍，媒婆也是分三六九等的，尤其是官媒與私媒，更是涇渭分明，像邱婆子那般便是私媒，鍾贛請的這一位是京中有名的于媒官。因官媒衙門的規定，得往衙門裡通報一聲，免得各自搶了生意，或是誤了親事。

于媒官自然也將鍾贛的事和衙門說了一聲，卻不想，竟叫有心人往開國侯府遞了消息，這才引來先前那一齣。這事本就與鍾贛無關，可想起方才那人一口一個「開國侯夫人」，梁玉琢一時間對於上門說媒這事，起了別的心思。

等于媒官在家中換了身乾淨的衣裳，又喝過梁秦氏煮的薑湯後，梁玉琢方才施施然地開了口。「還請媒官回去後，和鍾大人說一聲，待玉琢來日三媒六聘，親自上門迎娶大人。」

于媒官從未碰過這樣的情況，哪有姑娘家張嘴就是三媒六聘要迎娶男人的？她錯愕地看著梁玉琢，見她臉上神色不似作偽，轉頭看了看作為長輩的梁秦氏。

她原以為，像梁玉琢說的這番話，作為長輩的梁秦氏必然要出言制止，但于媒官看到梁秦氏雖有些欲言又止，卻沒有開口。

于媒官並未在下川村久留，鴉青送她出村，臨走前，心下有些沒底的于媒官叫住了準備回去的鴉青。「妳家姑娘說的，可都是真心話？」

「媒官不認得我家姑娘，自然以為只是氣話。」鴉青規規矩矩地行了一禮。「我家姑娘與旁人不同，旁人若是欺她一分，她必然要還三分，侯大人既然要姑娘沒臉，姑娘自然得爭這一口氣。」

于媒官臉上浮起一絲不忍。委託她前來說媒的好歹是堂堂錦衣衛指揮使，那樣位高權重的人物怎能叫一個姑娘「迎娶」？

鴉青看見她的神情，忍不住笑道：「媒官不必擔心，畢竟這門親事，是大人與我家姑娘的親事，姑娘的話能不能成，媒官回去問過大人不就清楚了？」

梁玉琢既然說了要三媒六聘親自上門迎娶，那她就一定會做到這事。

于媒官回京之後要怎麼和鍾贛說，梁玉琢定然不知道，眼下她要做的自然是掙錢，不然哪裡來的銀子把堂堂錦衣衛指揮使給娶進家門。

梁玉琢這輩子沒想過要絞頭髮去當什麼姑子，也沒想過不嫁人，唯一想過的，就是要嫁總得嫁個不納妾的。

當然，男人原先說不納妾，轉眼就睡別的女人這事古往今來也是有的，她是打定主意碰著這情況，就趕緊和離。所以，先掙夠錢，把看著順眼的男人娶了，回頭萬一要和離，總不至於占了個窮字，還兩手空空、無所依靠。

「鴉青，去趙屠戶那裡買一斤豬肉來。」雨下了一夜，天明方歇。梁玉琢睜開眼頭一件事，就是叫住了準備給她端洗臉水的鴉青。

聽這話，鴉青就知道，自家姑娘又想到了什麼掙錢的門道。她雖不知姑娘年紀輕輕，怎麼能有那麼多主意，可姑娘說能掙錢，就肯定能掙到不少錢。

「除了豬肉，姑娘還要什麼？」

「還需要些香料。」

要的材料都備齊了，梁玉琢一頭鑽進了灶房，就連二郎上學也是鴉青送去的。鴉青把人送到門口就匆匆回去給梁玉琢打下手了，絲毫不知二郎進門的時候，恰好遇上從簷下走廊出來的聞先生。

聞夷仍舊是那副單薄的樣子，似乎過了一夜，臉色看起來越發不好了。看見二郎過來，聞夷將人喊住，蹲下身問道：「昨日後來，你阿姊如何，可把事情處理好了？」

聞夷昨日回學堂後，私下裡問過幫忙做飯的大娘，這才得知梁玉琢在下川村裡究竟有著怎樣的名聲。那樣驕傲的一個小姑娘，卻因為得扛著一個家，被人糟蹋了名聲，還仍舊挺直脊背，不肯屈服。聞夷想了一夜，只覺得分外惹人疼惜。

二郎倒是乖巧，把昨日先生走後家裡發生的事原原本本地說了一通，末了吸了吸口水。「我阿姊才不在意那些人呢！阿姊常說，日子是自己過的，與人何干？先生，我今日能早些放學嗎？阿姊一早叫鴉青姊姊去買了肉，怕是又要做什麼好吃的，我饞得很。」

說著，他又吸了口口水，一臉嚮往。

聞夷被逗得笑了起來，起身牽過二郎的手，把人送到學生當中，一邊走一邊仍想著昨日梁玉琢那強勢的模樣。「你阿姊……要怎麼去迎娶那位大人？」

「大概，是多賺錢吧！」二郎指了指鼻子，哼哼道：「反正我阿姊說到做到。」

第三十三章

二郎在學堂裡想像著自家阿姊的手藝，而梁玉琢這邊，埋頭在灶房中敲打著鴉青買回來的豬肉。

豬肉洗乾淨後被她仔細切成了小塊，因為到了這個時代之後頭回做的，梁玉琢生怕中間出什麼問題，只讓鴉青和以往一樣在旁邊打下手。等到豬肉都成小塊了，她才把刀子遞給鴉青，叫她剁成肉泥。

等到肉泥剁好了，難得過來梁家的湯九爺在灶房門口出現。「這是在做什麼？」

蔥、薑的味道混合著肉香，梁玉琢顧不上去看湯九爺，低頭仔細往大盆裡加入蛋清跟香料和其他配料，末了，她才抬頭，一邊攪拌，一邊道：「午……方便肉。不全是肉，但吃起來就跟肉差不多，還耐放，比肉便宜、方便。」

梁玉琢本想說午餐肉，可在這裡沒有午餐這個詞，又不好說罐頭肉，她轉念就想到了方便一詞。

湯九爺眼神變了變，往灶檯邊湊近，看著她動作索利地往攪拌好的肉泥裡頭倒了紅薯粉，順口提起了昨日的事。「邱婆子那張嘴，把妳昨日的事到處說，這會兒村裡頭都傳遍了。」

就說村子小有村子小的壞處，梁玉琢忍不住翻了個白眼，好在她不在意那些名聲，看鍾贛的樣子，也不是那般在乎的人，不然還真的會被生生逼死。

「愛說就說吧，總歸少不了我身上的肉。」梁玉琢說著便叫鴉青取來洗淨的紗布鋪在案板上，開始把肉餡往上頭擺。

肉餡被紗布蓋住，壓緊，開始拍結實。

湯九爺在旁邊看著，嘴裡依舊道：「妳不在意這些，可山上那位呢？他也不在意？」到底是大戶人家出身，又靠著本事當上了錦衣衛指揮使，這般人物豈是好伺候的？

誰知，梁玉琢卻嗤地笑了一聲。「如今說要娶的人，是我，他要是在意，大不了我不娶了唄。」她說著哼起歌來。「這三條腿的蛤蟆找不著，兩條腿的男人遍地是，還怕找不著順眼的？」

話說到這裡，梁玉琢叫鴉青把湯九爺請到院子裡，給他倒杯茶水先候著，自個兒留在灶房裡忙著做菜。

不過半個時辰，肉香就從灶房裡飄了出來。

等到梁玉琢端著放得微涼的方便肉，從灶房裡出來擺在湯九爺面前的時候，後者的眼神徹底變了。

模樣雖然和從前見過的千差萬別，可味道卻是類似的。湯九爺拿起一塊切開的方便肉丟進嘴裡，慢條斯理地感受著充盈口腔的肉味，良久才抬頭看著站在旁邊、滿臉期待的梁玉琢。

「琢丫頭。」他問：「妳想不想去盛京闖一闖？」

要說她心甘情願在下川村留一輩子，那顯然是唬人的。梁玉琢當年肯下鄉當村官，也是想著做出成績了，好去上級地方工作。一朝穿越，自然也存著這樣的心思，不然不會始終抓著「掙錢」兩個字不放，且從來沒想過只是餬口這麼簡單。

湯九爺的話，似乎一下子之間開了一片天，可去盛京，卻又顯得那麼遙遠。

梁玉琢垂眼。「去盛京，我又能做些什麼？」總不能雙手空空直接去了王都，然後在寸土寸金的地方乾吃飯吧？想來想去，還是決定再掙些錢，然後去盛京，反正她還是要親自去把相公娶到手的。

如此一想，梁玉琢的神色又放鬆了下來。「等存夠了聘金，我再去盛京闖闖，說不定還能在那兒安家，到時候再把二郎接過去。」

湯九爺知道她心底自有打算，當即也不再問，低頭繼續吃了幾口上輩子分明叫午餐肉，這會兒卻被改名為方便肉的東西來。

至於這道菜，幾天之後，自然也上了賈樓的餐桌，價格倒不貴，吃的是一個新鮮，一時間又叫掌櫃的撥算盤的臉高興了好久。

而日子，也就這樣，過了端午，不緊不慢地到了六月二十四日。

六月的天，燥熱得叫人夜裡難眠。

六月二十四日是二郎神生日，人人大慶，縣城裡和往年一樣設廟會，為了廟會，聞先生直接在二十三那日就給孩子們放了假。

二郎回家頭一件事，就是纏著梁玉琢，要她一道去縣城逛廟會。因為這段日子又賺得缽滿盆滿，心情大好的梁玉琢收好從盛京寄來的書信，答應了二郎的請求。

二十四日清早，天還未亮，老三就趕著馬車在村口等著。梁玉琢扶著梁秦氏上了馬車，回頭要去抱二郎時，卻聽得他一聲叫，躥了出去。「先生。」

梁玉琢抬頭去看，聞夷也和其他要進城的村民一道走到了村口。二郎自從進學堂後，和這位先生的關係一向親近，甚至時常央求梁玉琢做幾道小菜，讓他給總是吃粗茶淡飯的先生送去。

如此一來一往，倒是叫梁玉琢和聞夷熟悉起來。

大抵是因為書讀多了的關係，聞夷並不擅長和人交際，尤其是跟姑娘說沒幾句話就紅了臉。村裡嫁了人的都喜歡逗他，沒嫁人的見他皮相好，心裡偷偷喜歡著，時常藉口接阿弟放學在學堂門口晃悠，能和聞夷說上一句話都能叫她們歡喜上一陣子。

「先生也要去縣城？」

「是要去，上月去時，在書齋訂了幾本書，這月該到貨了，我要去取書。」

果然，話沒說兩句又紅了臉。梁玉琢心下嘆了口氣，想著此番車裡孤兒寡母的，不好叫聞夷一道坐車，便抬頭朝左右打量。

「俞二哥。」一見俞二郎趕著牛車從村裡出來，梁玉琢忙上前。「聞先生正好也要進城，二哥能否幫忙讓他搭個便車？」

自從知道有大戶人家的公子看上梁玉琢，俞二郎的心思就越發收斂起來，如今見她過來幫別的年輕男子說話，不免多打量了兩眼跟二郎站在一道的聞先生，見對方落在少女身上的目光帶著惋惜，不由皺起眉頭。

「叫他上來吧！」

牛車上還坐著俞大郎。他媳婦還有幾個月就要臨盆了，夫妻倆早做了打算，要叫兒子往後讀書識字，不再當獵戶，自然也把學堂裡教書的這位聞先生看得很重，連忙招呼。

俞二郎就要吐出來的話，被硬生生打回肚子裡，只好點頭叫聞夷上了牛車。

往縣城去的路上，牛車居多，梁玉琢一家坐的這輛馬車顯得尤其搶眼；再加上趕車的大漢，和騎著馬不遠不近跟著的幾個男人，從別的村子過來的人還以為是遇上了什麼大戶。

梁玉琢不知旁人作何想法，她本是不願麻煩老三他們，可大概是鍾贛臨走前說過什麼，這幾個留在鍾府的錦衣衛幾乎日夜輪值守在她家附近。暗地裡倒是真的替他們母子三人，擋下不少得知她家如今掙錢後眼紅的人惹的禍事。

等到車子進了城，梁玉琢一家就和俞二郎他們告別，先往賈樓去了。

而俞二郎則趕著牛車，把聞夷載到了書齋前。

單薄的聞先生從牛車上下車的時候，被俞二郎扶了一把，末了卻在耳邊聽到警告。「少打琢丫頭的主意。」

聞夷微怔，轉頭去看，卻見俞二郎已經重新跳上牛車，揮了揮鞭子，老牛邁開步子，慢吞吞地把車子從他旁邊拉走，只差一點，車輪子就得壓著他的腳趾。

人是種極其有趣的動物，越是叫人不要去肖想什麼，偏生叫人越把對方惦記在心裡頭。俞二郎怎麼也不會想到，就是他的這句話，反倒叫一直混混沌沌的聞夷，突然間明瞭自己對梁家姑娘懷著的奇怪情緒。

只是這一會兒，梁玉琢並不在身邊，而是陪著梁秦氏跟二郎去了廟會。

廟會一角，設了百戲舞臺。自從梁文過世之後，梁秦氏已經好多年沒出門看過熱鬧，她總是把自己框起來束之高閣，彷彿沒有了丈夫，整個人就失去了支撐。如今逛起廟會來，梁玉琢看見她臉上淡淡的笑，只覺得心底微疼。

卻不知，心疼的人是原本的梁家閨女，還是如今的梁玉琢。

梁玉琢把母子兩人在百戲看臺上安頓好，囑咐表演結束須等她回來再走後，才一個人往旁邊的集市走去，從販賣戲曲面具的小攤上走過，又在賣水果的老婆子跟前看了一會兒，梁玉琢的跟前忽然晃來幾個公子哥兒。

面白微鬚，生得有些尋常，卻有一雙賊眉鼠眼，怎麼看都不像是好人。

梁玉琢微微蹙眉，往旁邊走了兩步，想繞過這幾人，不料對方卻纏上了，也跟著往旁邊走了兩步，踩著飄忽的腳步上前搭訕。「這位姑娘好顏色啊，敢問芳齡幾何，有無婚嫁，不知可否給個面子喝杯酒水？」

旁邊有認得這幾個公子哥兒的小販看見陣仗，慌忙勸梁玉琢趕緊跑，別叫人追上了。梁玉琢是想跑，可對方四、五人作伴，個個帶著酒氣，已將她的退路圍攏起來。

還不等梁玉琢去奪旁邊賣水果的婆子悄悄遞來的扁擔，她藏在背後的手腕被人一把拉住，身體順勢往後一倒，只聽得「咚」的一聲，回神時，自己已經被人擋在了身後。

廟會是一整天的。

從來在廟會中惹是生非的人就不少，可還沒有誰會大白天就喝得爛醉然後開始胡鬧；再聞到這幾個公子哥兒身上的脂粉味，當下就有人皺了眉頭。

大雍雖不禁青樓，可對於這類營生素來是有著規矩的——只得晚上開門迎客。青天白日時，自然得閉門謝客。如今晌午未至，卻已經有人帶著滿身脂粉味，喝得醉醺醺地在街上惹是生非……

「大膽，你居然敢打我？」被人一把踹倒在地的公子哥兒，一身酒氣地被人從地上扶起，同行的幾人這會兒似乎因為方才那一腳嚇得酒醒了，一個個睜大了眼睛，驚懼地看著面前的男人。

會大白天喝得爛醉，且明顯廝混了一夜的人，通常都是縣城裡的大戶，即便沒有官身，左右也脫不了土紳身分，自然更不會是什麼傻子。方才他們試圖調戲的姑娘如今被人結結實實護在身後，而這個擋住了姑娘的男人，從體格、衣飾上看去就不是尋常人。

見夥伴從地上起來後，仍試圖去挑釁對方，幾人嚇了一跳，趕緊伸手去攔。「這位英雄，我們一時糊塗，冒犯了姑娘，還請見諒……」

「道什麼歉？我還怕了他不成？」

「醒醒吧，這人你得罪不起……」

「什麼得罪不起。小子，只要你把你身後的姑娘交出來，陪我們找處地方坐下來喝幾杯，我就饒了你一命。」

男人像是這時候才認出說話的公子哥兒，眼睛一瞇，見人往前伸手要去抓自己身後的梁玉琢，幾乎沒有任何猶豫，抬腳把人再度踹倒。

這一回，不等人爬起來，已是一腳踏在了他的胸口。

「平和縣縣令黃大人家的大公子？」

聽到男人的聲音，旁邊圍觀的人群中頓時爆發出驚嘆聲。上一任縣令走的時候那叫一個狼狽，簡直是民怨沸騰，黃大人上任後，雖然說不上是兩袖清風的好官，面上總還是過得去的；可黃大人家裡的長公子，卻仍是惹出了不少麻煩事。

「你既然……既然知道我是誰……還不趕緊……痛痛痛，快放開我。」

看著被人用腳踩在地上，痛得恨不能打上幾個滾的黃公子，梁玉琢只覺得心裡痛快極了。

活該，這種浪蕩子早該被人狠狠修理一頓了。

「還不放開我，不然小心……小心我叫我爹拿你下獄。」

黃公子依然不斷地在叫喚，旁邊的幾個公子哥兒此時也壯起膽子，想要以多敵少，把人救出來；可還不等他們和他們的小廝上前，旁邊圍觀的百姓中，就有看不下去的漢子伸手把人抓住了。

「你們這幫賤民，怎麼敢……怎麼敢騎到我的頭上來？」

「為何不敢？」男人沒有放下腳，使勁又踩了踩，痛得黃公子淚涕直流，只見男人從腰間摘下一塊腰牌，腰牌正面向下，直接貼近了黃公子的鼻尖。

再浪蕩的公子哥兒也讀過幾年書，認得幾個字，見上頭刻著「錦衣衛指揮使　鍾贛」的字樣，這位方才還叫囂著要人當心的黃公子頓時慘白了臉，一陣尿騷味陡然間從身下飄了出來。

梁玉琢抬袖掩鼻，轉過頭忍笑。

「錦……錦衣衛……」

沒有飛魚服，沒有繡春刀，只一塊腰牌，就已經叫人下意識地紛紛退讓，不敢靠近。原先還想上前幫忙的公子哥兒這會兒連跌帶爬地從人群中跑走，根本顧不上還被人踩在腳下的黃公子。

眼看著圍觀的人越聚越多，遠處還有馬車被堵在了路中央，梁玉琢輕輕咳嗽兩聲。「鍾大哥，算了吧！」

鍾贛把腰牌重新收起，神色深邃冷峻，目光銳利如劍，只低頭看了一眼黃公子，隨即收腳，順勢往人腰上踢了一下。

「滾吧！」他道：「別叫我再撞見你。」

哪裡還敢讓錦衣衛撞上？黃公子幾乎是翻滾著從地上爬起來，腰身以下的位置是濕漉漉的一片。因為鍾贛亮出的錦衣衛腰牌而一時間鴉雀無聲的人群，眼見著那塊羞恥的水跡，忍不住爆發出鬨笑。

人群終於在這個時候漸漸散開，逛廟會的繼續逛，該回家的也往家裡走。梁玉琢站在原地，瞅著有些嫌棄地從地上一灘水漬收回視線的鍾贛，忍不住彎了彎唇角。

「什麼時候回來的？」

盛京和平和縣之間有著不短的一段距離，一個來回需要不少的時間，梁玉琢雖然不懂朝政，可看過電視劇、看過小說，也知道像鍾贛這樣官復原職回朝的，一定會有不少事情等著他處理；梁玉琢甚至想過，要等她攢到錢後去盛京才能跟鍾贛再見上一面。

「昨日傍晚回城，因事在城裡停留一夜。」鍾贛面不改色地走在梁玉琢的身邊，對來往行人往兩人身上打量的視線皆視而不見。「方才碰著老三，知道妳進城了，所以過來找妳。」

鍾贛隨手拿起路邊攤子的一副面具，放在臉上，擋住了面上的神情。「鴉青呢？」因為一層面具，梁玉琢不知鍾贛此時此刻的神情，可單聽聲音，卻知道男人多半是有些不悅。

「是我貪涼，害得鴉青清早起來的時候得了風寒，我託了鄰居在家照看她。左右鴉青不在，還有老三他們不是？」梁玉琢說著，踮起腳，伸手去拿鍾贛覆在臉上的面具。

面具下，鍾贛原本冰涼的眼裡，終於流露出無奈。

「可出事的時候，他們誰也不在。」他順手把面具覆在梁玉琢的臉上，手指摩挲著面具上冰涼的唇。「如果我不出現，妳會怎麼辦？」

面具揭開，露出梁玉琢透著狡黠的眼。「我自有辦法對付他們。」

廟會上人多，那幾個又是喝多了酒的公子哥兒，直接踹了孫根，然後順勢跑路，這是在鍾贛出現之前，梁玉琢腦子裡一瞬間轉過的辦法。她不覺得以那幾個公子哥兒混混沌沌的情況能記得她的臉，可鍾贛的一頓打，顯然比她的方法更叫人痛快。

看見梁玉琢臉上的神情，鍾贛輕輕嘆氣。這是他看上的姑娘，可怎麼就讓他覺得，就算沒有他、沒有別的什麼男人，她也能好好地靠自己站著。

隔了一段時間才見面，想說的話有很多，梁玉琢和鍾贛　道，沿著長長的一條街，慢慢走了很久。途中老三出現過一次，他得了鍾贛的囑咐，笑著看了她一眼，之後朝著演百戲的地方走去。

第三十四章

「要不要試試看賈樓新出的菜？」

逛到賈樓附近，梁玉琢抬頭看了看天，日頭已經掛在當空，曬得人不斷地冒汗，肚子也餓了。她看鍾贛，見他始終站在自己的左手邊，擋著車馬和人流，聽到詢問，只稍稍點頭，便又皺起眉頭，避開了一個「一不留神」撞過來的年輕婦人。

梁玉琢忍笑，伸手抓過男人的手腕，直接往賈樓拉。「走吧、走吧，我也餓了。」

她轉過頭往前走，自然不知身後的男人，在手腕被抓住的瞬間，眼神猶如染上了濃重墨色，慢慢發沈，手腕處的溫熱順著血液而上，直至鑽入心房。

因為廟會，賈樓的生意好得不行，梁玉琢才走到門口，就讓在外頭迎客的小二認了出來。如今的賈樓，從跑堂的小二到後廚劈柴的幫工，都認得梁玉琢這張臉，看見她出現，小二忙丟下迎進門的客人，將人領進樓裡。

掌櫃的正在後面撥著算盤，抬頭看見梁玉琢，忙迎上前來。「梁姑娘來了，樓上的廂房都滿了，要是不介意，進後院吃吧！」

賈樓如今沒把梁玉琢當外人，自然敞開了後院，隨她走動，哪怕梁玉琢此刻身後還帶著男人，見多識廣的掌櫃似乎也不覺得有什麼奇怪的地方。何況誰都知道，下川村的梁姑娘和從盛京來的錦衣衛指揮使有了情誼，想來，站在她身邊這個高大冷峻的男子，就是那位了。

囑咐掌櫃的若是樓上有空了，就給梁秦氏留間小廂房後，梁玉琢笑盈盈地讓小二往後院上菜。

鍾贛一如既往的寡言，臉上的神情卻帶著溫柔。他拎起茶壺倒了一盞，可從茶壺裡倒出來的不是茶水，而是烏梅飲，鍾贛看了看，遞給了梁玉琢。

「不喝嗎？」梁玉琢接過那盞烏梅飲，目光疑惑。「六月天熱，喝烏梅飲可解暑，或者你要不要嚐嚐賈樓的冷淘(注)？」

鍾贛瞧著被烏梅飲濕潤的唇，眼神微動，放在桌上的手微微屈指，按捺下伸手撫弄的衝動。

「我，不太喜歡吃甜的。」他移開視線，垂下的門簾外，傳來小二傳菜的細碎聲音。

「聽媒官說，妳打算娶我？」

「對。」毫不在意掀開門簾的小二被自己的應答嚇住，梁玉琢笑著把那盞烏梅飲全部喝下。「就是不知道，咱們的鍾大人，要求聘金多少？」

來送菜的小二大概沒料到會是這麼一個狀況，嚇得上菜的時候全程低著頭，等盤子裡的菜都擺上了桌，趕緊低頭逃走。

屋裡一下子又只剩下兩人。

梁玉琢唇角上揚，眼裡是藏不住的笑意，她拿起筷子，點了點盤子。「這幾道都是我賣給賈樓的菜，我啊，現在很努力地攢銀子；不過呢，還是想問一聲，我們的鍾大人，想要娶你需要送多少聘金？」

她的笑意湧上眉梢，整個人比任何時候看起來都要耀眼。

鍾贛看著她，呼吸微促，良久，他放下筷子直起身，在少女錯愕的目光中，將吻落在了她的唇上。

唇間，是男人的低語。

「一兩，一兩銀子，我就嫁給妳。」

在古代談戀愛，有一點不好——沒辦法盡興。

梁玉琢覺得自己永遠無法像土著女那樣，做到連面也沒見過就蓋上紅蓋頭拜天地然後進洞房，就像現在，就這麼一個淺淺的吻，在世俗面前，也是不應該的。

好姑娘就該老老實實、三媒六聘嫁給門當戶對的男人，拜天地入洞房，一夜顛鸞倒鳳成夫妻，再過幾日懷上孩子，有條件的給男人納個妾，沒條件自個兒對付，生了兒子輕鬆一些，生了女兒再接再厲。

但這不是她要的生活。

注：涼食的麵粉類食品，似現代涼麵。

就好比，她明知道她跟鍾贛之間橫梗著的，不僅僅是年齡，更是門第，但她在決定接受這份感情、接納這個男人開始，就壓根兒沒想過要有任何的妥協。

哪怕開國侯府派人給了下馬威，她也依然可以挺著胸膛，道一聲我娶。

不過，嫁娶之前，正經的戀愛談起來多少有些麻煩，比如，沒得約會；再比如，連情侶之間的親暱也只能留在人後。

鍾贛落下的那個吻，初時輕柔，到後面，卻如猛獸般凶猛肆意。作為初學者，梁玉琢在短暫的錯愕後，好學地反撲，唇舌交纏，整個人的心魂都在互相追逐、掠奪。

她有些後知後覺地被抱到了鍾贛的腿上，彼此追趕間，雙手攀上了他的衣襟，有些緊張，更多的是歡喜。

方才喝的烏梅飲，分明不甜，可唇間津液卻帶了甘甜的味道，一經沾上，誰也捨不得放開。鍾贛一手摟住梁玉琢的腰，一手貼著她的臉，聽得女孩從口中溢出的嚶嚀，慣常拿刀虎虎生風的錦衣衛指揮使，竟覺得心頭一顫，想要徑直把人就這樣揉進懷中，藏到心裡。

鍾贛終於鬆開彼此的唇，卻仍舊將人攬在腿上，拿勺子舀起一勺湯水，吹了一口才遞到梁玉琢的唇邊，低聲哄道：「來，喝湯。」

梁玉琢兩頰發燙，看了男人一眼，微微低頭張嘴去喝湯。被吹過的湯並不燙嘴，醇厚的香味在口中肆意漫開，迎來的是又一個追逐打鬧的親吻。

這一頓飯，到最後竟吃得兩個人都狼狽不堪。

直到老三隔著門簾打趣催促，梁玉琢方才紅著臉，從鍾贛的腿上下來。

梁秦氏和二郎已經在樓上廂房用完膳，掌櫃的正陪著說話，看見梁玉琢進門，方才笑著離開。

「這兒可貴了吧？」梁秦氏只知道女兒如今找著了賺錢的門路，家裡不再像過去那樣揭不開鍋，可並不清楚究竟賺了多少，以至於一整頓飯吃下來，唯獨二郎一個人吃得開心，梁秦氏則一直惴惴不安，生怕一頓飯花掉女兒不少銀錢。

梁玉琢笑著擺了擺手，轉頭喊來小二，又給二郎叫了碗冷淘。梁秦氏張嘴想喊不用，卻突然怔住，猛地站起來拉過梁玉琢的手。

「阿娘？」梁玉琢微怔。

「脖子……脖子上那是什麼？」梁秦氏說著，伸手拉下她的領口，露出一截光潔的脖頸，還有脖頸靠近肩胛處曖昧的痕跡。「好孩子……告訴阿娘……這是什麼？」梁秦氏的聲音都在顫抖。

發涼的指尖貼在肩胛處，梁玉琢忍不住打了個戰慄，就連二郎也忍不住爬起來去看她領口的痕跡，末了還想伸手去摸。

「阿姊，妳脖子這裡怎麼紫了一塊，疼嗎？」

如果說，梁秦氏的問話還沒叫她想起來是怎麼回事，二郎則是直接讓梁玉琢差點羞炸了。她一把將領子拉起捂住脖頸，往旁邊退了幾步。「阿娘，沒什麼……沒什麼的……」

真是沒什麼的，就是一個……吻痕而已。想起方才和鍾贛在屋子裡親暱的情景，想起男人緊緊箍著她的腰，在她肩頸間喘息，梁玉琢面上忍不住浮起赤紅。

梁秦氏再古板，也懂那樣的痕跡是什麼。當年她剛成親的時候，也曾叫男人留下過這樣的痕跡，哪裡會認不出來？只是看見女兒的神情，梁秦氏覺得自己被劈了一道悶雷。

「那位……那位回來了？是他留的？你們剛才在一起？」

自從那次病癒後，梁玉琢的性情就發生了變化。梁秦氏並不介意女兒的改變，只因她清楚，再怎樣，梁玉琢都還是那個聽話守禮的孩子，不會做出太驚世駭俗的事情。

可眼下，這一個吻痕，驚得梁秦氏幾乎站不住。聲稱要娶男人已經叫人在背後議論紛紛了，如今卻連……連這麼親密的痕跡都允許人留在身上了不成？

「妳知不知道妳還是黃花閨女，妳怎麼……」

沒等梁秦氏把話說完，門被人從外面輕輕敲響，二郎咬著勺子，噔噔噔跑去開門。「你找誰？」

「找你阿姊。」

門外的應答聲低沈，卻帶著淡淡的笑意，二郎幾乎是當即就轉頭喊了一聲。「阿姊，有人找妳咧。」說完，又轉身跑到梁玉琢的身邊，湊近低聲道：「阿姊，這人是誰？好像很厲害的樣子，比聞先生還厲害嗎？」

小孩的記憶總是有些「喜新厭舊」，不過幾個月沒見，二郎已經認不得跟著自己進屋的男人，是之前在家裡當著眾人的面求娶他阿姊的人了。

只覺得這人看起來又高又大，好像很厲害的樣子，而經常出現在自家附近的老三叔叔正站在一邊，似乎很聽他的話，看起來越發顯得他厲害。

二郎沒見過爹，但知道他爹是村裡最聰明的人，讀書識字之外還是秀才。因此他入學堂後，簡直把同樣讀書識字還是秀才出身的聞先生，當作親爹一般崇拜。如今二郎再看到一個看起來很厲害的人，自然而然地就放在一起做比較。

梁玉琢不知道鍾贛有沒有聽見孩子的這句話，只抬眼看了下進屋來的男人，朝他微微點頭。

梁秦氏顯然沒想到會有男人來找梁玉琢，視線在女兒和來人之間來回，遲疑道：「鍾……大人？」

鍾贛點頭，一開口並未先向梁秦氏行禮，反而看向梁玉琢。「妳帶上二郎去外面轉轉，我有話要和妳母親說。」不過只是分離片刻，一旦確認了感情，片刻也彷彿漫長無比，鍾贛忍下想要再度親吻愛人的衝動，向梁秦氏鄭重地行了一禮。

說話間，二郎正好吃下最後一口冷淘，梁玉琢沒有過問太多，牽著二郎就往外走，臨出廂房，鍾贛的聲音又傳了出來。「記得帶上老三。還有，我比聞先生厲害。」

關上的門外，姊弟倆互相看了一眼。

「阿姊……他真的很厲害……」居然能聽見他剛才偷偷說的話。

「是啊是啊，很厲害的。」他揮刀砍人的時候更厲害……

梁玉琢不知道鍾贛會和梁秦氏說些什麼，只帶了二郎出賈樓隨便逛逛。老三和另幾人不遠不近地跟著，哪怕人潮再擁擠，也緊緊跟在身後，生怕出現意外。

趁著廟會，賣紙鳶等玩物的人不少，只是二郎如今房裡收著的幾只紙鳶，都是湯九爺閒暇時給小子做的，個個做工精緻，要比廟會上賣的這些好看百倍，以至於此時此刻，攤子上琳琅滿目的各類紙鳶、蹴鞠，都沒能叫姊弟倆看上一眼。

離賈樓不遠的地方，有家出售文房四寶的鋪子，臨街的櫃子上，紫檀的筆架下懸著幾支做工上等的狼毫，梁玉琢只掃了一眼，當即就把二郎拉進了鋪子。

鋪子的掌櫃正在和人背對著店門說話，手裡還捧著一捆白宣，聽到腳步聲，這才回頭。

「這位姑娘需要些什麼？」

「可否看下這筆？」梁玉琢指了指懸在筆架上的一支狼毫。

「姑娘好眼光，這筆輕巧，最適宜姑娘家使用。」掌櫃的說著，並未離開方才的客人，只叫店內的幫工取下狼毫遞給她。「這筆，做工也巧，姑娘若是喜歡，二兩銀子即可。」

尋常人家，一年三、四兩銀子便可吃飽穿暖，叫人拿出二兩買支筆多少有些貴了，梁玉琢看了眼狼毫，笑笑將筆重新懸掛回去。

「筆是好筆，可惜，賣筆的卻是個自以為是的，平白污了這筆。」
「姑娘這是何意？若是買不起，姑娘好走不送，胡說八道什麼？」
筆是不是好筆，梁玉琢其實看不出所以然來，但掌櫃的眼底那副輕蔑的神色她卻看得仔細。
也難怪，有錢人家的姑娘不會不帶丫鬟就出門閒逛，像她這樣拉著弟弟進店的，十有八九是尋常出身，左右不會是什麼大客戶，掌櫃的自然也看不上那幾文錢的生意，就想打發她離開。
換作平日，梁玉琢只怕還會跟這人扯上一會兒，可剛要開口，她就看見原本和掌櫃的正在說話的客人，這會兒已經轉過身來，看了他們姊弟一眼，對著掌櫃的拱手行禮。
「蔡掌櫃，這孩子是在下的學生，還請您莫惱。」他禮能，也不說姊弟倆究竟哪一個是學生，只笑道：「還請掌櫃幫忙挑適宜的筆墨紙硯，就當是在下代學生向您賠罪。」
梁玉琢心頭騰地就竄起火來，聞夷的一句賠罪，等於直接駁斥她方才的話，生生將這姓蔡的掌櫃的無理排除在外。
梁玉琢惱怒，張口便道：「聞先生教書育人，便是這麼……」
「街前有家鋪子，名為『文房四譜』，賣的都是上好的文房四寶，比這一家要好上許多。」
梁玉琢回頭，二郎已經撲進了梁秦氏的懷裡。鍾贛就站在門口，背著手，撞上她的視線，眼底帶著柔情。「我帶妳去那裡看看。」

梁玉琢挑眉，回頭看著蔡掌櫃，嘴上問的卻依舊是鍾贛。「貴嗎？」

「貴。那家一座上等紫檀筆架售價三十兩，所售出的筆，皆是尖、齊、圓、健；所售出的墨，墨色如漆，聞之無香，磨之無聲。至於紙，」鍾贛抬眼，視線從掌櫃手上所拿的白宣一掃而過，又停留在聞夷的臉上，方才露出一絲輕視的笑。「碧雲春樹、團花、滕白、觀音、清江應有盡有。」

第三十五章

聞夷不認得這個突然出現、站在梁玉琢身邊說話的男人，可鍾贛卻是認得聞夷的。老三在下川村，每隔幾日就會往盛京傳回消息；鴉青也會從別的渠道，將密信傳到他手中。

因他們兩人留在梁玉琢身邊，鍾贛並不擔心她的安危，可人心難測，突然出現的聞夷，說實話，在見面之前的確曾讓鍾贛心底生出過一次妒嫉和猜疑。

並非猜忌梁玉琢，他只是懷疑這個秀才的身分。他雖找人去尋一個秀才到村裡做先生，想的卻是四十來歲的中年男子，哪知竟會是這麼年輕的男人。

而嫉妒，鍾贛失笑，將視線從聞夷的臉上移開。面色蒼白，一開口就先低人一頭，這樣的人，他實沒必要放在心裡提防著。

他想到此，沒有任何猶豫地伸手扶住梁玉琢的肩頭，將人順勢往店外帶，微微低頭。

「走吧，帶妳去別處看看。」

鍾贛正要將梁玉琢帶走，聞夷突然上前，將人攔下，目光在兩人身上來回探看，問道：

「在下是梁二郎的先生，不知閣下是？」

「在下鍾贛，梁家二郎乃是我未來的妻弟。」

錦衣衛指揮使，姓鍾名贛。聞夷曾聽過這個如雷貫耳的名字，卻是頭一回見到本人，看著站在面前的男人，他氣勢有些弱，下意識地後退一步，讓開了進出鋪子的道。

聞夷動作不大，梁玉琢並未注意到，倒是鍾贛，眼角輕輕將人掃了一眼，帶著梁家姊弟倆，不緊不慢出了鋪子。

鍾贛口中所提的「文房四譜」是平和縣城中最好的一家賣文房四寶的鋪子，店中所賣的文房四寶，不光品質上乘，更是品相極佳，即便不是自己所用，作為禮物，也是極拿得出手的東西。

梁玉琢只是看不得方才那位掌櫃的神色中的輕蔑，這才說了那些話，可真叫她去文房四譜，她又有些捨不得。只是看著二郎雙目閃亮、十分期盼的模樣，她到底忍不住帶他去了，心頭微微嘆氣。

真進了文房四譜，出手付帳的卻輪不到梁玉琢，二郎摟著懷裡的文房四寶，雙眼炯炯有神，一臉欣喜地看著鍾贛。

鍾贛低著頭，道：「我今日贈你筆墨，是想叫你知道，你如今是家裡的獨苗，倘若不願如父輩一般一輩子困在田地間，讀書識字才是最佳出路。你阿娘懷胎十月將你生下，你阿姊含辛茹苦護你左右，日後但凡你有一絲不孝，我會代你阿姊將你逐出家門。」

二郎多少知道眼前的男人未來將會成為自己的姊夫，加上又認定姊夫比聞先生厲害百倍，於是不管男人說什麼，他的小腦袋都點得飛快，等人說完話，忍不住抱著東西跑去跟老三獻寶似地炫耀。

「二郎年紀還小，其實不必買這麼貴重的……」想到方才掌櫃刻意報的價錢，梁玉琢一陣心疼，責怪的話卻始終說不出口。

鍾贛似乎並不在意那些銀錢，露出一抹淡淡的笑意。「就當是我討好未來小舅子的。」

他素來冷臉，又生了一副殺伐決斷的心腸，縱然如今這笑容弧度並不大，也足以讓冰冷的臉上浮出暖意，叫梁玉琢心底生出喟嘆。「你別寵壞他了。」

「有妳看著，怕是壞不了。」鍾贛搖頭，伸手牽過梁玉琢。「不過，咱們以後的孩子，可能要叫我寵壞了。」

似乎沒想到鍾贛會突然提到孩子，梁玉琢騰地燒紅了臉。她畢竟沒那經驗，哪裡擋得住這個素來寡言的男人突如其來的低聲絮語，一時間竟不知道說什麼才好，半晌才道：「胡……胡說八道……」

鍾贛笑。「對，是我胡說八道了。」他驀地壓低聲音，似乎是將話語遞到了梁玉琢的耳邊。「妳如今年紀還小，等妳過了十八，再給我生孩子吧！」

他的聲音就貼在耳邊，滾燙的氣息拂過耳朵，熱得梁玉琢匆忙抬手揉捏耳朵。

她耳垂發紅，看得人唇齒生津，鍾贛挪開視線，撞上匆匆趕來似乎有話要說的聞夷，微微點頭。

二郎也見到了先生，卻不像從前那樣迫不及待地迎上去。顯然，自開蒙之後，二郎也懂事了不少，知道方才在鋪子裡，先生的話惹惱了阿姊。

這時，已有校尉趕著載了梁秦氏的馬車過來接他們姊弟。梁玉琢伸手把二郎抱上馬車，手肘被人托住，輕輕鬆鬆就站在了車上。

「晚上等我。」輕飄飄留在耳畔的叮囑，叫還未降下溫度的耳朵驀地又滾燙起來，梁玉琢捏住被話語拂過的右耳，瞋怪地瞪了鍾贛一眼。

然而鍾贛卻彷彿找著了樂趣，眉眼間俱是笑意。

直到馬車離去，鍾贛臉上的笑意收起，又是那一張冷臉，只是對上未曾離開半步的聞先生時，神情中多了一抹審視。

「先生姓聞，可是京中廣文侯府三公子？」

聞夷並不奇怪鍾贛會知道自己的身分。當初得知梁玉琢和錦衣衛指揮使關係非常時，他已隱約猜到，自己的身分即便梁玉琢不知，錦衣衛那邊卻是瞞不住的。

「廣文侯府上有一對雙生公子，兄弟兩人不願靠家中蔭庇，寒窗苦讀，求科舉出仕。其兄聞愉，一路過關斬將至殿試，出口成章，所知甚多，被今上欽定為探花郎；其弟聞夷，只落了個秀才之名，早早落敗，一連數年不曾應考。」

鍾贛言語間，將聞夷從頭到尾打量了一遍，驀地冷笑。「然，本官看聞先生風姿，卻不甚眼熟，不知，究竟該稱呼先生是三公子，還是二公子？」

聞夷本以為鍾贛說的不過是他的身世背景，哪知他竟然連府中的陳年舊事也知道得一清二楚，當下，原本就蒼白的臉色越發顯得難看起來。

廣文侯因國舅身分，才得以封侯，侯府之中，比起開國侯府來說，更可謂是一團糟。

聞夷的身分也確如鍾贛所言，本就是個假的。他們兄弟兩人，雖為雙生，卻性格迥異。那年，他一路高歌猛進，小小年紀，從童生一路成為天子欽定的探花，心中歡喜，卻忽略了止步於秀才身分的雙生弟弟。

弟弟嘴甜，自小得府中上下的歡心，而他，滿心的歡喜卻陡然間墜入深淵；不過才從瓊林宴回來，他就被心疼弟弟的爹娘好一頓哄，要他讓出名字、身分，好叫弟弟入朝為官。

彼時，他還有一出身世家的未婚妻，年少情深，他自然是滿心不願，沒想到竟惹惱了爹娘，平白得了一頓打。從那之後，聞夷就成了他的名字，而頂替了他身分的弟弟，順順利利入朝為官，甚至在幾年後，迎娶了他心愛的姑娘。

在很長的一段時間裡，聞夷幾乎都被關在家中不准出門半步，甚至於被要求在人前學弟弟從前的言行舉止，還要私下幫著他出謀劃策，以應對天子。

「錦衣衛既然如此神通廣大，能發現在下如今身分的真偽，為何當年……當年竟然叫廣文侯神不知、鬼不覺地混了過去？」聞夷幾乎是咬牙切齒地說出了疑問。

鍾贛皺眉。

當年發生這樁偷天換日之事時，他尚不是錦衣衛指揮使，所負責的也並非監察廣文侯；他如今會知道聞夷的事情，不過是因老三和鴉青在信中提及此人最近和他心愛的人來往甚密。

即便如此，鍾贛仍不打算解釋什麼。

「奪人功名，奪人姓名，甚至……奪人妻室……而我能做的，竟只是逃離侯府，躲到鄉野……」

聞夷言語間多有悲戚，鍾贛卻開門見山，直接道：「若我送你入朝，你意下如何？」

看著因為他的話突然怔住的聞夷，鍾贛眉頭漸漸舒展開。

當年聞愉殿試，於天子面前侃侃而談，出口成章，風姿之瀟脫，言辭之尖銳，叫許多人再難相忘。彼時，鍾贛並非錦衣衛指揮使，卻也記得那場殿試中，廣文侯府二公子的出類拔萃。

然而，彷彿只是一夜之間，耀眼奪目的探花郎突然成了泛泛之輩，只偶爾還能拿出一、二光彩之作，漸漸叫天子忘在了腦後。如今想來，瓊林宴後的探花郎，就已經是別人了。

「不過是一場偷天換日，探花郎當初如能尋找機會，為自己證明身分，天子自然會主持公道。可惜，困於父輩養育之恩，困於同胞兄弟手足之情，平白落得如今境地；就連方才那狗眼看人的掌櫃，探花郎你也已習慣萬事先低人一頭。」

鍾贛一口一個探花郎，直將言語化作利箭，刺得聞夷一步也站不穩。

可他又能如何？當父輩為了寵愛的弟弟，情願將他捨棄的時候，整個廣文侯府甚至沒人想過那是欺君之罪，他們只知道，他們最疼愛的孩子在哭、在鬧，惹人心疼，而不哭不鬧也明白事態嚴重的他，只能成為犧牲品。

可是……他想認命，卻又不願意認命，尤其，當他看到鍾贛的時候。「我如果想要回去，鍾大人，我該怎麼做？」

獵人的陷阱早已挖好，不過是誘著獵物一步一步走近罷了。鍾贛抬眼，看著神情已經發生變化的聞夷，轉頭騎上校尉牽來的踏焰，居高臨下地看著他道：「我會送你面見今上。」

天子早已對廣文侯府這些年的所作所為生了厭，姦淫擄掠，魚肉鄉里，如果不是看在皇后的面子上，怕是早就將廣文侯府拿下。而聞夷的這樁偷龍轉鳳，不過是天子想要處置廣文侯的一個引子罷了。

夏日的夜，蟬鳴聲一片連著一片，還有蛙聲此起彼伏，隔著一堵牆，二郎背書的聲音不輕不重緩緩傳來。

自白天得了鍾贛送的文房四寶，二郎忽然充滿了幹勁。梁秦氏感慨之餘，對梁玉琢脖頸處的吻痕也不再追究了，只叮囑她成親之前萬不能再有更親密的舉動。

身為母親，總歸是擔心女兒吃虧的，梁玉琢感念她的這點好，便當著面點了頭。

只是到了夜裡，看著才剛退燒的鴉青，聽著耳邊二郎的朗朗讀書聲，再望了望月色，梁玉琢一時半刻想不出鍾贛會用怎樣的方式出現。

然而，梁玉琢怎麼也想不到，這個男人還真的就這麼大剌剌地突然出現在房門外，不等她說話，直接摟住腰，幾步從院中離開。

匆忙間，她看見正巧開門到院中打水的俞二郎差點喊出聲來，也看見鴉青一個輕巧翻身，越過圍牆，捂住了他的嘴。

梁玉琢忽地苦笑。「我的大人，你這是要害苦我了。」

日子真要過去，總是眨一眨眼就過了一季。

自那晚被俞二郎看見自己跟鍾贛離開後，時間一晃眼又過去了月餘。

鍾贛沒有在下川村停留太久，又被從宮裡來的詔書召回了盛京。這一回，連帶著老三他們也都跟著離開了，山上的鍾府一時間只留下了幾個看門的小廝。

鍾贛這一走，不光帶走了老三，連著學堂教書的聞先生也不見了蹤影；不過才曠了兩日的課，縣衙那邊便又聘了另一位先生過來教書。

新來的先生留著山羊鬍，總是瞇著眼睛看人，看著有些不起眼，學問卻極好，二郎很快就適應了新先生，成績也比從前更好了。梁玉琢對於聞夷的去留並不在意，但很高興二郎的進步，為此，又做了好些吃食送到學堂孝敬先生。

她回回做吃的，總是能讓左右鄰居和湯九爺也分得一些，尤其是隔壁徐嬸家，張氏懷孕後變得格外挑嘴，可梁玉琢做的每道菜都對極了她的胃口，兩人的關係也因此好上許多，幾個月下來，倒是叫俞大郎越發覺得不好意思。

俞家還在孝期，俞大郎的媳婦是在俞當家出事前懷上的，如今算起來就要生了。這幾日，徐嬸寸步不離地守在家裡，就連兄弟倆也不敢走太遠。

梁玉琢又做了新菜送到隔壁時，俞二郎正在院子裡劈柴，看見她進門，轉過身子擦了擦汗。

自從那天晚上鍾贛把她從家裡帶走，正巧被他撞見後，俞二郎就不再跟從前一樣經常和梁玉琢說話，似乎是在避嫌。看見俞二郎現在的反應，梁玉琢有些哭笑不得。「俞二哥，嬸子在家嗎？」

俞二郎背對著她，手裡還握著斧頭，聽到問話，微微側頭。「娘在屋裡陪嫂子說話。」

他話音才落，屋裡頭忽地傳來「啪」的一聲，有什麼東西摔碎在地上，梁玉琢還來不及反應，俞二郎已經丟下手裡的斧頭，匆匆忙忙跑到房門口喊。「娘，怎麼了？」

「沒事、沒事。」

隔著一扇門，徐嬸的聲音從屋裡頭傳來，下一刻又聽見張氏的驚呼。

「娘，我肚子疼。」

張氏這一喊，徐嬸的聲音也變了，趕緊打開門，衝著門外的兒子喊。「二郎，快，快去請穩婆來，你嫂子要生了！」

俞二郎有些愣神。他家三郎出生的時候，他正好去了山裡，回來才知道他娘一個人把三郎給生下來了。眼下聽見他娘有些慌張的聲音，俞二郎還沒回過神來，倒是梁玉琢上前一步，抬手一掌拍在他的胳膊上。

「俞二哥，快去請穩婆，嫂子這是要生孩子了。」見俞二郎恍然回過神來朝門外跑，梁玉琢隨手把籃子放在門口，匆忙抬腳往屋裡走。「嬸子，咱們先把嫂子扶到床上。」

張氏這肚子養得滾圓，俞大郎是個疼老婆的，怕她坐著難受就託人做了張躺椅。梁玉琢進屋的時候，一眼看見張氏靠在躺椅上，滿臉蒼白，身下還流出水來，就知道是羊水破了。

徐嬸到底是生過孩子的人，比起兒子鎮定不少，和梁玉琢一道小心地把張氏攙扶到床上。不過一會兒的工夫，張氏疼得滿臉都是淚，躺在床上雙眼緊閉，兩隻手抓著床單，直喊疼。

「生孩子哪有不疼的，媳婦，先忍忍，別把力氣都用完了，娘給妳做吃的去，咱們先吃點東西，養養力氣。」

徐嬸是真的疼這個媳婦，自從俞當家死後，家裡就少了一個人，如今順利的話，能多添一口子，她自然是高興的；可生孩子是女人的一道鬼門關，一不留神就會丟了性命，她怕張氏有個萬一，叫大兒子也丟了魂。

張氏吃力地點頭，卻伸手抓住了徐嬸的衣服，梁玉琢瞧這狀況，忙跑到門外，提著籃子回到屋裡。「我剛做了雞絲涼麵，嬸子，快餵嫂子吃兩口，好等穩婆來了有力氣生孩子。」

雪白的麵條上鋪著白白的雞絲和青綠的黃瓜，看著清爽可口。因為之前顧念到張氏懷孕後口味偏重，梁玉琢還特地澆了自製的麻醬，一盤雞絲涼麵端到徐嬸手上，看著就令人充滿了食慾。

可張氏如今哭得眼睛都快看不清了，哪裡還知道餵進嘴裡的是什麼，囫圇吃完一盤麵，只覺得身下要撕開一般的疼。

穩婆就是在這個時候被俞二郎接到家裡的，一進屋，直接開口問：「疼了多久？」她一眼看見屋子裡還有個未出閣的小姑娘，忙叫人出去。「小丫頭去那邊等著吧，別在這裡待著了。」

梁玉琢本想留下幫忙，見梁秦氏這會兒已經聽到動靜過來了，忙從屋子裡出去鑽進灶房燒熱水。

要是兄弟倆都不上山，家裡就沒了收入。俞大郎今天上山打獵去了，因此這會兒還沒得到消息，三郎在學堂，家裡現在只有俞二郎一個男丁，聽見屋子裡傳出來的喊聲，這個高大的青年像沒頭蒼蠅似的，在門外走過來、走過去，急得不行。

梁玉琢幾次幫著送熱水到門口，見他始終皺著眉頭，忍不住開口勸慰。

「這穩婆在村裡這些年接生了那麼多孩子，孩子一定能順利生下來的，俞二哥，你先坐會兒吧，別把自己轉暈了。」

第三十六章

俞二郎早已經急得出了一頭的汗，他從來不知道生孩子是這麼痛苦的一件事，從前一塊打獵的夥伴裡也有早早就當爹的，嘴上雖然說驚險，可自己沒碰過，自然無從得知真假。

「嫂子一定會沒事吧？」他問得有些猶豫，視線片刻不離緊閉的門扉。

「不會有事的。」梁玉琢知道，俞家對張氏這一胎尤其看重。這個小生命，帶著不一樣的意義來到張氏的肚子，也會帶著這個意義降臨人世，給因為俞當家過世後一直愁雲慘霧的俞家，帶來喜色。

「我從來不知道，女人生孩子會這麼難。」俞二郎的聲音有些遠，梁玉琢轉頭。他已經不再轉悠了，就站在她的身邊，臉上的神情看起來寫滿了憐惜。「以後，妳也要經歷這些嗎？」

跟姑娘談生產這個話題，假如放到別的姑娘面前，俞二郎大概要被結結實實甩上一巴掌。

就連梁玉琢也一時愣怔，半晌才回過神來，苦笑。「只要我能生，就一定會經歷這些。」她頓了頓。「所以，俞二哥，等你以後娶了媳婦，一定要待她好。你的媳婦出嫁前，也是別的女人艱難生下的寶貝，她經過磨難出生，長大後嫁給你，然後要從磨難中為你生兒育女，男人如果不能疼媳婦，對媳婦來說，未免太寒心了。」

下川村是個很傳統的古代村落，梁玉琢在這裡見過很多種夫妻，比起上輩子生活的村子，古代村莊裡的夫妻比想像中更要讓人瞠目結舌。

有恩愛如她爹娘的，也有鍋碗瓢盆摔打一天的；甚至她還見過媳婦躺床上生孩子，男人不僅沒回家陪著，還跑去跟村裡的寡婦廝混的。

種種情狀，叫她看得不知如何言語。

男尊女卑的思想根深柢固，她不過一個雙手空空的尋常人，哪有本事去改變這些？可她心底也盼著，這樣夫妻不對等的例子能少一對是一對，哪怕只是讓男人多疼疼自己的妻子，也好過叫他連妻子如何痛苦生產都不知道。

梁玉琢說完話，有意看了俞二郎一眼，見他若有所思地看著門扉，不由鬆了口氣。俞二郎對原主的那點心思，梁玉琢是知道的。青梅竹馬一道長大，如果不出意外，若她這抹孤魂沒有占了身子，興許原主最後會順理成章地嫁給俞二郎，做一對下川村中平平凡凡的夫妻。

也是因此，梁玉琢始終不知要怎麼叫俞二郎斷了那點心思。他從不明說，只在身邊幫襯，梁玉琢不好主動告訴他「別喜歡我了」、「我不喜歡你」，只能若即若離地疏遠關係。

好在俞二郎雖然憨，卻不傻，在鍾贛出現前就已經慢慢讓自己回到了兄長的角色；再加上先前被意外撞見幽會，梁玉琢知道，俞二郎是徹底斷了心思。

梁玉琢想著，回過神來關注屋子裡的動靜。張氏的喊聲比剛才更用力了一些，穩婆的聲音也從屋裡頭傳了出來，正在不斷指揮張氏用力。
她看不見屋裡的情況，但大概也能猜出是怎樣一副架勢，光聽張氏快要喊破的喉嚨，就知道那疼是真的撕心裂肺。眼看著俞二郎的臉色難看了起來，她忙把人推了推。「還不快上山找俞大哥去，別叫人回來了，才知道嫂子把孩子生下來了。」
俞二郎猛地回過神來，拋下一聲謝謝，趕緊就要上山找人去。
等到兄弟兩個跌跌撞撞邁進家門，就聽見屋子裡頭穩婆興奮地高喊。「生出來了、生出來了！」
「生了……生了！我當爹了，二弟，我當爹了！」俞大郎狂喜，沒等穩婆開門，自個兒就三步併作兩步地推開門往裡頭衝。
梁玉琢在門外擔驚受怕了好久，這會兒總算鬆了口氣，跟著俞二郎一道進了屋子。小小的孩子被包裹在襁褓內，紅通通的，閉著眼睛，吧唧著嘴。
「是男孩、女孩？」
「是個大胖小子。」
「男孩好，男孩以後可以保護娘親跟妹妹。」
俞大郎笑得合不攏嘴，抱著兒子就往張氏身邊湊。因為剛生完孩子，張氏有些脫力，看了一眼兒子和丈夫，就閉上眼昏睡過去。穩婆拿了銀錢，又說了一堆的吉祥話，才心滿意足地離開。

徐嬸直到這會兒才鬆了口氣，洗過手後，親自把梁秦氏送回家。梁玉琢提著籃子跟在後頭，還沒進家門，身後傳來喊聲。

她回頭，只見湯九爺慢吞吞地走了過來。「我準備去一趟盛京，妳要不要跟著我一塊兒走一趟？」

在許多書中，對於一個王朝都城的描述，總是離不開金光閃耀、雄偉壯麗一類的形容。梁玉琢不知道，長安、南京、杭州在作為王都的那些年，是否也可以用富麗堂皇來形容，但大雍的王都盛京，的確沒有讓她失望。

她帶上銀錢，領著鴉青，跟著湯九爺踏上了前往盛京的旅途。一路上所見所聞，讓她頓覺自己果然不能一輩子留在下川村。人不能當井底之蛙，井外的世界如此大，她又怎麼能甘願只看到那一方天空？

這一路走了大概月餘，從七月初走到了八月中旬，天氣漸漸地燥熱起來，梁玉琢前腳才踏進盛京，後腳天空就突然下起了傾盆大雨。

時值盛暑，陽光極烈，可擋不住天上飄來一片黑雲，然後下一場叫人措手不及的大雨，只是這樣的雨，通常持續不久。梁玉琢和湯九爺一道在城門附近的餛飩攤點了三碗噴香的餛飩，等碗底空了，這場雨也停了。

從餛飩攤出來，路邊的屋簷下還掛著晶瑩的水珠，順著瓦片滾落下來，在屋簷下的水窪裡濺起不大不小的水花。不多一會兒工夫，被黑雲遮擋的陽光，也在倏忽間跳了出來。

聞著鼻尖的土腥氣，梁玉琢皺了皺鼻子。「九爺，我們先去找家客棧吧！」

湯九爺這次來盛京的原因，梁玉琢並沒有去問，鴉青似乎知道，可她不問，鴉青也不會主動去說。她和湯九爺說完話，就開始向路邊的小販打聽哪兒有價廉物美的客棧可以投宿。

一座城市當中，消息最靈通的有兩種人，一是走街串巷的小販，二就是乞丐。問了幾個小販，都提到了一家名叫昀樓的客棧，梁玉琢想著便要抬腳往小販手指的方向去，不料卻叫湯九爺喊住。「城裡有家叫衡樓的客棧，就去那邊住吧！」

「九爺認得衡樓的老闆？」

一路上，湯九爺對住宿從來都沒什麼要求，就算是破舊的客棧，他照樣能安睡一整夜。因此，這一路上的住宿和吃食幾乎都是梁玉琢在打理，她安排怎樣，湯九爺就照著睡、照著吃，不挑不揀，好伺候得很。這回他提出去衡樓，是第一次直接了當地說明自己的意思。

去衡樓還是昀樓，對梁玉琢和鴉青來說，沒什麼差別，不過是順著湯九爺的意思，拐了幾道彎，又過了兩條街，終於到了他口中的衡樓。

原以為會是一家低調質樸的客棧，可梁玉琢站在門前，仰頭望著這家裝飾得頗為富麗堂皇的客棧，猶豫不前。

這一晚上……得花多少錢？她吞了吞口水。雖然上輩子有個不切實際的夢想，是拿畢生的存款去杜拜住一次帆船飯店，但夢想的重點不就是在「夢」字嗎？夢作一作就好了，實現什麼的就不需要了。可現在，光看衡樓的裝潢，梁玉琢覺得，在裡頭住一晚，差不多可以當作住一次杜拜帆船飯店了……

湯九爺好似沒發現她有些不太好看的臉色，徑直邁步進了客棧。一樓的大堂設了十來張桌子，還另有屏風將旁邊一排的空間阻隔開，設了雅座。大堂中間空著偌大一片地，梁玉琢進去的時候，一眼就看見中間正有人在說書。

這民間的說書，講的是古往今來，講的是道聽塗說，這會兒正在講官復原職的錦衣衛指揮使和開國侯府的恩怨情仇。

那說書的將驚堂木一拍，滿座噤聲。「今日這故事，老夫講完了，若要再聽，明日老時候咱們再會。」

堂下一片唏噓，可也知道，這就是說書人的目的，便不再強求，紛紛點了吃食，打算小坐一會兒再離開。

梁玉琢沒能把故事聽全，只聽到說書人道那開國侯夫人為了將娘家的姪女說給錦衣衛指揮使，硬是放了下作的藥，想要生米煮成熟飯，卻不料叫他身邊的一個錦衣衛吃了下藥的酒水，成了好事。

梁玉琢鬆了口氣，一回頭，正對上湯九爺揶揄的視線，一時間有些羞窘。「九爺……」

「獻生？」有個突兀的聲音驀地打斷梁玉琢的話，一個穿著藻藍色衣袍的男人從旁邊衝了過來，幾步走到了湯九爺的身前。

沒等梁玉琢詢問來人身分，湯九爺忽然開了口。「貢枝，別來無恙。」

「你……果然還活著。」男人的聲音有些發抖，梁玉琢看見他一雙渾濁的眼裡蒙上水霧，臉上的笑容帶著震驚與狂喜。

男人一把拽過湯九爺的手，轉身就要往後院走。梁玉琢往前追了幾步，只見湯九爺像是對那人說了什麼，男人停下腳步回頭打量了她一眼，叫來掌櫃的開了房間，送人上樓。

「姑娘可想知道九爺的事？」

進了客房，梁玉琢走到床邊將窗子打開，耳後傳來鴉青詢問的聲音。她眺望這窗外的盛京風光，倏忽一笑。「錦衣衛是不是真的什麼事都能調查到？」

明知道姑娘背對著自己，鴉青卻仍舊點頭，老實道：「錦衣衛是天子耳目，只要是天子想要知道的事情，錦衣衛全都能調查到，只要是天子可能會用到的消息，錦衣衛也都會竭盡所能地捕獲。」

鴉青不算是錦衣衛，可大概是因為在鍾贛手下做事的關係，對於錦衣衛也是十分瞭解，更因為要在梁玉琢身邊侍奉的關係，很多消息老三並不瞞著她。她原以為自己說了這話，梁玉琢可能會順勢詢問起湯九爺的事情，卻沒想到，梁玉琢問的是另一回事。

「鴉青，那妳知道，那位開國侯夫人究竟是怎麼回事嗎？」

雖然鍾贛也曾經跟她說過和開國侯府之間的恩怨，可對於那位侯夫人，鍾贛似乎並不願意多言。這裡頭固然有恨意，更多的卻是日積月累下形成的漠然。

鴉青斟酌了一下，順從地將開國侯夫人的那些事原原本本向梁玉琢說了一遍。

和鍾贛有關的那些消息，錦衣衛內部知道的，要比外面百姓流傳的仔細。旁人只知道，這一位侯夫人不是開國侯的原配，只以為是身為續弦的侯夫人容不下比自己子嗣聰明的原配嫡子，卻不知道這裡頭的陰私到底有多少。

如今的開國侯名叫鍾軼，鍾贛出生百日，鍾軼遇上了當時還待字閨中的馬氏。第二年，開國侯府的嫡女鍾茯苓入宮，自那以後，開國侯府越發如日中天，在所有人都不知情的情況下，承爵的鍾軼和馬氏勾搭上了。

鍾贛七歲那年，常氏意外溺水，當時肚子裡還有即將臨盆的孩子。誰都以為常氏是因為河邊人太多，不留神被擠下河的，於是這位開國侯夫人的死就這樣遺憾地過去了。

不過兩年，鍾軼續弦馬氏。從此，作為開國侯府的嫡長子，鍾贛的地位一下子尷尬起來。馬氏很快為鍾軼誕下了子嗣，人前又是一副溫柔賢慧的模樣，做足了慈眉善目的後母姿態，沒人知道在侯府當中，她和開國侯一直把鍾贛視若無物。

「聽說自從老侯爺過世後，主子的日子就更難過了，所以才會早早離開家。姑娘這回來盛京，又不許我事先給主子遞消息，姑娘是想給主子一個驚喜不成？」鴉青隨口問了聲，又接過門外店小二送來的熱水，絞乾巾帕給梁玉琢擦手。

從下川村離開前，不光是鴉青，就連梁秦氏和二郎都以為她這麼匆匆忙忙地要去盛京，為的就是之前十分大膽的那句「我娶他」。可那會兒梁玉琢什麼也不說，只笑笑，就上了路。

所以，姑娘到底是為了來娶主子，還是為了別的目的？

梁玉琢看著鴉青臉上的表情，忍不住有些發笑。鴉青剛到她身邊的時候，是個話不多、有些內向的人；可認識久了，鴉青的性情就一點一點地冒了出來，和她說話的時候，臉上更是不會藏著什麼。

「我想想啊！」梁玉琢仰頭，好像真在思考什麼，半晌，才在鴉青期待的眼神中，眨了眨眼，笑道：「妳猜？」看見鴉青差點厥過去的表情，梁玉琢忍笑，忽又問了句。「那九爺的事，知道多少？」

那個不知道為什麼會隱居在廢園的老頭，有著一手讓人拍案叫絕的手藝，看起來似乎也沒吃過多少苦；可生活窘迫的時候，卻只肯把錢用在做燈籠的材料上，也沒想過讓自己吃頓好的，而且……還脾氣很臭，一度不肯賣他做的那些燈籠。

很明顯，他的出身一定是富裕的，卻不知道為什麼淪落到現在這個地步。

想想方才在大堂那個過來就喊住湯九爺的男人，梁玉琢更覺得，湯九爺一定是個藏著大秘密的人。

湯九爺的身分，鴉青自然知道。主子叫她去下川村的時候，村裡那些人，連帶著整天在村裡奔來跑去的狗都清清楚楚地列在了紙上，老三將上頭每一個人的消息都叫她記住。

其中就有湯九爺，只是九爺的身分，有些特殊。

鴉青正思索著怎麼把這事講清楚，窗外的街道上忽然傳來一陣吵鬧，然後是一連串腳步聲，夾著看戲的喧鬧聲。「快，快去鍾府看熱鬧了，開國侯夫人那個叫人睡了的姪女，跪在鍾府門前哭呢！」

「她還真敢鬧啊？有沒有這個臉？都被別的人睡了，還想著求人娶了？」

「這人還就有這個臉，非說是遭人姦污，就算不能進門，也要鍾大人把姦污她的人交出來。」

言辭間的輕蔑比比皆是，梁玉琢靠著窗戶，聽了幾耳朵，忽地轉頭看向鴉青。「雇輛馬車，我們去找于媒官吧！」

鴉青一愣，不解地看向梁玉琢。

梁玉琢莞爾一笑，眼底劃過玩味。「有人上門要搶我男人，要我男人好看了，我總得還點顏色回去。」

第三十七章

鍾贛十三歲那年從開國侯府出來獨住，住的是生母常氏的陪嫁宅子。從那年開始，這處宅子就掛上了鍾府的匾額，不知情的人只當是和開國侯同姓，別的沒怎麼細想。

直到後來，宮裡的大人們在附近進出頻繁，更有身著飛魚服的青年偶爾出沒，才叫人知道，原來這座宅子裡住的，是開國侯原配所出的嫡長子——如今的錦衣衛指揮使鍾贛。

儘管人人忌憚錦衣衛，可好奇心有時候發作起來，即便這是錦衣衛指揮使的家宅，也照舊有人私下打探情況。

大多都不是什麼要緊的事，鍾贛似乎並不介意讓馬氏的那些小動作叫外頭的人知道；畢竟繼母往繼子房裡塞人，給繼子下藥一類的事傳出去了，丟人的不是他，他自然毫不在意。

馬嬌娘跪在鍾府門外哭的時候，鍾府大門緊閉，連門房都沒有打開往外看一眼。這一哭，就哭了快一個時辰。馬嬌娘從剛開始的聲淚俱下，到後面已經連眼淚都掉不下來了，奈何大門那一頭仍是無動於衷，連一點聲音都沒透過那扇門傳來，而身邊圍觀非議的人走了一批又來了一批，指指點點的，叫她好生難堪。

如果不是為了得到回應，她怎麼肯跪在這裡丟人現眼？一想到自己的醜態都被別人看在眼裡，還得不到想要的結果，馬嬌娘就覺得一陣暈眩。

「喲，這裡怎麼這麼多人？來，勞駕都讓讓，讓讓，馬車堵著了。」隔著圍觀的人群傳來馬噴響鼻的聲音，還有人笑盈盈地衝著人群喊了一聲。

車輪往前滾，圍觀的人群無奈向兩邊退開，馬車擠進了人群，在馬嬌娘身後停下，方才說話的人笑道：「這位娘子怎麼跪在這兒？該不會是鍾大人家裡犯了錯的奴婢吧？」

不等馬嬌娘羞惱地呵斥，車裡驀地傳來一個清脆的女聲，斥道：「于媒官莫要胡說，若真是鍾大哥府裡犯了錯的奴婢，早被打出去了，哪裡還會容得人跪在門前丟人現眼。」

屬於年輕姑娘的這一聲呵斥，叫人當即將視線轉到了先前說話的那人身上。仔細一看，不就是城中有名的于媒官嗎？不少大戶人家的兒女都是這一位幫忙說的親事。

于媒官從馬車上下來，轉身殷勤地幫忙掀開車簾。「梁姑娘說得是。」

掀開的車簾內，鑽出來一個看著清瘦的少女，衣著簡單，眉宇間神色淡淡的，一開口，卻不是那呵斥的女聲。「于媒官，煩勞敲個門。」

「好咧！」話才應下，沒等于媒官去敲門，緊閉的鍾府大門就從裡頭打開了。六個丫鬟、僕從跟著管家模樣的中年男子從門後出來，恭敬地迎向馬車。

「可是梁姑娘？」

「我家姑娘的確姓梁。」

「那便是了。梁姑娘，大人尚未回府，清早進宮前曾交代過，若是姑娘來了，請先進府。」

管家話才說完，站在車邊的少女忽地轉頭朝車裡喊了一聲。「姑娘，我可沒給主子傳信。」

「我知道。」車簾再度被掀開，人群的視線一時間全都集中在上面。從馬車裡出來的少女，看著不過十五、六歲的模樣，有些瘦，胸前才稍稍鼓起，一身月牙白的襦裙，模樣清麗，但也只是清麗，還談不上多美麗。

原本還期待著能叫鍾府的管家親自來迎的，會是怎樣容貌的一個女子，卻不過是嬌滴滴年紀的少女，一時間，人群裡還有人發出惋惜的嘆息。

梁玉琢看了眼管家，又把視線轉到跪在石階前的女人身上。她方才從馬車裡出來的時候，清楚地看到這個女人明顯鬆了口氣，大概是覺得，容貌上她並沒有什麼戰鬥力。

她想著，唇角不由帶上笑。「管家叔叔，門口這位姑娘是怎麼一回事？難不成真是鍾大哥府上的奴婢？」

她向來認同女人何苦為難女人這句話；可萬事都有前提，開國侯夫人先前派人到家裡胡言亂語那件事，梁玉琢一直記在心裡，哪怕不說，也不會眨眨眼就拋在腦後。因此，那位夫人帶著姪女給鍾贛下藥，就真的沒有理由叫她再去善意地對待面前的這個女人了。

管家似乎早已知道她的身分，見梁玉琢這麼問，當即笑了笑。「姑娘說笑了，真要是府上的下人，大人早把人趕遠了，哪還會叫人跪在這裡引人圍觀。」

說著，管家當即引領梁玉琢就要往大門內走，未料馬嬌娘這個時候突然跳了起來，猛地一下就要撲上梁玉琢。奈何還沒來得及撲到，連湧到喉間的號哭都沒來得及出聲，馬嬌娘一聲慘叫，被人猛一下打在胸口，仰面倒在地上，疼得哭都哭不出來。

「鴉青。」

「姑娘……這人剛才突然撲過來，我擔心傷著姑娘，所以……所以就……我不是有意的。」鴉青收回手，臉上的神情並無慌張，就連眼神也十分平靜，哪裡像是無意傷人的模樣？

梁玉琢自然知道她剛才那一下是故意出手的。鍾贛將鴉青調到自己身邊，為的就是能夠貼身保護她，馬嬌娘意圖不軌，鴉青當然有義務出手防範。

梁玉琢想著，看了一眼仰面倒在地上、捂著胸口哭疼的馬嬌娘，不禁朝她嫣然一笑。

馬嬌娘小心地看著這個剛從馬車上下來的姑娘，看她笑得彷彿初晨綻放的帶露鮮花，頓時心口一緊，挨的那一下打顯得越發疼痛難忍起來。

「這位姑娘，我這婢女是貧苦出身，手腳沒個輕重，剛才沒打壞妳吧？」

梁玉琢說著，作勢要伸手去扶馬嬌娘。馬嬌娘見她走近，嚇得往後挪了幾步，臉色發白，這個動作有些大，不光是靠得最近的梁玉琢，就連旁邊圍觀的，也都看得一清二楚。

「姑娘……」梁玉琢有些難過地收回手，神情悲戚，咬唇道：「姑娘這是生我的氣了？我這婢女出手太重，想來是傷著妳了，不如……不如我送姑娘去醫館瞧瞧？」她的視線往下，輕輕咳嗽兩聲。「我是頭回進京，還不知城裡有無女大夫，畢竟……畢竟姑娘是叫我這婢女打在了……那個位置。」

馬嬌娘原本是孤身跪在鍾府門前，可她到底不是平頭百姓出身，身邊侍奉的奴婢、婆子哪裡敢走太遠，都躲在人群裡看著。

這會兒看見自家姑娘受人欺辱，滿臉蒼白，根本說不出回嘴的話來，她們當即從人群裡跑出來，一左一右扶住馬嬌娘；還有個身形肥大的婆子，擠到梁玉琢跟前，擋住她的視線。

梁玉琢往後退了兩步，朝這幾個突然冒出來的奴婢、婆子看了幾眼，又看到鍾府管家眼底蓋都蓋不住的輕蔑，她才收回視線。

「妳這姑娘，拋頭露面的，好沒禮數。」胖婆子張口就指著梁玉琢的鼻子，上下數落了一頓。「瞧妳這一身打扮，看著也不像是大戶人家出身，不知是哪裡來的小門小戶，也敢跑到這裡說話。」

這婆子說得急了，有些喘氣，還沒等話說完、把氣給喘平了，那頭梁玉琢忽地莞爾一笑，側身看了一眼下車後便沒再說話的于媒官。

于媒官笑笑往前走了兩步，朝著馬嬌娘仔細地看了幾眼，等看到馬嬌娘臉上的神情一點一點僵硬，眼神左右游移，她才微微轉身，向那胖婆子笑道：「這位嬤嬤怎麼稱呼？」

「老婆子姓溫，是開國侯世子的奶娘。」

開國侯鍾軼膝下如今有三子一女，長子鍾贛任錦衣衛指揮使，次子鍾翰為如今的開國侯夫人馬氏所出，三子鍾焯和唯一的女兒鍾儷，皆出自開國侯原配常氏的陪嫁文氏。

儘管鍾贛早年就離開了開國侯府，也有自己的官身，但開國侯世子之稱至今在外人眼裡，仍舊是屬於他的；至於被開國侯和夫人捧在手心上的鍾翰，不過是縮在兄長陰影之下的嫡次子而已，而世子之稱，更不是開國侯想給誰就能給誰的。

天子沒有下旨，開國侯府便沒有世子，聽見胖婆子這一嗓子的「開國侯世子」，鍾府管家的眉頭稍稍一蹙，于媒官的臉色也冷淡了幾分。

「大膽，開國侯至今尚未向今上請立世子，妳又是哪位『世子』的奶娘？想來定是個招搖撞騙的傢伙，打著開國侯府的旗號，四處敗壞開國侯及夫人的名聲，怕是就連這位姑娘，也是妳們花錢雇來誣衊鍾大哥的吧！」

胖婆子顯然沒料到梁玉琢會突然來這麼一段話，嚇得有些懵住了，再看被奴婢扶起的馬嬌娘，更是臉上毫無血色。

到底是閨閣女子，哪裡是這麼好叫人認得臉的，先前被人傳出說是開國侯夫人姪女的身分，也是找了有心人故意散播出去的，想要憑著眾口鑠金的本事，好叫鍾府裡的那個男人出來；可身分是真是假，平頭百姓哪裡知道，不過是說風就是雨的熱鬧罷了。

這會兒聽見梁玉琢的高聲質疑，頓時人群間炸開了鍋。

「是啊、是啊，開國侯夫人的姪女，應該不至於這麼丟人現眼吧？這做的事情，都快跟街頭發瘋的胡三姑一樣了。」

「說不定還真是假的。」

「我看不像啊，應該是真的吧，哪家的姑娘敢拿自己的貞潔出來說事的？」

「也沒哪個大戶人家的姑娘敢這麼沒皮沒臉的。」

胖婆子氣得說不出話來，厚厚的嘴唇一個勁兒地顫抖，可硬是吐不出一個字。馬嬌娘雖然被人扶著，聽到梁玉琢說的這些話，人也搖搖欲墜地快要跌坐到地上。

就是于媒官向來巧言善辯，這會兒也叫這梁家姑娘的嘴巴嚇了一跳。再看鍾府的管家，臉上是藏不住的喜色，顯然是早得了她要上門的消息，對這膽大的姑娘滿意至極，就連看向于媒官的神情裡也多了一分迫不及待。

「既是騙子，小人這就叫人把她們押送見官。」管家殷勤地側身。「梁姑娘和于媒官，裡面請吧，喝杯茶水，大人就快回來了。」

梁玉琢要的不過是給馬嬌娘一個教訓，想叫她別死纏爛打，再後面的事她沒去想過，這會兒得了管家的話，當即就要往鍾府裡走。馬嬌娘卻忽地掙脫開奴婢的攙扶，怒道：「說了這麼多，妳又是什麼人？」

梁玉琢的腳步剛剛在門檻前停下，她回頭，站在鍾府匾額之下，朝馬嬌娘微微一笑，一福禮。

「小女子梁玉琢，來向鍾大人提親。」

盛京的鍾府，比起下川村山上的那一座宅子，顯得小了一點。畢竟這只是當初常氏的一處陪嫁宅子，做不得正經的大宅，可府裡頭的下人卻比山上那一處多了一倍。

梁玉琢一進門，就看見了擋在門內的照壁，照壁上的紋飾樸素簡單，注意看還能在旁邊看見刀劍刻劃過的痕跡。

見她視線往那幾處明顯的刀痕上看，走在前面的管家忍不住自豪地向她講起這些刀痕，大多都是鍾贛自入錦衣衛後，官運亨通以來遇到的數次暗殺留下的。

聽著管家意猶未盡地講完一段錦衣衛指揮使怒斬女刺客的故事後，梁玉琢眨了眨眼，沒去問管家故意漏掉女刺客能進府的原因，笑盈盈地追問了句「然後呢」。

「然後……」管家咳嗽兩聲。「那女刺客是當時錦衣衛指揮使的政敵派來的，因知曉咱們大人是前任指揮使的左膀右臂，才打算殺了我們大人，卻不料會被大人拿下。像這樣的刺客，大人隔三差五就會捉到一批，大部分嘴裡都藏著毒藥，咬破即死，也有部分怕死的被丟進錦衣衛裡，自有人處理。」

管家說得含蓄，但在「自有人處理」的背後，卻都是些不能為外人道的凶殘手段。

梁玉琢雖然沒親眼見過，但從電視裡多少能知道一些古人刑訊逼供的手段，什麼滿清十大酷刑，大多都是只可意會不可言傳的。

待到鍾贛回府，梁玉琢已經在府裡聽管家說了不少這種怒斬刺客的故事，于媒官也在旁邊喝了好些茶水，嗑了一盤的瓜子。

在外頭侍奉的僕役匆忙進正廳，向管家說了聲鍾贛回府的事，又當著梁玉琢的面恭敬道：「大人說了，于媒官就煩勞管家招待，梁姑娘請隨小的去大人的後院。」

于媒官有些愣怔，她被梁玉琢找來，為的是上門說親，可主人家不見客，難不成說親的事還能和管家談？早知如此，她又何必費那時間坐著嗑這一盤的瓜子。

管家咳嗽兩聲，送梁玉琢出了正廳，回過身來，朝著還有些回不過神的于媒官拱了拱手。「于媒官，請吧！」

鍾府的後院沒有下川村山上府邸的寬敞，大概是因為主人家性格的關係，並沒有種植太多的花草樹木，就連假山、流水都少得可憐，明明是盛夏，整個後院看起來卻有些淒涼。

與前庭的那些屋子不同，後院裡的這些屋子連成一片，若到了下雨天，不用撐傘便可以穿過走廊，在廊屋過道中行走，不必沾濕鞋子和衣裳，也能從頭一間屋子走到最末尾的地方。梁玉琢跟著僕役穿過走廊，在廊屋過道的那頭，看到了擺在門前的一雙鞋。男人的鞋尺寸很大，因之前去了宮裡，鞋是官靴，繡著暗紋，鞋面被打理得乾乾淨淨。

梁玉琢低頭看了會兒鞋子，抿了抿唇，在僕役的注視下，將自己的鞋子也脫了，接著打開並未合攏的拉門，踩了進去。僕役本想開口阻攔，只是還未來得及說話，便叫隱在屋頂上的錦衣衛一把捂住嘴拖到了角落。

梁玉琢轉頭看了眼身後，已經空無一人，而屋裡，除了能聽到輕微的腳步聲，一時也見不到人影。

「鍾大哥？」梁玉琢出聲道。因為不是晚上，屋子裡沒有點起蠟燭，只是能透光的窗戶都關著，房中顯得並不敞亮。

她一出聲，就聽見從房內一側傳來穿衣的窸窣聲。她往聲音傳來的方向看去，看見一座擋住了視線的屏風，屏風後，有個高大的身影似乎正在穿衣。

梁玉琢停下腳步，不再往前，聽著耳畔的聲音，別過臉去打量房裡的擺設。男人的臥房很乾淨，沒有太多累贅的擺件，桌面整潔，似乎每天都有人仔細打掃，梁玉琢一眼就看見了掛在衣架上的麒麟服。

錦衣衛多穿飛魚服，少數才能得御賜的麒麟服。整件衣服被掛在衣架上，上頭的紋飾張揚狂傲，正應和了錦衣衛在世人心目中的形象；而他的繡春刀就擺在床頭，一併擺在一起的還有一支裹了帕子的珠釵，只露出了一個釵頭。

「那是送給妳的。」

第三十八章

屏風後，鍾贛穿上常服繞出來，剛剛還露著的鎖骨、脖頸也在梁玉琢的眼前很快被領子遮蓋住了。

梁玉琢沒動那釵子，只看著鍾贛出神。

似乎是因為夏日裡曬多了太陽，他比之前看起來膚色更深了，臉頰一側還有曬脫皮的痕跡，也比在下川村時更瘦了，想來這段日子忙得腳不沾地，沒能顧得上好好吃飯。

梁玉琢看著有些心疼，猶豫著不知該不該上前。

「聽鴉青說，妳及笄的時候，只是簡單叫了左鄰右舍吃了頓飯，連副頭面都沒有，我叫人去打一副好的，等打好了就給妳送去。」

她沒過來，鍾贛便主動走了過去，低頭看著有些日子沒見、越發漂亮的小姑娘，伸手輕撫了下她特地上了粉的光滑臉頰，鼻息間都是溫柔的女兒香。

「這支釵子是我出宮的時候特地挑的，就當是先補給妳及笄時的賀禮。」鍾贛話不多，可如果真要開口，都是直截了當，就連在喜歡的姑娘面前邀功，也從不婉轉。

梁玉琢聞言忍不住笑了起來。她先前對鍾贛是有幾分喜歡，而這幾分喜歡漸漸往深處發展。這一路風塵僕僕，到了盛京，見著這個男人，她便知那幾分的喜歡只怕已經凝成了一分的深愛，再往後就有兩分、三分，最後滿滿當當快要從心口溢出。

「我幫妳簪。」鍾贛直接從床頭拿過珠釵，說著就走到梁玉琢的面前，伸手將釵簪到了她的頭上，視線從珠釵移到她的臉上，忍不住又拿手摩挲了兩下，看她不躲，低頭在她額上落下一吻。「關門。」

吻的熱度還沒褪下，聽到這一聲關門，梁玉琢還以為是和她說的，當即就要轉身，卻聽見「砰」的一聲，半開的拉門被人從外頭合上，她的腰上頃刻環上一條胳膊，一個轉身就坐到了鍾贛的大腿上。

之後，鼻頭也被人吻了一下。

到此時，梁玉琢才後知後覺地發現，鍾贛的那一聲關門並非是對她說的，她騰地燒紅了臉，有些局促地坐在鍾贛的大腿上。「被……被看見了？」

梁玉琢真不在意談個戀愛和對象卿卿我我，可要是叫人看見了，她還是會覺得臊得慌。只是，她這副快要燒熟了的模樣，看在鍾贛的眼裡，卻分外可人，一時忍不住，又落下一吻，這一回，從額頭、鼻尖，直接跳到了嘴唇上。

在確定關係之後，梁玉琢並不是沒被鍾贛吻過，可那大多是唇上的淺嚐即止，這回不光光只是輕啄舔吮，而是如猛獸般的氣息瞬間將人籠罩。

梁玉琢被吻得身子發軟，到最後只能喘息地靠在男人寬闊的胸膛上，舌尖被人挑逗撥弄，引來無法控制的戰慄，環在腰間的臂彎微微加大力氣，梁玉琢一聲低呼還沒來得及脫口而出，就被鍾贛堵在了喉間。

「我的好姑娘。」男人的聲音透著難以言喻的沙啞。「妳之前在門外和人說了什麼，再和我說一遍好不好？」

梁玉琢注意到他投過來的目光，心頭一熱，又主動去吻了吻他的唇角，動作很快，倏忽又離開。「小女子梁玉琢，來向錦衣衛指揮使鍾贛鍾大人提親。」

鍾贛的呼吸一下子緊促起來，環住她腰身的手臂更加用力，稍稍低下頭，封住了她的唇。

梁玉琢抬起手，養得比過去嬌嫩不少的手覆在鍾贛的側臉上。

這個吻纏綿良久，似乎因為這一句話，將一切可能存在的阻礙都徹底打退了。從回京後就一直埋首工作的鍾贛，彷彿一瞬間被人抬走了壓在心底的重擔，只想將他心愛的姑娘緊緊抱著，直到地老天荒。

「我答應了。」鍾贛的吻起來又落下，直親得梁玉琢額頭、鼻尖乃至下頷都是一片滾燙。

梁玉琢雖然上輩子沒經歷過這些，可沒吃過豬肉也見過豬跑，彼此的身體又只隔了衣衫摩挲，身下被什麼火熱的東西抵著她再清楚不過。

兩人親了又親，聽到鍾贛的應答，梁玉琢忍不住笑出聲來，抱著他道：「婚姻大事是父母之命、媒妁之言，我原本不想這麼倉促來提親。」她抬頭，親親男人長了鬍渣的下巴，唇角被之前的親熱摩挲得發紅。「可聽見外頭的路人在議論你府裡的事，忍不住就和鴉青去請了于媒官。」

鍾贛的手在腰間撫弄，梁玉琢下意識地喘了幾口氣，瞪了他一眼。「我原當你冷著一張臉，身邊必然沒那麼多狂蜂浪蝶，倒是忘了你這臉雖冷，也俊得很，先前跪在門外的那姑娘，究竟是怎麼回事？」

想起跪在門口、哭得梨花帶雨的馬嬌娘，梁玉琢心底實在有些吃味，可想起鍾贛曾允諾過的事，心底並不擔憂，只越發覺得心疼他在這裡的處境。

鍾贛沈默地看了她兩眼，將人緊緊摟住，貼住額頭。「我繼母的姪女出身不好，嫁不了高門，就和繼母商量想嫁給我做個誥命夫人，享一世富貴。」

「外頭都說，開國侯夫人下藥，想讓你跟那姑娘生米煮成熟飯。」梁玉琢點頭，問：「又說你沒中招，倒是叫別人……」

鍾贛答道：「藥下在酒裡，喝酒誤事，我沒喝，叫老三喝了去。」

「老三叔叔喝了？」梁玉琢睜大眼。她想起老三那張黑狗熊似的臉，再想起門外那如花似玉的美嬌娘，不由追問：「他將那姑娘……睡了？」

別人家的姑娘哪裡會追問這等事，鍾贛忍不住挑了挑眉；可想到別人家的姑娘也不會這般由著他抱在懷中親吻，又覺得自家這小姑娘性情頗合心意，當下又親了親她。

「睡了。老三原本打算娶她當作賠罪，但她死活不肯，老三一時氣惱就去查了她的事，才知道她進京前就時常跟人廝混，身子早就破了，還掉過一個孩子，馬家嫌棄她丟人，才把人丟給我繼母。」

梁玉琢驚得下巴都要掉了，想起方才馬嬌娘在門外說話時那嬌滴滴的模樣，在腦海中恍惚成了嫋嫋婷婷的一朵小白蓮。

鍾贛見她這吃驚的模樣十分有趣，忍不住勾了勾嘴角。「進京後，住在哪裡？」

有錦衣衛在她進城時就通報了梁玉琢眼下的住址是一回事，想聽她親口說又是另一回事。他總歸是歡喜她的，想讓她說些掏心的話，想看她情不自禁流露出的依戀和信賴。

「和湯九爺一道住在衡樓。」梁玉琢老實道：「九爺似乎和衡樓是舊相識。」

「嗯。」鍾贛摸了摸梁玉琢發紅的耳垂。「他和這個盛京也是舊相識。」

在鍾府門前鬧事的馬嬌娘，是被梁玉琢活生生氣回開國侯府的。

開國侯鍾軼和狐朋狗友去西郊鬼混了，馬氏就是趁著他不在府裡的工夫，才把手伸進了鍾贛的宅子裡；要是鍾軼在，即便他再怎麼不喜歡這個兒子，也念著嫡長子的身分給著該給的臉面，萬不會答應馬氏做這種下三濫的事情。

馬氏得知馬嬌娘別說沒讓鍾贛見到，就連鍾府的門檻都沒能踏進一步，氣得砸碎了房裡的一只琉璃盞。

原以為這事就這麼算了，馬嬌娘嫁不了鍾贛，去給那睡了她的錦衣衛做媳婦，也算馬氏給娘家的一個交代，哪裡想到事情竟還往糟裡去了。

在馬嬌娘把自己關在房裡大哭後，沒過多久，鍾軼快馬回了開國侯府，他才一下馬，沒等馬氏迎上來噓寒問暖，鍾軼就一臉震怒地拿手上的馬鞭朝著桌角狠狠抽去。

啪一聲，抽得桌上擺的一盞茶水也跳了起來。開國侯府的正堂，被這震天響的一聲鞭子抽得鴉雀無聲，一屋子的丫鬟、僕役閉上了眼，跪了一地。馬氏因這一鞭子閉了嘴，吃驚地看著從認識到現在從未在她面前發過火的丈夫。

「妳最好是和我說清楚，外頭在傳的事情究竟是不是真的。我堂堂開國侯嫡長子的屋子裡，竟然叫人往吃的、喝的裡頭放了催情藥。」鍾軼坐下，手裡的馬鞭扔到了旁邊伺候的小丫鬟身上。

他雖然不像老侯爺那樣受人尊敬，有過赫赫戰功，可這些年養成的氣度卻仍能叫人膽寒，更何況，這一次他毫不掩飾他的震怒。

馬氏咬了咬唇。「侯爺，既然是謠傳的話，自然是作不得數的……」

「作不得數？」

「是呀，侯爺，您想，外頭的百姓閒來無事的時候，要是不叫他們編排編排富貴人家的生活，哪裡能得樂趣？」儘管心底開始打鼓，馬氏臉上仍舊掛著笑，幾步上前就要去揉捏鍾軼的肩膀；可伸出去的手，還沒放到肩上，就被人輕輕推開。

「所以，夫人的意思是，嬌娘的事都是別人在謠傳？我怎麼聽說，她還在鍾府門口哭哭啼啼求著進門，我看那些議論的人說得有鼻子有眼，不像是胡亂編造。」

馬氏輕笑了一聲，眼角瞥向身後的胖婆子，那婆子看到馬氏的眼色，當即跪行到鍾軼面前。「侯爺，這事是老奴的錯，夫人也是剛剛才知道的，氣得差點病倒……」

話還沒說完，鍾軼一把抓過馬鞭，胖婆子來不及躲開，就跪在那兒生生受了一鞭。

馬氏被這一鞭子嚇得臉色發白，胖婆子剛出口半聲哭喊，就聽見鍾軼怒吼一聲。「混帳，他再不得寵，那也是本侯的嫡長子，如今又是今上跟前的紅人，妳以為鬧出這樣的事情，丟臉的是他嗎？」

他將馬鞭往婆子身上又抽了一記。「什麼香的、臭的也想進我開國侯府的族譜，這等賤人竟還好意思上門哭求。」

鍾軼轉頭，恨恨地盯著馬氏。「我疼妳、愛妳，只盼妳做好這當家主母，妳只要稍稍為他考慮一二，如今開國侯府也不會淪落到這般境地。要不是我聽說了這事，妳是不是想一直瞞著我，等宮裡召見我，才叫我當著今上的面得知這件醜事？又或者，妳盼著我在朝堂上，叫那些吃飽了沒事幹的御史們結結實實參上幾本？」

馬氏哪裡受過丈夫這般質問，當下眼淚是止也止不住地往下流。

胖婆子跪在地上，號叫著又狠狠挨了幾鞭子，到最後不光是身上被馬鞭抽打出一道、一道的傷，就連胖墩墩的臉上也都被抽開了花。

鍾軼的這股火，直燒到馬嬌娘住的院子。鍾家過往因家風清正，子嗣和其他大戶相比不算多，到鍾軼這代終於有三子一女，府裡的院子卻仍舊空了不少。自從唯一誕下庶子的侍妾文氏早年出府後，這府裡頭的侍妾、通房就通通沒能再懷上孩子，就連馬氏自己，也遲遲沒能再傳出消息。

馬嬌娘被送到開國侯府投奔馬氏，住的是完全獨立的一座小院子，吃穿用度一應和馬氏所生的嫡子鍾翰沒有區別。

往常鍾軼衝著馬嬌娘的身分，還會對她噓寒問暖，做足長輩的姿態，這會兒卻滿心都是怒火，幾下衝進院子，接連抽打了幾個想要阻攔的丫鬟、婆子，一腳就踹開了緊閉的房門。

馬嬌娘伏在床上哭號，旁邊跪著她的貼身丫鬟。鍾軼踹門進來的時候，丫鬟正好聲勸著，聽到動靜，還沒來得及反應，迎面就被馬鞭狠狠抽了一臉。

丫鬟一聲慘叫，被馬鞭抽得捂著臉就倒在地上。馬嬌娘被嚇呆了，等到丫鬟從地上爬起來，她清楚地看到那張臉已經鮮血淋漓。

「啊——」馬嬌娘驚叫，連跌帶爬地躲進床角。

鍾軼鐵青著臉，手裡揮動馬鞭，一下接著一下地往丫鬟身上抽，他不能對馬嬌娘動粗，可懲戒一個下人他還是可以的。馬鞭落下的每一下聲音都很重，馬嬌娘覺得，那一聲聲的抽打分明是打在自己的身上。

她驚恐地抱住頭，不敢去聽丫鬟的哭喊求饒，更不敢睜開眼去看。她住在侯府，是嬌客，更是下人眼中的半個主子，就連她都以為自己可以在這裡要風得風、要雨得雨。

但是這幾下馬鞭，徹底把她打醒了。她永遠成不了侯府的主子，她只是個寄住在這裡的客人，客人有客人應該遵守的規矩，如果踰矩了，她很可能會被活生生打死。

馬嬌娘抱著頭打哆嗦，耳邊是躲不開的痛苦呼喊，她甚至不知道時間過去了多久。還是馬氏匆匆趕來，才將鍾軼從房中帶出去，又喊了大夫過來救治；只是沒等大夫進門，馬嬌娘就看著前一刻還好聲好氣和自己說話的小丫鬟，渾身是傷地嚥下了最後一口氣。

馬嬌娘這回真的嚇壞了，一連數日，渾渾噩噩地躺在床上，就連吃的，也是叫胖婆子一勺一勺餵進嘴裡的。就這樣差不多過了六、七日，城裡關於馬嬌娘跟鍾贛的傳聞漸漸煙消雲散，與此同時，另一個消息在城中傳開。

那日從鍾府出來，老三又被鍾贛丟到了梁玉琢的身邊。老三不是盛京出身，可也在這裡生活了好些年，最初幾日就充當梁玉琢的臨時嚮導，只要鍾贛不在，老三就驢前馬後地跟著。

湯九爺最初還很鄙視他一個大男人跟在小姑娘的身後，等到自己的事情真正忙活起來，沒那麼多工夫去看顧梁玉琢，也就改了心思。

而梁玉琢將三媒六聘的事都交給了于媒官，自己在盛京裡逛了幾日後，找到衡樓的掌櫃，提出了想在樓裡做事賺取生活費的想法。掌櫃的不敢做主，又找來老闆，梁玉琢這才知曉，那日在樓裡喊出湯九爺表字的男人就是衡樓的老闆趙鞏，表字貢枝。

趙鞏大概從湯九爺那兒得知了梁玉琢的事，當即就答應了這個請求，叫廚房專門闢了個小灶頭給她使用。

梁玉琢進廚房的頭一天，就做了一道叫人垂涎欲滴的菜——金玉滿堂。

金燦燦的蛋臥在盤中，底下是香蕈，撒了蔥花，勾了芡。蛋的香味和香蕈的鮮味混合在一塊兒，聞著叫人忍不住直嚥口水。

幫廚的小二吞了吞口水，得了允許後挾起一塊，儘管燙嘴，依然吃得不亦樂乎。旁邊的大廚更是爭先恐後地嚐了幾口，當即就和趙翚以及掌櫃的商量著要推出這道新菜。

時人吃菜，吃的不光是口味，更是彩頭。金玉滿堂四個字剛掛上，就叫幾個行商點了，這一吃，就吃出了名氣，不過數日工夫，衡樓新推出的金玉滿堂，就叫滿盛京的人都知曉了。

第三十九章

盛出新一鍋的金玉滿堂，梁玉琢轉頭叫鴉青幫著擦了擦汗，掌櫃的乘機趕緊上前。「梁姑娘，上回姑娘說的香蕈已經叫人運過來了，姑娘要看看嗎？」

梁玉琢這幾日做菜用的香蕈是臨行前特地從家裡帶出來的，只是用了不久就快見底，換了盛京這邊常用的野生香蕈，數量少不說，味道還有些不同，掌櫃的生怕跑了生意，趕緊請她幫忙。於是乎，她順勢推薦了種香蕈的師徒三人，從中抽了筆銀錢，做成一筆長期買賣。

「應該是不必了。」梁玉琢喝了口水。「掌櫃的，我倒是想歇一天成不？」

她這話音一落下，掌櫃的臉就皺了起來。

自從金玉滿堂推出以來，衡樓的生意就比從前好上一倍。趙大人雖然說了不准為難梁姑娘，可樓裡誰不知道，她要是一歇，這手藝若是留不下來，金玉滿堂這道菜怕就要丟了。即便有人偷師成功，萬一味道不對，也實在難向那些食客們交代。

對於掌櫃的為難，梁玉琢也看在眼裡，可她到底不是廚娘，來盛京的目的除了提親，也有想找營生的想法，不可能長久地留在廚房，總是要出去走走的。

「要不，梁姑娘，妳將這道菜賣給我們，回頭等妳教會了我們的廚子，就……」

這道金玉滿堂，只不過是香菇蒸鵪鶉蛋。梁玉琢在下廚的時候雖然沒防著人偷師，但在配料上還是故意留了一手，等的就是衡樓買菜譜。

眼看著掌櫃的就要咬鈎，她按捺住心裡的得意，準備好好談價錢，廚房外頭忽然唏哩嘩啦一陣響，然後跑來一個滿頭大汗的小二，趴在廚房門口大喊。「掌櫃的，外頭……」

「外頭怎麼了？」

「開國侯世子，不是，是開國侯那位小公子帶著女眷來用膳了。」

話音剛落，還沒等梁玉琢想起開國侯府的小公子究竟是庶出的還是嫡出的那位，掌櫃的臉色已經變了。

「這是怎麼……」

「梁姑娘，這回妳可得幫幫忙。」掌櫃的臉色大變，懇求道：「只要能叫這位小祖宗吃得滿意，好好出了衡樓，姑娘就是明日開始大休三天，我都答應。」

掌櫃的口中的小祖宗，不是別人，正是開國侯繼室馬氏所出的嫡子鍾翰。這一位因為爹娘疼寵的關係，向來要風得風、要雨得雨，還不會說話的時候，已經知道他要什麼，別人就該給什麼。為了他，身邊伺候的丫鬟、婆子不知道被趕出去多少。

馬氏的這個兒子雖然對外說是早產，可從出生起，就不斷有流言蜚語，說他其實是足月生，這一胎在進門前就已經懷上了。這小祖宗大概也是知道外頭的傳聞，脾氣越發暴躁，時常得理不饒人，帶著一群狐朋狗友在盛京街道上橫行霸道。

可開國侯的身分畢竟擺在那兒，加上鍾贛離府，說不定來日這位小祖宗就成了開國侯世子，哪裡是尋常人家能得罪的？為此，盛京的酒家、店家，少有不懼怕這一位的。

若平日裡店裡有身分更高貴的，倒是能壓他一頭，可眼下……掌櫃的越想越擔心，生怕小祖宗一個不順心就拆了衡樓，如今老闆又和故人忙裡忙外顧不上店裡的生意，萬一出了什麼事，那是求饒也解決不了的。

梁玉琢並不準備這麼早就和開國侯府的人正面接觸，可掌櫃的眼看就要哭出來的模樣，她實在不忍心，想了想到底還是答應了下來。

「我不能保證做的菜能討那位小公子歡心。」她說得謹慎，不敢打百分百的包票。「那位小公子都帶了些什麼客人？可知道他們的喜好？」

既是做生意的，自然是將城中那些達官貴人的口味都摸了個透，見梁玉琢問起，掌櫃的當下也不隱瞞，徑直說了出來。梁玉琢一邊聽，一邊點頭打量著廚房裡的食材，點了幾個直接開始幹活。

特地挑出來滾圓的南瓜，她丟給了鴉青挖空裡頭的瓜肉，做了幾個南瓜碗上鍋蒸。梁玉琢幾個手起刀落，將香蕈、豆腐、蘿蔔都切成丁，加上新鮮剛剝開的牡蠣倒在一塊兒上灶煮，隨著香味漸漸飄散，另一道菜也已經叫梁玉琢做了出來。

豆腐皮像做燒賣一樣，包裹著肉末、胡蘿蔔、香蕈跟這個季節最適合吃的蓮藕，拿香蔥紮了個花，調入米酒和高湯、醬汁煮了不過半炷香的時間就熱騰騰地出鍋。

那邊鍾翰帶了幾個夥伴過來，俱是年歲相當的世家子弟，女孩個個嬌滴滴，少年又正好是心浮氣躁的時候，只不過坐了一會兒，就接二連三催促小二趕緊上菜，領頭的鍾翰更是繃著一張臉，做出一副再不上菜就要掀桌的架勢。

伺候的小二急得滿頭大汗，心說做菜總是需要時間的，又不敢直說，只好點頭哈腰，趕緊應下就要跑到樓下廚房再催兩聲。

「外頭都說，衡樓如今最得意的菜，就是那道金玉滿堂，是個廚娘做的，而且那廚娘還看上了你大哥，這事可是真的？」

都是十七、八歲的年紀，在座的少年大多都已經知人事，家裡即便還沒討一房妻子，通房、侍妾卻少不了，話裡話外的揶揄叫人聽著一陣嗤笑。

鍾翰哼了一聲，手裡的杯子磕在桌上，發出「咚」的一聲。

「不過就是個廚娘，也想厚著臉皮嫁進我們開國侯府。」

馬嬌娘在事發之後就被他爹勒令禁足在家，鍾翰對這個表姊過去心底也是有那麼一些好感的，但不過是少年貪美色，想著玩一玩、逗一逗罷了。出事後他還特地去套過話，得知那個踩了她一頭的竟然是個普通人家的姑娘，頓時覺得好奇；而這份好奇還沒來得及膨脹，就有人看見于媒官開始著手給他大哥安排婚事了。

他爹氣得不行，卻不敢直接上門去找人談話；他娘明面上雖然也生氣，可私下卻高興得不行，直說定要讓他大哥如願以償。

堂堂開國侯府的嫡長子，最有希望成為世子、往後要繼承爵位的人，真要娶了個沒身分、沒背景的小娘子，只怕日後就要叫朝堂內外的世族們看不起了。

「二公子，你見過那位姑娘嗎？興許是位美人也說不定，不然如何能叫大公子答應這門親事。」

姑娘家說話總是輕聲細語的，鍾翰看了說話的姑娘一眼，手裡扇子一合，敲了敲桌面。

「我原先聽說柳大人有意和大哥結親，只是被拒絕了？」

那說話的姑娘姓柳，父親也是朝中大員，早幾年鍾贛還不是錦衣衛指揮使的時候，這位大人就看中了他。因為鍾贛和開國侯府的關係，那位大人私下直接找了鍾贛，婉轉提出結親的事，卻不料遭到直接拒絕。

柳姑娘原先也是歡喜鍾贛的，知道父親的心意後，心底更有幾分期盼，盼著能嫁給這麼一位郎君，哪裡知道竟會遭拒。一晃眼幾年過去，她已另外訂了親，未婚夫正是方才說話的少年。

「都是過去的事了，我只是有些好奇，也不知會是怎樣的姑娘，說不定還是位美人呢！」

「是不是美人本公子不知道，今日本公子不光要見一見她，還得讓她認清楚自己那點身分不可。」

鍾翰的話音剛落，門外就立即傳來了小二的招呼聲，才推開門，飯菜的香氣就在房內瀰漫開來。

「這金燦燦的是什麼？」柳姑娘最先看見端上桌來的菜。品菜，講究的是色香味，如今味還沒吃到，可色和香已經叫人忍不住吞嚥口水了。

小二被催著去廚房的時候，心底還打著鼓，知道來者不懷好意，生怕廚房出點問題叫他沒法向小祖宗交代，等見到菜，登時腰桿子都直了。

「姑娘指的這一道菜，叫金瓜羹，用的是南瓜、牡蠣、香蕈等食材烹製而成。一旁這一道叫四喜福袋，新鮮豆皮包裹豬肉、蘿蔔、香蕈及剛採摘的蓮藕，在雞湯中烹煮。」

一連上了七、八道菜，個個看著色香味俱全。因為是酷夏，這些跟著鍾翰出來吃飯的少年們在家中都吃不太下飯，然而，見了這一桌子的菜，神情都有些舒展。

柳姑娘的未婚夫指了指唯一一碗湯，問道：「這又是什麼？」

被指的這碗湯瞧著清湯寡水，清澈得都能看見裡頭裝著的藕片，湯上浮著香菜、蔥葉，上頭還開了兩朵紅通通的花。

小二笑了笑。「這是胡人從番邦運送進京的果實，名為六月柿。如今在郊外也有農戶種植，只是種得不多，吃的人也不多。」

「既然吃的人不多，衡樓的廚子怎麼就用了這東西？」

「咱們這位廚子是個妙人，會的菜式大多新鮮，也膽大心細得很，常用一些咱們不曾用過的食材。幾位貴人瞧這一桌子的菜，可都是頭一回在衡樓出現。」

小二平日裡頗得梁玉琢的照顧，自然想著要幫忙說兩句好話，萬一能討得打賞，也好跟她分上一分。

這些菜大多都適合盛夏食用，每一口吃下都不會叫人覺得油膩，末了喝上一口湯，更覺得清爽。原本應當杯觥交錯的場景，到最後變成一個個悶頭大吃，生怕筷子伸出去晚了，盤裡的菜就少了一口。

鍾翰喝完湯，剛準備開口，小二又在門外喊了一聲，端來幾只精緻的小碗。「這是桂花酸梅湯。用的是烏梅、山楂乾、甘草，配上乾桂花冷藏後取出，貴人們用完膳後不妨喝兩口，潤潤喉。」

小二一臉討好，將手裡的酸梅湯擱下，正準備鬆口氣走人，鍾翰忽然敲了敲桌子。「叫你們那個廚娘出來。」

小二愣住。

鍾翰喝了口酸梅湯，入口微酸，隨後有甘甜的滋味在口中肆意迴盪，比開國侯府裡做的要好喝不少。

他娘總說大哥要娶的這個姑娘，就是個粗鄙的鄉下丫頭，無權無勢，日後也幫不了大哥什麼，叫他不必擔心爵位被搶；可他向來不在意什麼爵位，就是覺得大哥的眼光是不是有什麼問題，但是吃了這些菜……鍾翰覺得，能做得一手好菜的人，自然有收服大哥那樣子的男人的手段。

從滿嘴甘甜的滋味中醒過神來，見小二有些愣怔，鍾翰皺眉，不悅道：「怎麼？你們衡樓的廚娘不能露臉？」

「倒……倒不是……只是那位……」

「我們又不是上花樓點姑娘，這兒還有姑娘家在，難不成還能吃了你家廚娘？」柳姑娘的未婚夫樂了。「吃了這頓飯，我倒是越發好奇，這廚娘究竟是怎樣一個人物了。」

小二打了個哆嗦，趕緊應聲下樓。廚房裡，梁玉琢剛洗好手，坐在一邊看其他廚子熱火朝天地給外頭的客人做菜，鴉青就在旁邊小口、小口喝著酸梅湯，鼻頭上還掛著汗珠。

得知小祖宗們點名要見她，梁玉琢挑了挑眉。

「姑娘，我陪妳上去。」鴉青放下碗，擦了把手就要跟著走。

梁玉琢回頭笑笑。「妳就在門外等著我。」

她原本還以為，鍾翰不過是湊巧帶著人來吃飯，現在才知道，這群小祖宗大概從一開始就是衝著她來的；畢竟，衡樓新來的廚娘曾經在錦衣衛指揮使家門口放話說提親的事，滿大街都知道了。

掌櫃的也知道了小祖宗們要見梁玉琢的事，梁玉琢的身分雖然看著尋常，可身邊跟著的丫鬟，還有老闆的故人，以及時不時出現的錦衣衛，都叫他不能小看這個廚娘，當即喊來小二跟著鴉青一道守在門外，生怕出點意外。

然而，梁玉琢進到鍾翰他們的那間廂房後，一抬眼看見的卻不是那張和鍾贛只有三分相似的臉，而是坐在一旁正與未婚妻低聲說話的青年。

在梁玉琢進屋的時候，鍾翰和他的夥伴們立即就被眼前這個衣著普通的少女所吸引，只是她的目光似乎更多是停留在旁人的身上。

鍾翰看了兩眼身側一個月前和柳姑娘訂親的定國侯世子——湯殊。他雖然不覺得他那離家的大哥娶個平民出身的媳婦是件好事，可更不覺得他未來大嫂應該跟他的狐朋狗友關係密切。他咳嗽兩聲，突然起身行禮，衝著仍在打量湯殊的梁玉琢喊了一聲「嫂子」。

鍾翰這是頭一回看見梁玉琢。對於他大哥一心要娶的、被他娘很不看好的姑娘，鍾翰承認，自己一開始是抱著要好好教訓梁玉琢一番的心態來的；但菜好吃，人也好看，心裡頭那點小心思一下子散了七七八八，這聲「嫂子」，可以說他喊得十分自然。

鍾翰的這一聲「嫂子」，將梁玉琢結結實實嚇了一跳，驚愕於沒有想像中的下馬威，反倒是對方恭恭敬敬地喊了嫂子，還請她落座聊了幾句。

在接下來的聊天中，她很快就弄清楚鍾贛這個同父異母的弟弟到底是什麼性格。說白了，不過是個正準備脫離中二期的少年；或者，十八、九歲的年紀，在大雍已經不能稱之為少年，而是青年了。

不過她不知道真正叫鍾翰改口這一聲「嫂子」的原因，是她那幾道將人心徹底抓住的菜。

言談中，梁玉琢很快發現，鍾翰其實對鍾贛充滿了某種程度上的崇拜。儘管是同父異母的兄弟，關係也並不親密，可從小生活在別人議論下的鍾翰，對被父親疏遠、母親嫉恨的兄長還是充滿了敬意。

只是這股敬意壓在心底，並沒有流露出來，只在和她說話時，忍不住多問了幾句關於鍾贛的事情，眼底是想藏又有些藏不住的期盼。梁玉琢想想如今還在下川村的二郎，再看看跟前的鍾翰，只覺得這孩子有趣得很，於是乎，說話時，也忍不住親切起來。

饒是如此，對梁玉琢而言，她更好奇的仍舊是那個叫湯殊的青年。同樣都姓湯，容貌上還有幾分相似，叫她如何不把這個青年和湯九爺聯想到一起。

好不容易送走了這幫小祖宗，梁玉琢一個轉身，就撞見不知何時已經和趙鞏回來的湯九爺。九爺就站在身後，半邊身子被門擋著，目光遠遠注視著騎馬遠走的湯殊。

青年身形挺拔，坐在棗紅大馬上，面上還掛著灑脫的笑意，走遠了還回頭看了兩眼衡樓。也不知他有沒有看見湯九爺，梁玉琢覺得青年似乎皺了皺眉頭，很快又回過頭去，和並行的鍾翰說著什麼話。

「九爺，那是你的……」

「是我兄長的孫子，一晃眼，都這麼大了……」最後的聲音化作一聲嘆息，帶著百般過往，緩緩地落入塵中。

湯九爺的出身極其顯赫，他行九，本名湯允，字獻生，上頭還有八個同父異母或同父同母的兄長，底下也有其他弟弟、妹妹；如果再算上分家的那些堂兄弟，湯氏一族可謂是人丁興旺。

湯氏本是前朝世族，族中出過多位一品大員，也出過皇后、貴妃。前朝末位皇帝戎順帝的身上就流著一半湯氏血脈，儘管如此，當年太祖皇帝領兵於楠山大敗戎順帝時，為太祖皇帝充當先鋒的也是湯氏一族的子弟，其中就有湯九爺的手足兄弟。

太祖皇帝登基稱帝後，保留了湯氏的滿門榮耀，並允諾他們可世襲爵位。那時，湯氏為了太祖皇帝的大業，多位子孫戰死沙場，其中就有湯九爺的手足兄弟。

因此湯氏的定國侯爵位從戰死的湯九爺大哥身上，直直落到了湯六郎的頭上。如果說湯九爺是湯氏的一朵奇葩，湯六郎就更像是從外頭撿來的孩子。

作為本家嫡出子，湯六郎不似其餘兄弟能文能武，他生性怯弱，如果不是上頭嫡出的兄長皆已戰死，大概等三輩子也輪不到他當這個侯爺。然而，有當時娶妻生子後，卻一心只撲在燈籠上的九爺作對比，湯六郎實在是一位守成侯爺的不二人選。

也因此，當年不過三十餘歲的湯九爺，燒了湯氏準備進貢給皇帝的貢燈後，湯六郎心驚膽戰，懼怕湯氏一族出事，直接把九爺及其妻兒逐出門去。

哪怕事後，在燒毀的貢燈裡發現了足以將湯氏滿門抄斬的東西，湯六郎也始終不敢找回湯九爺，反而將事情推諉到他的身上，為湯氏滿門求得了苟且偷生的機會。

第四十章

比起特立獨行、不願出仕的弟弟，湯六郎更願意保全自己和那些能夠為湯氏帶來榮華的族人，而這一驅逐，就過去了許多年。對盛京裡的所有人來說，湯氏九郎早已因為謀反不成自刎而死了，就連湯氏的小輩們也忘記了當年族中還有這麼一位乖張的長輩。

「我本不打算回京。」這是湯九爺第一次和梁玉琢講起自己的事。

湯九爺知道錦衣衛能查到很多事，可只要頂上那一位不去過問，他們也不會主動把一些不必要的事情說出來。更何況，鍾贛那人看著冷面冷心，實則是個再妥當不過的人，念在梁玉琢的面上，並未將他的存在及過往告訴任何人。

湯九爺知道，梁玉琢如今對自己的身分已經產生懷疑，終於決定不再繼續隱瞞。

「當初我被趕出家門，妻兒都陪在身邊，因為被逼得急，除了一些零星的首飾和盤纏，我們什麼也沒帶。當時我的兩個兒子已經快成年，兩個兒媳都懷著孩子，還有一個長孫剛滿兩歲。」湯九爺說起這些時，滿眼懷念，然而梁玉琢的心底卻沒來由覺得悲涼。

當初離開盛京，湯九爺也算是一家人同甘共苦，可兜兜轉轉到最後，在下川村叫她遇上時，廢園之中不過五十多歲、卻已經滿頭華髮的湯九爺則是孤身一人，他的妻子，他的兒子、兒媳，還有小小的乖孫……都不在身邊。

「從盛京出來，我們原本打算去陪都，然而那年陪都地動，大兒媳死在了那裡。我們又去了臨城，長孫染上天花；又過幾年，我的兩個兒子去從軍，結果遇上了營嘯，兩人……都死在了發瘋的兵士手裡……消息傳回來後，小兒媳投繯自殺，兩個孫子也受到了驚嚇，我夫人……我那婆娘從此一病不起。」

湯九爺越說，聲音越顫。梁玉琢有些不忍再聽，就連從始至終都沈默地坐在旁邊的趙鞏，也忍不住勸他傷心事不要再提，可湯九爺卻擺了擺手。

「人老了，有些事藏在心裡反倒容易憋出病來。我婆娘走了之後，我就一直在熬日子，我想過死，可死都不怕了，為什麼不能活？我還盼著有一天，能堂堂正正回盛京，也許那時候，湯氏已經沒落了，什麼世族，到頭來不過是依附著皇帝過日子的狗罷了。」

湯九爺還有些話沒對梁玉琢說。他很想問問跟前的丫頭，問問她是不是也是穿越的，問問她來自哪年，知不知道他一個同樣叫湯允的家人怎麼樣了；可最後，他到底沒有去問這些。他們已經留在了這個世界，只等著百年後睜開眼看一看，是去了陰曹地府，還是回到了父母身邊。

「我這次回來，是來拿回被搶走的東西。」

「什麼……東西？」

梁玉琢以為，湯九爺要的或許是定國侯的爵位，可他卻長長嘆了口氣，說：「他們拿了我婆娘的嫁妝。別的可以不要，她的嫁妝不能丟。」最後的聲音，輕若蚊吟，卻透著沈沈的眷念。「丟了她要不理我咧。」

和梁玉琢這邊情況截然相反的，是從衡樓出來後各自回府的那群小祖宗。湯殊有沒有看見湯九爺，這事另說，單說鍾翰這邊，他騎著馬回到開國侯府，前頭侍奉的僕役趕緊迎了上來，更有早就候著的丫鬟，忙道夫人要見他。

鍾翰如今滿腦子想的還是衡樓裡的那幾道菜，還有那位能說會道的未來大嫂，得知母親要見他，忙回院子裡換了身衣裳，這才不疾不徐地去見她。

馬氏膝下只有這麼一個兒子，對鍾翰從小就寵愛有加，硬是將這個兒子養成了小霸王。可饒是如此，馬氏絲毫不知小霸王從小面上看著對離府的長兄不屑一顧，心裡卻崇拜不已；如今更是因為幾道菜和一番閒談，對她看不上眼的鄉下丫頭也生出了幾分好感。

「你今日又跑去了哪裡？」見鍾翰面帶喜色，馬氏忍不住打趣。「難不成在外頭遇上了哪家小姐？快說說，阿娘好去提親。」

鍾翰尚未娶妻，院子裡只有幾個通房，容貌是好，可惜出身太低，馬氏隔三差五就要敲打敲打，生怕她們蠱惑了寶貝兒子。要是他真是上個街遇見了哪個大家閨秀，她倒是樂意去提個親；即便不是大戶人家出身，先說定了，等正妻進門後再抬來做妾也是可以的。

鍾翰自然曉得馬氏心裡在想些什麼，可他對婚事一點兒都不著急，嘴上沒好氣地回道：「沒看見什麼小姐，就是去了趟衡樓，見了見跟那人提親的姑娘。」

知道馬氏和鍾贛關係惡劣，當著母親的面，鍾翰為了不惹惱母親，只能用一口一個「那人」來稱呼他崇拜的長兄。

梁玉琢的年紀比鍾翰要小上幾歲，在衡樓他能自在地喊幾聲嫂子，可到了馬氏面前，他當即就改了口。「那廚娘生得不錯，手藝也好，難怪能叫那人歡喜……」

「呸，什麼歡喜，那就是個鄉下丫頭，嘴巴可伶俐了。」想起當初被自己派去下川村，卻被捆著送回來的婆子，馬氏一陣咬牙。見鍾翰皺眉，她伸手抓著他的胳膊，擔憂道：「你去見她幹麼？那個丫頭有沒有欺負你？我可是聽說她連家裡的長輩都能掄起掃帚打。」

自那日馬嬌娘的事鬧大了之後，馬氏就被鍾軼給冷落下來，回回下朝，除了吃飯，鍾軼絕不會出現在她的面前，即便是入了夜，也宿在侍妾的房裡；哪怕馬氏拿鍾翰當了幾次藉口，都不曾叫鍾軼往自己面前站上一站。

於是不過幾天工夫，馬氏就覺得鍾贛那事她是真管不著了。愛娶村姑就娶吧，反正門第低了丟人現眼的不是她，等進了門，哪怕不住在一個宅子裡，她這個做婆婆的多的是搓揉媳婦的手段，不怕拿捏不住那個鄉下來的丫頭片子。

可即便如此，得知寶貝兒子跑去見了梁玉琢，馬氏心裡頭仍然一陣慌。「你可少去見她，你得好好的，等那人成了親，娶了沒門第的媳婦，遭今上厭棄後，阿娘就讓你阿爹進宮給你請封世子去。」

她越看兒子越覺得寶貝。這個讓她偷偷懷上、又冒險生下的兒子，雖然讓她背負了風言風語，可旁人嘴皮子上的那些話說了又有什麼關係？世子之位才是最重要的，等兒子成了世子，離繼承侯位也不遠了。

鍾翰最是瞧不得他娘滿眼謀算的樣子。他一方面覺得後院裡的那些女人卑躬屈膝，只盼著能讓夫君垂憐的模樣看多了心底生厭，另一方面又覺得像他娘這樣工於心計的鐘鼎高門的夫人，更令人反感。每每到這種時候，他就覺得有必要找別的話題，躲開他娘藏不住貪慾的眼。「阿爹還未回府？」

像是被兒子這麼一問才想起事來，馬氏隨口答道：「可能路上耽擱了，按理這個時辰是該回來了……」

話還沒完，門外一路傳來下人的問安聲，等馬氏和鍾翰抬起頭來，只見鍾軼鐵青著臉進了門，手裡還握著一個黃色的卷軸。

是聖旨。馬氏只顧著看他手裡的聖旨，壓根兒沒去細看丈夫的臉色，急道：「難不成這是封翰兒為世子的……」

「今上賜婚景吾，明年開春即讓景吾和那個梁家姑娘成親。」

馬氏愣怔，鍾翰的臉上卻流露出了羡慕。

門第不高又怎樣？他這位未來的嫂子，容貌好，性情看著也不錯，還有一手的好廚藝，既然能叫大哥一意孤行地要娶，應當還有他看不到的優點，這樣情投意合，而非父母之命、媒妁之言的結合，看著就叫人羡慕。只是這事，馬氏和鍾軼顯然有和鍾翰截然不同的想法，馬氏回過神來，正要欣喜，後頭鍾軼的話，卻叫她皺起了眉頭。

「夫人。」鍾軼道：「明日起，還請夫人為這門親事做好準備。」

明晃晃的聖旨送到了衡樓，傳旨太監趾高氣揚地進了樓，等見著了從後廚趕來的梁玉琢，神情變了變，到底沒敢小看這個能叫錦衣衛指揮使親自向今上求賜婚的農家姑娘。

誰不知道，從開國侯府出來的大公子，少時就成了天子面前的紅人。哪怕是六王之亂這麼大的事情，天子頂著朝堂內外那些明槍暗箭，也不過是假意將那位撤職，轉頭又找了別的理由將人重新召回。回來後依舊還是那張冷冰冰的臉，依然還是錦衣衛指揮使的身分，可這次再沒人敢這麼不長眼地想要把人扳倒了。

傳旨太監是韓非手下，早在得了差事準備出宮前，就叫韓非喊到一邊叮囑過。原打算傳完旨後就回宮，哪想才將聖旨遞出，就見梁玉琢側頭看了看身邊的一個姑娘，那姑娘上前一步，往他手裡塞了個荷包。「煩勞公公了，還請笑納。」

太監們出宮給主子辦事，無論大小，總是能得到些銀錢打賞。傳旨太監下意識地掂量了下塞到手裡的荷包，發覺不輕，當下眉開眼笑地道了聲恭喜，樂呵呵出了衡樓。

他沒意料能得這打賞的，畢竟韓公公早叮囑了，這姑娘出身農家，不像那些世家姑娘知禮數，想來身家也薄，萬一沒給打賞也莫要擺臉色。這會兒得了一荷包的銀錢，當即就覺得韓公公也有看走眼的時候，人家雖說出身卑微了點，可這禮數卻是一點兒也不「少」。

衡樓因梁玉琢的手藝，這段日子生意蒸蒸日上，後廚的廚子們也都個個拿她當作寶。原先只知道她雖是農家出身，有個戀人在京中當官，沒承想，對方身分竟然如此令人望塵莫及，看著捧著聖旨的梁玉琢，一群人一時間不知該如何開口。

「錦衣衛……指揮使？」家裡有親戚在錦衣衛當力士的廚子喃喃地開口。「我聽人說，那人凶神惡煞的，不好相處啊！梁丫頭怎麼會……」

「會不會從一開始就是那人強迫她的……」

「先看上了梁丫頭的容貌，然後看她家世普通好欺負，就誘拐人上京，接著再找天子賜婚……」

這邏輯不通啊！

梁玉琢裝作沒聽見廚子們的議論，心裡默默吐槽，拿著聖旨就回了房間。

一進屋，梁玉琢轉身叫住鴉青。「我們如今身上還有多少銀錢？」

大雍有銀號，自從收入穩定後，梁玉琢就把銀錢存進了全國流通的銀號裡。這趟出門，給梁秦氏和二郎留了足夠半年生活的銀錢，而她自己帶著碎銀子和幾張銀號的票子，就到了盛京。到了盛京，要花錢的地方並不少，好在梁玉琢早就留了一手，又很快動起腦筋賺了幾筆，身上的銀錢因此只多不少。

鴉青低頭想了想，很快報了一個數。

「不知不覺間，我也是個小富婆了。」聽到鴉青說除了銀號裡的錢外，身上還有二百多兩，梁玉琢沒來由感嘆。她甫穿越到這個世界的時候，還是個躺在床上差點凍死的貧家女，家裡的房子都漏著風，就連老鼠也是瘦巴巴的吃不飽狀態；可眨眨眼的工夫，她也算是發家致富，全部身家將近有七百兩了。

錢有了，腰板就直了，梁玉琢忽然很想做點什麼。「鴉青，妳說，我們在盛京買個宅子怎樣？」

鴉青一時瞪大了眼。作為王都，歷朝歷代都是寸土寸金的地方，即便是尋常百姓住的宅子，通常也不會便宜到哪裡去。盛京內的房價，如果擺到下川村去，能買上好幾個宅子。「姑娘當真要買？姑娘是打算當陪嫁還是……」

「是給二郎的。」

鴉青沒問為什麼要給二郎在京中買宅子，想來到底是手足情深，不願二郎在鄉下蹉跎了，只是回頭的時候，她悄悄將這事告知了老三，老三轉身又說給了鍾贛聽。

入了夜，梁玉琢沐浴罷，從屏風後繞出時，發覺鴉青不知什麼時候不在了，唯獨臨街的那扇窗半開著。她擦著濕漉漉的長髮，走到窗邊，伸手要去關窗，一道人影忽地一閃而過，進了屋子。

她收起短暫的驚訝，回頭看向坐到桌邊倒茶的鍾贛，他把隨身帶來的一包零嘴放在桌上。「西街新出的糕點，妳嚐嚐。」

「京裡……不是宵禁嗎？」她看了眼仍穿著官袍的鍾贛，嘴角忍不住浮起笑意。牛皮紙包裹好的糕點，熱熱的，顯然是剛出鍋。

「無妨，他們不敢拿我怎樣。」

梁玉琢只當鍾贛話裡指的是京中巡夜的士兵不敢對錦衣衛動手，絲毫不知，他的膽大也是得了天子應允的。

鍾贛得天子青眼，故而行事素來膽大，就連這一次請求天子賜婚的事，也叫人目瞪口呆。天子雖早應允他的婚事，開國侯府不能插手，可從未想過叫他娶一個門第這麼低的妻子。如果不是鍾贛的再三懇請，天子也不會同意賜婚；而作為交換條件之一，鍾贛已經在北鎮撫司衙門裡忙碌數日，絲毫不得空閒。

「妳打算買房子？」伸手拈起黏在梁玉琢嘴角的糕點屑，鍾贛順勢撫了撫她的唇角，低聲問道：「想把二郎接到京中？」

捏弄自己唇角的拇指有意無意地摩挲著唇瓣，梁玉琢微微側頭，張嘴輕咬了一口。

「嗯，二郎聰明，我想著接他來盛京，在這邊找個學堂讓他上學，要是這邊的先生覺得他可以，就考童子科；若是不成，就多讀幾年書，然後回鄉考鄉試，再一層一層考到京中。」

來到這個世界這幾年，梁玉琢也大致瞭解科舉究竟是怎麼一回事。童子科她並不奢望二郎一考就能過，不過是當作練習讓他試一試，正經的考試到底還是要看科舉。

經歷過十二年國民教育和千軍萬馬過獨木橋的大學考試，梁玉琢太清楚讀書的重要性了。一輩子當個面朝黃土的農夫不光不是梁秦氏的打算，更不是梁玉琢會答應的事；而盛京的師資自然要比下川村乃至整個平和縣的要好，她想把二郎接來，為的就是這孩子以後的路。

雖然梁玉琢沒有說得太仔細，鍾贛也聽出了她話中的意思，看著她說話時一歙一張的嘴唇，俯身輕吻。糕點的清香和甜味，在勾纏的唇舌間肆意往來，還有澡豆的氣味從她剛剛沐浴過後的身上傳來。

鍾贛捧著她的臉頰，良久才鬆開，雙唇離開時，彼此的唇角還有銀線隱隱相連。梁玉琢被吻得臉頰燒紅，整個人像是剛蒸過三溫暖，熱得頭頂能冒出煙來，一雙眼眸像是蒙上了一層霧氣，又羞又惱地看向鍾贛。這副模樣平日不得多見，鍾贛握住她的手，在她手心裡吻了吻。「過兩日休沐，我陪妳上街去看看宅子。」

話罷，又有些不捨地將人摟在懷中親吻。他從前從未想過，有一日自己會和人這般親近，可真喜歡上了這個姑娘，他才明白，為何他的那些同僚總會沈溺於紅粉佳人中。

若是可以，他真想將她拴在身邊，時時刻刻帶著，只要伸手，就能觸及到這隻綿軟的手。

第四十一章

幾日後，鍾贛休沐，早早就騎著馬等在衡樓外，身邊停著輛馬車，老三化作車伕，戴了斗笠坐在車前。

梁玉琢從樓裡出來，看見坐在馬上的鍾贛，沒來由一陣臉紅。雖然那天過後，她有好幾日沒見著鍾贛，可想起那天他是被老三在樓下學貓叫了半天才催走的，頓時覺得臊得慌。

鍾贛的臉皮似乎早在入錦衣衛後練成了銅牆鐵壁，將天了欽定的未婚妻扶上馬車後，直接翻身上馬，帶著人離開衡樓。後頭圍觀的百姓議論紛紛，卻也沒那麼多的閒話去議論人家未婚夫妻。

盛京的房子的確很貴，在那天打定主意要買個宅子後，梁玉琢就託人在城中尋找打算轉賣的宅子。一找才得知，在盛京，能真正擁有自己宅子的人很少，大多是租房，因此房屋租賃業很是發達。

這也是能理解的。

一來科舉興盛，士子們為了魚躍龍門，很多人在盛京一待就是幾年，可並不是待的時間越久就越能考上功名，不少人最後還是灰頭土臉地回鄉，即便得了功名，也得去別處當官，所以買房子就不實際了。

二來是那些商旅奔波不息，不會長時間停留一處，自然不會特地去買什麼宅子，即便是養個外室，也用不著特別好的。

梁玉琢託人問到要轉賣的宅子，大多都不是在什麼特別好的地段；可地段不好就罷了，價錢也奇高，以至於她這會兒也不覺得鍾贛陪著她看宅子，就能找著價錢合適、地段適合的宅子。

可想歸想，適合的宅子還真就給她遇上了。宅子的地段不差，離貢院近，因此周圍住了些讀書人，大多都是三、四人共租一個宅子，風氣倒是不壞。

鍾贛能找著這個宅子也是個機緣，原先的主人是翰林出身，如今被派往別處為官，妻兒都得跟著離開，留下宅子和裡頭的下人不知該如何是好，就決定賣了，順道籌措些銀錢。

鍾贛將梁玉琢領到這兒，看了看這座宅子，再看了看算是附贈的幾個下人，梁玉琢覺得滿意，只是價錢卻明白怕是所費不貲。

那翰林四十來歲，膝下只有一個庶子，見梁玉琢歲數不大，卻行事成熟，又和鍾贛看起來情投意合，當下擺手。「價錢好商量，我這宅子不大，下人也不多，梁姑娘若是看得上，三百兩如何？」

梁玉琢吃了一驚，當即明白這是看在了鍾贛的面子上特地少報一些，忙轉頭去看鍾贛，鍾贛微微點頭，並不開口。

「那就多謝這位大人了。」

手續自有人幫著去辦，那翰林招呼著他們兩人留下吃頓飯，才剛答應下來，忽地外頭就傳來吵鬧聲。鍾贛命老三去探探情況，一會兒，老三去而復返，一臉壞笑。

「怎麼了？」沒剝殼的花生被鍾贛直接彈到了老三腦門上。

老三嘿嘿一笑，滿臉戲謔。「標下去看過了，隔壁正在捉姦呢！」

梁玉琢一口茶沒嚥下，差點噴出。老三後面說的話，更是直接叫她和翰林滿臉尷尬。

「是繼夫人帶著人上門，把住在隔壁的侯爺外室揪出來打了。聽說，那外室肚子裡剛懷上一個，被繼夫人這麼一鬧，差點掉了，這會兒正鬧得不可開交。」

看到隔壁院子門前圍滿的人，梁玉琢只想說，讀書人雖不愛看熱鬧，可架不住讀書人也是有家眷的。老三說隔壁院子裡住的是開國侯的外室，這一鬧，只怕明日朝堂之上，天子又得多收幾封關於開國侯的摺子。

梁玉琢抬頭去看鍾贛。「鍾大哥，這事……」事情鬧得這麼大，仍不見馬氏的人把門口圍觀的群眾驅散開，怕是裡頭真出了人命叫她顧及不到外邊了。

鍾贛握了握她的手，命老三將門外的人勸離，這才邁開步子往隔壁院內走。進了院子，一地凌亂，水缸、盆景甚至還有瓷器都倒在院子裡，再往裡走，能清楚聽到婆子的號啕大哭以及年輕女子的哀號。

「簡直晦氣，大夫還沒說孩子保不住呢，就這般哭，是想生生把孩子哭掉不成？」

梁玉琢就在這個時候聽到了馬氏的聲音。循著聲音傳來的方向去看，馬氏臉色難堪地站在一旁，身邊站著從開國侯府跟來的丫鬟、婆子，似乎有婆子說了什麼，馬氏氣得頓時一巴掌搧到了她的臉上。

「蠢貨，這事鬧得這麼大，妳以為瞞得了嗎？到時叫侯爺知道我們害死了這賤人肚子裡的賤種，非跟我拚命不可；倒不如一不做、二不休，讓娘兒倆一屍兩命才好……」

馬氏顯然以為身邊都是自己帶來的人，並不隱瞞她心中的惡意。梁玉琢聽到這話沒來由皺起了眉頭，再去看鍾贛，卻見他神情平淡，像是對一切並不感興趣。

傳來哀號聲的房門被人猛地從裡頭推開，有個顫巍巍的老大夫叫人攙扶著，從屋子裡走了出來，走一步還要咳嗽兩聲。

這老大夫被人匆匆忙忙請過來，一眼便看出是正室上門鬧，把外室給鬧得小產了，雖然搖頭到底還是進門去給人診治。這會兒出來，看見不遠處站著的男子，認不清長相，只以為是這家的男主人，拱著手就走了過去。

「這位老爺，您家這小夫人……咳咳……姨娘年紀還輕，咳咳，養養還能懷上……」

馬氏見老大夫從屋裡出來，正要叫婆子上前去詢問情況，卻見老大夫顫顫巍巍地從身邊走了過去。她回頭一看，發覺她不待見的那個繼子竟出現在這裡，依舊是那張冷臉，身邊還站著個陌生姑娘——不用想，定是從鄉下來的那個丫頭了。

老大夫說完話後，還忍不住咳嗽了幾聲。鍾贛並沒有出聲解釋自己的身分，只將目光轉向滿臉慘白的馬氏，待下人將老大夫送走後，方才向她身邊的下人質問道：「侯爺為何至今還未過來？」

這話雖是對著下人問的，更是衝著馬氏說的。馬氏下意識地身子一顫，抓緊了手裡的帕子，臉上浮起尷尬的笑意。「這等小事，怎麼好麻煩侯……」

「大公子啊，求您給我們姑娘做主啊！」

不等馬氏說完話，一個瘦巴巴的婦人突然從屋子裡撲了出來，撲通一聲給鍾贛跪下。梁玉琢被她嚇了一跳，下意識地往後退了一步，鍾贛伸手將她一把拉到背後護住。

鴉青上前，擋住還欲往前撲的婦人，怒斥道：「大膽，妳是什麼身分，也敢對大人動手動腳。」

那婦人一時失態，見這情景，趕忙磕頭。「小婦人原先是這條街上給書生們洗衣裳的，兩年前侯爺聘小婦人過來，專門伺候姑娘……咱們姑娘是個命苦的，好不容易才懷上個孩子，如今……如今卻沒了……大公子，那可是您的手足兄弟，您就可憐可憐姑娘吧！」

馬氏發出一聲尖叫。「什麼手足兄弟？就算她把賤種生下來，也不過就是個外室子，是庶出！」

那婦人也有些著急。「夫人，即便是庶出，那也是侯爺的子嗣。夫人您怎麼可以……怎麼可以……」

鍾贛站著沒有動，半晌才抬起頭看向氣得胸脯不住起伏，卻不知該怎麼反駁的馬氏。這時老三從外面進來，和鍾贛附耳說了句話又退到旁邊，梁玉琢看得仔細，老三說完話後，鍾贛那雙眼睛裡寫滿了興味。

到底不是從她肚子裡出來的，馬氏從來弄不明白鍾贛的意思，只覺得眼下事情似乎越來越脫離她的掌控。「你二人雖然是天子賜婚的未婚夫妻，可還沒成親呢，也不該私下密切往來，還……還跑到這裡來做什麼？」

鍾贛顯然不打算回答馬氏的問題，梁玉琢也沒這個想法，只是聽著方才的哀號聲變成哭泣，她的視線忍不住頻頻往房門那兒看過去。

馬氏心裡吊著一塊石頭，見他們倆這副模樣，更是不知該如何是好，心下一急，有些話就脫口而出。「這裡的事與你們無關，還不趕緊離開。」

「緣何和他們沒有關係？」

鍾軼一進內院，那些伺候外室的婆子、丫鬟頓時從房間裡湧了過來，有模樣嬌俏的丫鬟，更是嘴裡哭著姑娘的名字，抹著眼淚往他身前湊。馬氏又急又怕，臉色一片慘白，頓時明白方才鍾贛的不言不語，不過是不想管這事，卻又不願讓她瞞住鍾軼。

「景吾是本侯嫡長子，梁家姑娘是本侯未過門的兒媳婦，夫人，妳倒是說說，這裡的事緣何和他們沒有關係？」

馬氏連連擺手，眼下已不知應當說些什麼。

鍾軼本就是個風流種，絲毫沒能繼承老侯爺的深情。當年未和常氏成親前，房中雖沒女人，卻是不時去煙花之地的主，當時的花魁更是叫他捧過一段時日；和常氏成親後也不忘和人勾纏，不然也不會遇上馬氏。

馬氏自問不是個好脾氣的，可遇上鍾軼，為了開國侯夫人的位置，也為了能抓住這個男人，她生生壓下自己的脾氣，偶爾也將他推向別的女人，可從未讓那些女人有懷孕的機會。這不是鍾軼第一次養外室，過去那些女人無不是叫馬氏花了銀子送走的。

倒是這次這個小妖精，不光被養了兩年都沒能露出破綻，竟然還偷偷懷上孩子，這才惹得馬氏一時氣急，將事情鬧得這般大。她越想越恨，心下詛咒那小妖精掉了這個孩子之後身子好不了，巴不得明日天不亮就叫人發現她躺在床上嚥了氣。

見馬氏臉上怨毒的神情，鍾軼簡直氣不打一處來，胸口被個嬌俏的小丫鬟撫了撫，這才壓下火來。

「父親既然來了，兒子就先走了。」鍾贛說話做事向來雷厲風行，根本不等鍾軼開口，直接牽過梁玉琢的手，並肩往外走。老三和鴉青慢了兩步，恭敬行了禮，隨後跟上。

馬氏心中生怨，恨鍾贛多管閒事竟把鍾軼找來，說出來的話有些難聽。「還沒成親就這麼勾勾搭搭的，簡直不知廉恥……」

「啪」，話沒說完，馬氏捂住臉，呆愣在原地。原本冰涼的臉孔，被鍾軼重重地打了一巴掌，掌印留在臉上，滾燙得讓她忍不住掉下眼淚。

「妳當年勾引我的時候才叫不知廉恥。」鍾軼如今是氣急了，才說出這樣的話，壓根兒不知道自己在怒斥馬氏的同時，也將當初的自己罵了進去。

他把話丟下，匆匆忙忙進了房門，去哄他那個還躺在床上痛哭的外室。

另一邊，梁玉琢上了馬車，鴉青將車簾拉開一條縫，外頭三五成群朝著方才那院子指指點點的人並不少。

鍾贛騎著馬來到車旁，車簾內隱隱約約映出人影。

「侯爺他會把人抬進府裡嗎？」清晰的聲音從車廂內傳來，車簾拉開得更大，露出梁玉琢半張臉，眼睛裡寫滿了疑惑。

鍾贛道：「小產前不會，如今小產了，會。」

梁玉琢表示不解。「為什麼？」

開國侯府一向對子嗣並不看重，畢竟，從老侯爺開始，每一代都有嫡子，到了鍾軼這邊，鍾贛和鍾翰都是嫡子，就連庶子都有了。因此，這些年後宅的那些女人儘管都不曾懷孕，鍾軼也並不著急。

只是，想起馬氏那些年下的黑手，鍾贛目光微斂。「開國侯府已經很多年沒有女人懷孕了，父親雖不在意，但只是一時。這個女人這兩年有本事叫他藏這麼久，父親怕是上了心的。小產前，他定然能當外室養著，既然懷了孕，又叫馬氏給弄掉了，不管是有意無意，那個女人必然會求著進門，父親也一定會心疼她，答應這件事。」

踏焰不時地輕嘶，見風吹過簾子，還伸脖子過去咬住簾子，將梁玉琢大半張臉都露了出來。她不在意叫外人見著臉，拿了塊松子糖從車窗裡伸出手，踏焰舌頭一卷，吃到了糖倒是乖順下來，不再鬧騰兩人說話。

「其實……」梁玉琢吶吶地道：「我原先以為今日這事，都是鍾大哥你一手安排好的。」

其實不怪她會這麼想，從認識鍾贛開始，這個男人給她的感覺，就是面上看著冷淡，實際肚子裡千迴百轉藏著許多主意；再者，既然是錦衣衛，自家老爹養個外室這種事情，怎麼也不可能被瞞了這幾年，剛剛才知道。

鍾贛似乎對她這麼老實地說話有些驚訝，見她如此，當即叫停馬車，把鴉青從車裡叫了出來，然後翻身下馬，幾步坐上馬車。

簾子放下的時候，牽著踏焰的鴉青額角一抽，認命似地慢慢跟上馬車。

鍾贛上了車，坐下把人抱到了懷裡。「這事我的確早就知道，但那女人不是我安排的，是他自己在路上遇見然後被我順勢利用了。今天的事，也的確有我的手筆，不過沒料到馬氏會在今天動手。」

他頓了頓，與梁玉琢五指交纏，淡淡道：「我是不願讓妳遇上這些骯髒事的，我盼著妳好好地和我在一塊兒，我活著的時候妳活著，我死的時候妳也得活著，等子子孫孫都長大了再來見我。」

梁玉琢一時感動，抬起頭。雙眼對上後，鍾贛的神色忽然變了變，眼神發暗，啞聲道：

「不過，妳誤會我的帳，是不是該算一下？」

梁玉琢暗叫不好，下一刻，唇瓣已經叫人吻住，摩挲她肩頸的大掌熨燙得她漸漸發昏、發熱，只能靠在男人的懷中費力喘息。

第四十二章

確如鍾贛所言，那個小產的外室在出事後沒幾天，就叫鍾軼抬進了開國侯府，還很體面地給了一個姨娘的名分。

儘管御史們為此又參了鍾軼幾筆，但開國侯的家務事，太子也不好伸長手去管，只在鍾贛進宮的時候，拋了幾個意味深長的笑給他。然而錦衣衛指揮使仍舊是那張冰山臉，一本正經地彙報著最近的工作。

「繼夫人就這麼讓那個外室進門了？」國事處理多了也會生膩，天子如今閒來最樂意做的，就是聽一聽朝中重臣們家裡都發生了哪些雞飛狗跳的事情。

鍾贛繃著臉，代替韓非為天子倒了盞茶。「父親做的決定，哪怕她再不願也無能為力，只是人進了門，比在外頭好拿捏多了，想來，能熱鬧一整年。」

那個嬌滴滴的女子從側門抬進開國侯府的當天，鍾軼就宿在了她的院子裡。只是才剛小產不久，不能同房，女子就把身邊最嬌俏的丫鬟開臉送給了鍾軼。

第二天，馬氏聽說了這個消息，直接賞給那個丫鬟一堆綾羅綢緞，眼紅的新姨娘差點撕了自己親手送出去的丫鬟。

第三天，馬氏又找理由修理了新姨娘身邊的一個小媳婦，直打得人滿嘴是血，牙都掉了好幾顆，最後給了一荷包的銀子安撫下。

之後接連幾天，哪怕鍾贛早早就分府別立，也日日都能聽到開國侯府出了什麼么蛾子；不過，比起開國侯府的么蛾子，鍾贛更注意的，是他和梁玉琢的婚事。

「臣想向陛下告假。」

「去哪兒？」天子眼皮子都沒抬一下，喝了一口茶，茶盞剛放下，便見鍾贛自發地上前斟滿。

「內子在盛京買了宅子，想把家人從鄉下接來，臣想告假回一趟下川村。」

一聲「內子」把天子震得差點灑了杯子裡的茶湯。他從前只道鍾贛是個鐵面無私、忠誠不二的臣子，卻不想，這人竟也是個順竿兒爬的，親事才訂下不久，改口倒是飛快。

「你將定國侯府的事處理完了，我就放你一個大假，等到你成親，婚假也給你延長。如此，你看怎樣？」天子的口吻聽著像是商量，可鍾贛明白，他並非是在和自己商量，而是明明確確的一個條件交換。

錦衣衛是歷代皇帝手裡的一柄刀。刀鞘有，可脫得比誰都快，因為錦衣衛直接對天子負責，天子一聲令下，無須經過六部，錦衣衛可直接拔刀出手；有時，甚至可以不得天子明令，直接動手——這也是為什麼錦衣衛被稱為朝廷鷹犬的原因。

當年，定國侯府就是為了躲避錦衣衛的追查，才放棄湯九爺，將人逐出家門。天子開口，鍾贛就沒有理由推拒，所幸定國侯府的事錦衣衛早有布置，並不會耗費多大的工夫，於是轉身出宮，和梁玉琢商量了一番，派了老三前往下川村。

于媒官帶著天子聖旨到下川村的時候，整個下川村都沸騰了。

他們下川村這是要飛出金鳳凰了，大官家的正頭娘子啊，可不是尋常人家可以比的；更何況，這個大官還是侯府的大公子，日後就算不繼承侯府，也是皇帝面前最得寵的人。

二郎剛從學堂放學歸來，噔噔地往家裡跑的時候，看見家門周邊擠滿了人，一個個臉上興奮不已，不知在討論什麼。二郎只當是梁家的幾位嬸嬸趁著阿姊不在家，又跑來欺負阿娘，急得在人牆外滿頭大汗，嘴裡哇哇叫著硬是沒有一人聽見他在叫喊什麼。

還是俞二郎從山裡回來，看見他這副模樣，一把把人抱起來坐在自己肩膀上，這才擠進人群，走到了院子裡。

院子裡，于媒官有些尷尬地看著呆愣的梁秦氏。雖然鍾贛早已來這提親過一次，可那一回惹出的麻煩事，已經叫人心底打鼓，自然不覺得梁玉琢這一次進京真能把婚事給談下來；但這次媒官過來，竟是帶著聖旨來的。

里正和梁家人一前一後進了院子，見梁秦氏沒能回過神來，忙向于媒官和難得正經穿著飛魚服的老三再三核實消息。得知梁玉琢果真叫天子賜婚給了開國侯府大公子，堂堂錦衣衛指揮使鍾贛，梁家過來的幾位長輩頓時高興地嚷著要去祠堂，把這消息告訴列祖列宗。

梁連氏在旁邊聽了這話，撇撇嘴，有些不高興。「這是祖墳冒青煙了呢，梁家就要出大官夫人了。」

梁通也在旁邊，聞言，狠狠拽了下她的胳膊，低聲呵斥。「閉上妳的嘴。」

梁連氏瞪眼，見梁老太太激動得滿臉通紅，更是氣不打一處來。

梁玉琢去盛京後，家裡剩下梁秦氏和二郎母子兩人，梁連氏沒少攛掇老太太上門敲打他們，每回來都能順走不少好東西；要不是山上的那些雞有俞家兄弟看著，梁連氏早讓老太太去那搶幾隻雞過來自己養，拿去賣錢了。

老三家這些年日子越過越紅火，前些年梁家還有人願意跟著她欺負老三家的孤兒寡母，這幾年因為梁玉琢在，眾人對老三家的態度就變得曖昧起來。想上門占點便宜吧，老三的閨女是個厲害的；想套近乎討點賺錢的法子吧，又怕自己還被記恨著。

於是到後面，就只剩梁連氏還敢時不時地欺負孤兒寡母；而梁通是個孝順的，儘管知道自己婆娘對老三家不僅不上心還經常去欺負，也只能拉住人勸一勸，再多的事當著梁老太太的面，也是不好說話。

這回天子賜婚，梁老太太就像是突然發覺老三家的這個閨女能給自己長臉，興奮得讓梁連氏幾次想冷嘲熱諷都被打斷了。

和聖旨一道過來的，還有老三帶回來的消息。

「想請我們母子過去盛京住？」梁秦氏終於回過神來，把二郎抱進懷中，聽到老三的話，有些遲疑。

老三忙點頭，把離京前梁玉琢和鍾贛私下分別交代的話又說了說，尤其是將買了房子的事重點講了下。

梁秦氏還沒答應，梁老太太卻心動得不得了。盛京啊！像他們這種一輩子面朝黃土的平民百姓，哪有那麼多的機會可以進京看看，她都這把年紀了，再過不久說不定就要去地底下見老頭子了，能在那之前去盛京看看也是好的。

所以，老太太明示、暗示地跟梁秦氏說，要她趕緊答應帶著自己一道去盛京住。祠堂已經開過了，列祖列宗們也吃過香火、聽過消息了，梁老太太天天拄著枴杖到梁秦氏跟前，張口、閉口說著想孫女，想要去盛京瞧瞧孫女跟孫女婿。

「盛京路遠，大娘妳就別折騰了，等明年琢丫頭成了親，叫她帶女婿回來給妳上茶就成。」一看著梁老太太天天來，徐嬏忍不住插嘴，盼著梁秦氏沒一時糊塗答應這事。

梁老太太早就對徐嬏心生不滿，自家孫女有了賺錢的法子之後，沒想著照顧老梁家的人，反倒是拉拔起俞家兩個兄弟，還把這人當長輩一般照顧起來，老太太怎麼想，心裡怎麼不痛快。

「這是老梁家的事，跟妳俞家什麼關係？」梁老太太對於盛京是十分嚮往的，更何況孫女婿一聽就是有身分的人，更是叫她在下川村裡覺得高人一頭，說話更是抬起了下巴。

徐嬏沒打算跟個老太太計較什麼，她更擔心，萬一梁秦氏心軟答應了，果真把老太太帶進盛京，那叫琢丫頭如何是好。

還好，在這件事上，梁秦氏腦子還算清楚。她如今越發明白，女兒並不比兒子差多少，甚至她的這個女兒將來還能提拔兒子。

在梁玉琢進京後，梁秦氏無數次在夜裡夢見梁文，瘦削的丈夫總是笑容淡淡地看著她，像從前一樣低聲細語說著話，叫她要聽女兒的話，叫她不要再寒了女兒的心。

梁秦氏明白地婉拒，讓梁老太太十分憤怒，轉頭就在村子裡到處說這個兒媳婦如今要把女兒高嫁，有倚仗了，所以欺負婆婆了。

下川村的人不是傻子，老梁家的那點事早八百年就傳遍了村子，加上梁秦氏如今就要做京中大官的丈母娘了，誰還會聽信梁老太太的話？於是那些胡謅的話就成了村民們茶餘飯後的談資，一直到梁秦氏帶著二郎坐上馬車往盛京去，還得到了村民們的相送。

里正薛良把人送到村口，再三叮囑路上小心，等到馬車上路，他轉身回家，高氏忽然把一封已經拆開的信遞到他的面前。

「這是什麼？」薛良擱下剛拿起的旱煙，瞇起眼睛展開信。

他小時候讀過幾年書，認得幾個大字，但這信上密密麻麻的內容叫他看得有些暈頭轉向。好在寫信的人早有準備，已經叫人把信上的內容在高氏面前口述了一遍，因此，薛良在高氏的口述下吃力地看完了一整封信。

信是琢丫頭寫的，信裡的內容不多，卻讓薛良一時覺得有些燙手，他忍不住嘆了口氣。

「這丫頭……這丫頭是個好的。」

在得知梁玉琢囑託老三把梁秦氏和二郎都接去盛京的時候，村裡就在傳不知她在平和縣的那些生意要怎麼辦；畢竟人在盛京，有什麼棘手的事，一時半刻也趕不回來，可生意卻不能丟下不管。

起初，所有人都在猜說不定琢丫頭會把生意都託付給俞家兄弟，可直到母子倆上了馬車離開，也不見梁秦氏找任何人談轉交生意的事。

沒想到，琢丫頭竟然早早就寫好信，只等著人走了，才拿出來。

信裡說，她在平和縣裡所有的生意，包括山雞蛋還有田地、果樹以及和賈樓的那些合作，都轉交給里正代為管理，每月她將會支付一定數額的銀錢作為報酬。

這筆報酬，比種上一年田都高，薛良沒道理不答應；但是看著信上娟秀的字跡，他知道，這從山窩裡飛出去的金鳳凰，是徹底不打算回來了。

梁秦氏和二郎到盛京的消息傳來的時候，梁玉琢正在算現在手上有的錢。

在盛京，所有的吃穿用度都比在下川村的時候要多，好在她腦筋動得快，除了在衡樓幫廚，她還在城中找了別的生意；又藉著湯九爺和趙翬的關係，低價收購了郊外一片迫不及待轉賣的果園，還在山上買了一塊地，才在買了房子之後不至於坐吃山空。

再加上在老家的那幾畝地以及山裡的東西，梁玉琢撥完算盤，長舒一口氣。她接下來打算看看城裡有沒有什麼店鋪轉賣，準備盤下來做點生意，雖然有風險，可盤個店鋪下來，也好給梁秦氏找點事做。

她原只打算接二郎來盛京，轉念想到自己的身分，到底有些不忍心拋下梁秦氏，思來想去，索性盤個店鋪，讓梁秦氏做點小本買賣，與人接觸。

梁玉琢的這些打算從來沒有瞞過湯九爺，最近打算盤店鋪給梁秦氏的事，湯九爺甚至問過她鍾贛的意思。

湯九爺心裡想的，和這個世間多數人想的事情一樣，覺得她應該好好在家相夫教子；尤其是像梁玉琢這樣一下子就嫁到官家去的女人，更應該順應這時代的規矩，本本分分地在家伺候丈夫，擔心她現在賺錢的事和將來要讓梁秦氏開店的事叫夫家厭惡。

可她要做這些事，就算鍾贛不同意，她也一定會堅持自己做下去；更何況，鍾贛並沒有反對，反而在閒暇時，和她坐下來，一點一點分析哪塊地可以用，哪座山頭適合種什麼。

當然，孤男寡女坐在一塊兒分析的時候，免不了到後面就成了親暱。

「人已經進城了？」

把算盤擱到一邊，梁玉琢起身擦了把手，鴉青從旁邊端來茶水。「先前老五過來說了一聲，這時候應當快到門外了。」

自從買了宅子後，梁玉琢就從衡樓搬出來住了，有自己的房子，進出方便許多。這條街的氛圍不差，除了之前沒料到開國侯在這邊養外室，剩下的就都是讀書人和女眷。翰林留下的一房下人就住在這裡，分擔了不少鴉青的工作，讓梁玉琢放心不少。

梁玉琢走到門口，剛好看到馬車停下，一房下人恭恭敬敬地站在門口迎接準備下車的母子兩人。「奴才給夫人和小公子請安。」

幾乎是馬車才剛停下，車簾就叫人迫不及待地掀開，梁玉琢在門前站定，看著從車上跳下馬車的二郎，忍不住彎了彎眉眼。

「阿姊。」

不過幾個月不見，二郎又長高了不少，才剛跳下馬車，立刻跑上臺階，一頭撲進了梁玉琢的懷裡。她被撞得往後退了兩步，眉開眼笑地摸了摸二郎的腦袋。「高了，也壯了。」

二郎幾個月不見阿姊，十分想念，如今見著人，更是抱著她的腰不肯放，一直仰著脖子哼哼唧唧地撒嬌。梁玉琢也由著他鬧騰，只一邊拍著二郎的肩膀，一邊抬頭看向馬車。

梁秦氏此時已經由鴉青扶著下了馬車，正站在臺階下，目光帶著寵溺，笑著看著正在撒嬌的二郎。二郎高了、壯了，梁秦氏看著卻……又瘦了。

「阿娘。」梁玉琢輕輕喊了一聲，將宅子的管事一家喊到面前向梁秦氏見過禮後，便讓下人們都退下各自忙去了。「管家是鍾大哥的人，他媳婦日後就跟在阿娘身邊幫忙打理庶務；下人是之前房子主人留下的，賣身契都在女兒手上，回頭女兒收拾下，全都交給妳……」

第四十三章

在房子剛到手後，梁玉琢就和鴉青一塊兒把幾個屋子收拾出來。給梁秦氏準備的是後院的主臥，房中的家具大多都是花榴木做的，看著不起眼，實際上卻值不少錢，就連床鋪上的被褥，也都用不錯的料子製成。

梁秦氏從下川村一路到盛京，早已看花了眼，只覺得一顆心撲通撲通跳得厲害；等到了這裡，看見大門上頭懸著的匾額上，竟還寫了「梁府」兩字，更是讓她驚得腿軟。

而進門後女兒說的那些話，越發讓她拿不定主意。

「這些……這些我都不懂……」梁秦氏臉色不大好看。

她始終覺得自己不過是一個鄉下村婦，哪怕當姑娘的時候是商戶出身，也不過是小門小戶的閨女，哪裡見過盛京這般繁華的地方？更不用說要像那些大戶人家的夫人一般，管著一家老小的吃穿用度。

「阿娘不懂沒事，我會找人教妳，只是這些事，妳早晚要學著做，等二郎媳婦進門，妳若是覺得累了，再讓兒媳婦來接手。現在二郎年紀還小，家裡的事妳得學著拿主意。」

梁玉琢說這話時，帶著客氣和疏遠，等說完話，再抬眼去看梁秦氏的神情，卻發覺她的臉上帶著苦笑，一雙眼癡癡地望著自己。

「妳是不是……怨阿娘？」

「……」面對她的問題，梁玉琢一時間無法回答。

「阿娘知道，妳肯定是想只接二郎過來的，但是又怕二郎沒人照顧，所以才捎上阿娘……阿娘沒臉見妳……這個家……這個家還是妳來當家做主吧！」梁秦氏的聲音越說越輕，眼眶漸漸發紅，似乎又要掉下眼淚。

梁玉琢如今對她這個容易掉眼淚的娘倒是沒有之前那麼反感。買這個宅子，本就是為了二郎準備的，也是給自己在盛京安一個退路。

如果不是二郎年紀還小，她更願意把管家的事交給二郎來做，至於這個時代認為的男主外、女主內，在梁玉琢的眼裡那是不存在的，自家的事都該了解，二郎再年長幾歲，她就不會讓梁秦氏掌家。可她實在沒有辦法把話和梁秦氏說清楚，見梁秦氏果真要哭，忙喊來管事娘子，丟下人匆匆忙忙從主臥走了出去。

聽到女兒出門的腳步聲，還有不遠處傳來二郎開心的笑聲，梁秦氏忍不住想要大哭，卻聽見有人聲音溫柔地喊了一聲「夫人」。她抬頭，看向被女兒召進門來的中年婦人。

婦人姓許，早年曾給常氏當過丫鬟，少時於府外打理常氏陪嫁，後來嫁給了管事李莊，梁府的下人們就學著鍾府那邊的稱呼，喊一聲許姑姑。李莊負傷從錦衣衛離開後，就一直被鍾贛安排在常氏的陪嫁莊院裡，直到梁玉琢買了宅子，才被調來這邊當管事，許氏就是那時候跟著過來的。

李莊受過傷，沒法子有孩子，許姑姑也不介意，夫妻倆從前就疼愛年紀輕的下人，又盼著鍾贛早些有孩子，他們好幫忙看顧。等過來梁府，見到被鍾贛捧在手心裡的梁玉琢，便立刻將這份心轉移到新主子的身上。

許姑姑尤其疼愛梁玉琢，從老三和鴉青那裡得知梁家事後，越發心疼。被喊進主臥前，她已經從鴉青那裡知道了情況，見到屋子裡抽泣的梁秦氏，許姑姑微微嘆了口氣。

「姑娘是從夫人肚子裡出來的，夫人應當最清楚姑娘的脾氣，如果姑娘當真怨夫人，又怎麼會把夫人請來？」

大戶人家的丫鬟雖然看著出身低，可大多是家生子，自小受的教養比起外面那些小戶人家的姑娘，只好不差。許姑姑早年又是常氏身邊的丫鬟，略通文墨，想要安撫梁秦氏，自然比下川村徐嬸的那些話管用。

梁玉琢不知許姑姑在主臥裡和梁秦氏說了多少，等陪著二郎玩累了，催他去洗個澡、換身衣服出來吃飯，廚房的飯菜也已經做好陸續端上了桌。

梁玉琢給家裡的下人定的規矩，是上完菜後下人就不必在旁邊伺候著，回去吃完了再過來收拾。過去吃飯的時候，一桌子只有鴉青陪著她，假若鍾贛過來，鴉青就主動退下把位子讓了出去，這次還是搬來這麼久後，頭一回能和家裡人一起吃飯。

她站在桌子旁邊，等梁秦氏和許姑姑有說有笑走過來，忍不住挑了挑眉。她一向知道許姑姑本事好，卻沒想到這麼好，能把梁秦氏安撫得服服帖帖，和自己點頭說話時一雙眼亮晶晶的，再難看出一絲卑怯和自愧。

梁玉琢不在乎那些，只要梁秦氏踏踏實實地當這個夫人，她便能把心思都放在賺錢上，等明年出嫁，就不需要費心費力地忙著生意、忙著跟鍾大哥的小家，還要再忙著顧念二郎這邊。

「阿姊、阿姊。」梁秦氏才剛坐下，許姑姑正和梁玉琢說著話，那頭二郎飛也似地跑了過來，衣裳也沒穿好，直接就要往他姊身上撞。「阿姊，妳叫人在水裡加了什麼？怪香的，我都快香成小娘子了……」

在下人準備好的熱水裡加的是能舒緩疲勞的香油，不多，就倒了一、兩滴，是梁玉琢費盡心力託人從胡商手裡買來的，只買了兩瓶，一瓶留在家裡，一瓶送到了鍾府。

那香油氣味不重，不會叫人香掉了鼻子。二郎洗完澡一路跑過來，身上的氣味早散了，可他從懂事起就沒在洗澡的時候這麼做過，自然好奇極了。只是話還沒來得及說完，他後領忽地被人一把拽住，眨眼的工夫就被人提著和他阿姊平視了。

看著瞪著眼睛看自己的二郎，梁玉琢咳嗽兩聲，將視線轉向後面提著他的男人。鍾贛一身藍衫，腰間墜著的玉珮上掛著她親手編的穗子，頭髮似乎還沒全乾，髮尾處還有些滴著水，他把二郎往身前帶了帶，這才放下二郎。

「姊夫。」才剛落地的二郎睜大眼，脫口而出。

二郎的這一聲「姊夫」，叫得鍾贛的神情驀地和緩了幾分。他從天子那邊出來，就聽老四他們說老三已經帶著梁秦氏和二郎到了盛京。

雖說他理當找個休沐的日子，仔仔細細、妥妥當當地上門正式拜訪這位岳母，可這幾日公務繁忙，他除了能空出夜裡的時間，便沒有其他的工夫，只好出宮回府，匆匆沐浴更衣後直接縱馬奔至梁府。

「原本應當擇日來訪的，只是近日公務繁忙，實難分身，不得已匆忙而來，還請岳母見諒。」

鍾贛的話說完，梁秦氏原本因為他把二郎突然提起來的舉動嚇得怔住的神情，一下子變得有些晦暗不明。許姑姑隨即輕輕咳嗽一聲，這才沒讓梁秦氏失態。

鍾贛目不斜視，在梁秦氏點頭後，走到梁玉琢身側的位子坐了下來，原本打算坐阿姊身邊的二郎愣了愣，不得不往另一邊擠。

因為多了個人，許姑姑很快下去吩咐廚房多加兩道菜，也幸虧多了這兩道菜，才不至於叫梁玉琢沒能吃上幾口飯——二郎大概是為了能和未來姊夫一樣有男子氣概，這一晚胃口大開，跟著鍾贛吃了三碗飯，又吃了好多菜，整個肚子吃得滾圓，被鴉青忍著笑帶去院子裡蹓躂。

等二郎一走，屋子裡的空氣就有些凝滯起來。

梁秦氏不是頭一回見鍾贛，這回再見，心態上她已經有了一些變化。許姑姑說得對，閨女長大了，有自己主意，加上又不是村裡那些什麼都不懂的丫頭片子，自然明白什麼事能做、什麼不能做。

她看著跟前和女兒並肩坐在一道的男人，忽然有些想念自己的丈夫。

「你們的婚事，都準備得怎樣了？」梁秦氏開了口。

梁玉琢張嘴想要回答，被鍾贛按住了手。「我那邊該準備的都已經準備妥當了，梁府這有許姑姑操持，眼下岳母也來了，想來更不會出什麼差錯。」

梁秦氏抿了抿嘴唇。「該過的流程……都過到了哪兒？」

她問得雖然猶豫，可梁秦氏心裡一片清明。如果沒有賜婚，即便開國侯府和自家天差地別，該走的流程還是要仔仔細細走上一遍的。

因為有了天子賜婚這一齣，直到現在，梁秦氏也僅僅在消息傳來下川村的時候，從于媒官手上看過婚書聘禮的草帖。臨行前，又收到老三順帶送來的定帖，上頭寫明了鍾贛父祖三代的名諱、官品職位以及鍾贛本人在家中的排行及其職位、生辰八字等。

她從袖中摸索了幾下，掏出一張帖子。「論理，在收到定帖的時候，女方也得回敬一份，只是恰好上路，不得已便收在了身上，只等著進京再遞給于媒官。」

梁秦氏並不知開國侯府和鍾贛之間究竟有什麼問題，原先還想著是否要把定帖遞給開國侯府，如今見了鍾贛，索性直接交給女婿。

見梁秦氏遞出了定帖，鍾贛恭敬地雙手接過，當面打開。

女方的定帖和男方的並無什麼差別，行文樣式是相同的，不過是多了嫁妝清單。梁秦氏列的這份嫁妝清單看著有些少，卻實打實是花了心思的。

首飾、金銀、珠翠、寶器、帳幔、隨嫁田土、屋業、山園等，這些都是盛京中那些世族女子出嫁時的嫁妝，到了梁玉琢這兒，金銀六十餘兩，在尋常百姓人家中已是極多，首飾、珠翠只有一副頭面和一對寶釵，餘下的還有下川村的那五畝地。

想來這些，已是梁秦氏能想到的最好的嫁妝了。

鍾贛在看定帖的時候，並沒避開梁玉琢，顯然讓她也把清單上頭的內容看得一清二楚。

「阿娘。」梁玉琢回頭。「家裡的餘錢和田地妳留著就好。」

她從沒想過要梁秦氏拿出什麼嫁妝，梁家的狀況她太清楚了，儘管這幾年因她的操持大有起色，不用再過苦日子，可也並非是什麼太富裕的人家。

再者，她每月給梁秦氏的銀錢並不多，攢到六十多兩可不是容易的事情。梁玉琢早早為自己打算好了，不管是嫁給鍾贛，還是把鍾贛娶進門，她都有足夠的銀錢可以使用。

「這些是妳阿爹早就說過的。」儘管梁玉琢滿臉不同意，梁秦氏的神情卻難得帶著舒心的笑意。「妳阿爹疼妳，在妳還很小的時候就說，將來等妳出嫁，要把家裡的五畝地都給妳，還要讓妳帶著六十兩的嫁妝出嫁。」

聽到沒有任何印象的爹，梁玉琢忽地沒了聲音。那是一位父親對女兒的疼愛，她占了原本該得到這份疼愛的人的位置，沒道理還要拒絕一位母親的好意。

「妳阿爹說，男孩子可以靠自己的本事安身立命，從文從武都好，但是女兒要嬌著養，不能委屈。那時候，二郎都還沒有苗頭，妳阿爹成天抱著妳，說要多賺錢，給妳攢嫁妝。六十兩，他說，六六大順，順了日子就好過了。」

之後的話，梁秦氏沒再多說，許姑姑陪著她回了主臥。二郎蹓躂完總算消食了，打算夜裡和阿姊一塊兒睡，卻被鴉青拉住送回了自己的房間。

梁玉琢拿著定帖，長長嘆了口氣。

臥房的桌上擺著一個籃子，裡頭丟著女紅。鍾贛從中拿起縫了一半的襪子，聽到嘆氣聲，轉過頭去看她。梁玉琢就坐在床邊的小榻上，身後是半敞的窗戶，風一吹就吹散開她落在側臉的鬢髮。

鍾贛放下襪子，走到榻邊，伸手碰了碰她的側臉，低聲道：「為什麼嘆氣？」

「只是覺得，我當初那麼做是不是心太狠了？」梁玉琢搖頭，貼著他的掌心輕輕蹭了蹭，等人在身旁坐下，順勢靠上他的肩頭。「我那時候是真的心寒，覺得無論我吃什麼苦，受什麼委屈，甚至發高燒丟了性命，阿娘都只會把二郎當作寶。所以那時候……我就狠下心，告訴她以後我只會養二郎，她的事我不會再管。」

鍾贛攬住她的肩膀，稍微想了一下，道：「現在後悔了？」

「嗯，看到嫁妝，我有些後悔了。」梁玉琢微點了下頭，苦笑道：「她沒什麼賺錢的本事，守著老舊的規矩，原先是不肯把自己的繡品賣了換錢的，後來大概是徐嬸勸，她也漸漸上手、能賺錢了。你說，我那時候是不是太壞了？」梁玉琢直起身，微微抬頭看著鍾贛。

「不壞。」鍾贛看著她因為內疚有些發暗的眼睛，低頭吻了吻她的唇角。「我的好姑娘怎麼會是個壞心腸的人？」

梁玉琢被親得發笑，原先心底的不安頃刻驅散，伸手捶了一記鍾贛的胸膛，對這個沒原則寵著自己的男人又氣又笑。她的拳頭沒使多大力氣，只這一下，鍾贛卻順勢往後倒，躺倒在小榻上，還順帶著把人也拉下，攏進懷裡。

梁玉琢掙扎了兩下，隨即把臉抵在他的胸膛上，聽著胸腔裡的心跳，忍不住出聲。「我如今算是連臉面都不要了。」

她聲音很輕，嘟嘟囔囔的，連說帶動手，在男人堅硬的胸膛上戳了兩把。「阿娘沒來之前，你夜裡過來倒是無妨，我是不在意那些的，最多要是讓今上知道了給你另外賜婚，我就帶著銀子走人。如今阿娘和二郎都來了，若是忙，你就別來了……」

話沒說完，腰肢被男人重重掐了一把。梁玉琢壓下差點從喉嚨裡冒出來的尖叫，回掐了一把。「我是說，若是忙，你就別來了，我過去你那裡。」

她這話若叫外人聽到，定會覺得太過於離經叛道，畢竟，沒有哪家姑娘還未出嫁就和未婚夫這般親密的。

可聽在鍾贛的耳裡，卻讓他渾身一震，下一刻，梁玉琢只覺得天翻地覆，回過神來時，已被男人壓倒在榻上。等他咬住她的耳朵，她整個人戰慄起來，一開口，那聲音顫得叫她自己都不敢聽。

「夫君……」

這是他倆私下親暱時的稱呼。因為還沒成親，每每親暱到後面，鍾贛總會箍著她一遍又一遍催她這麼喊自己，時間久了，她也習慣了，但凡私下被欺負狠了，只消這麼一喊，就能稍稍鬆一口氣。

只是今日，這聲夫君顯然不得用了。

她被翻了個身，因為吃得好而日漸綿軟的胸脯壓在軟榻上，耳畔能聽到男人伸手闔窗的聲音。她正要回頭，那雙熟悉的、長著繭子的大手已經伸進她的衣裳裡，沒兩下，梁玉琢就覺得自己的身子底下忽地空了。

這一下，嚇得梁玉琢撐起胳膊想跑，裙子被順勢撥到了腰上，滾圓的屁股「啪」地挨了小小一巴掌。她皺了眉，嬌嬌地喊了聲「夫君」，忽然覺得身後抵了什麼滾燙的東西。

那東西是什麼她最清楚不過，從前親暱的時候，也有擦槍走火過，可那時兩人的下身都穿得好好的，最多就是隔著綢褲頂弄，可今天的鍾贛，明顯有些不對勁，竟然直接就脫了。

覺察到落在耳後的舔吻，梁玉琢忍不住喘息了一聲。「夫君……」

「乖，我不進去，不進去。」

說話間，兩腿被人併攏，有火熱在腿間進出，耳後傳來的只剩下男人重重的喘息。

梁玉琢也不知是什麼時候結束的，更不知道自己是在什麼時候入睡，等到被人叫醒時，只覺得腰上、腿間疼疼得不行。她迷糊地坐起身，掀開衣裳看了一眼，發覺腰側還留著指印，兩腿內側甚至微微發紅。

聽到房門吱呀一聲，梁玉琢拿被子把自己裹起來，漂亮的眼睛瞪向重新進門的男人，滿臉都是質問。

「我這有藥油。」鍾贛身上的衣裳乾淨整潔得不像發生過什麼事，手裡拿著藥油，單手沾了一點就要去掀被子給她搽藥。

梁玉琢哼哼了兩聲，鬆開被子，由著他在腰間搓揉。

「我都說了你不方便過來，就換我去你那兒。」她只當鍾贛這次失控是因自己說的話，這會兒靠在男人的身上，嘴裡還不住咕噥。

鍾贛順著腰際大手往上摸了摸她光滑的脊背，低頭親親她的額頭、臉頰。「是我心急了。」

聽他這話，梁玉琢的腦子忽然清明起來，直起身追問：「是不是……要出事了？」

第四十四章

梁玉琢從來沒想過，有一天，自己的生活會跟朝政權謀扯上關係；可仔細想想，在與鍾贛有了來往後，那些事就漸漸靠近身邊，早晚都會有牽扯。

鍾贛並沒有隱瞞什麼，將人抱在懷裡，低聲道：「還記不記得聞先生？」

鍾贛提到的聞先生，梁玉琢立即想到原先在學堂教書的聞夷。她點點頭，想到自從聞先生離開後已經許久不見他人，便問：「這事，和聞先生有什麼關係？」

聞夷從學堂離開得有些突然，但對於梁玉琢來說，那不過是曾經教過二郎讀書識字的一位先生，至於這位先生背後有什麼故事，究竟是怎樣的一個身分，於她而言，全然沒有關係。

只是鍾贛既然提起了，她便順勢詢問兩句，畢竟，二郎對這位先生素來很有好感，也虧他才讓二郎不至於對讀書識字生厭。

「先帝在世時，只封了開國侯，臨終前又封了定國侯。後來天子登基，群臣及後宮太皇太后提議，另將聞皇后的母家封侯。天子和皇后的感情不見得有多深，可也敬重皇后，故而登基之初，就將聞國舅封了廣文侯，是以如今朝堂之中共有三侯。」

「所以，聞先生……是廣文侯府的人？」

「他是侯府嫡出的二公子，與他一母同胞出生的，還有一個雙胞胎的弟弟。聞先生的原名本該是聞愉，聞夷是他胞弟的名字。當年聞先生於殿試上大放異彩，令止步於秀才的聞三公子心生不滿，而廣文侯及其夫人偏疼三子，故以父母之命勒令聞先生讓出功名。從此，他的功名、他的身分，都成了另一個人所有。」

鍾贛說著，抬手摸了摸梁玉琢的後頸，想起聞夷那時落在她身上的目光，不由得又說：「那時候，聞先生還有情投意合的未婚妻，那位姑娘最後也成了他胞弟的妻子，如今已為他胞弟誕下子嗣，至今不知，那一年都回不了廣文侯府一回的三公子，才是當年自己真正的未婚夫。」

人生最悲哀的幾樁事，似乎都叫聞夷一個人碰上了。

梁玉琢忍不住嘖嘖，想到聞夷並非是先生的原名，不禁替他心疼。同樣的容貌和出身，卻被迫把光鮮的一切都給了庸庸碌碌的弟弟，想來聞先生那些年心裡壓著的事並不少。

她抬首去看鍾贛，問：「你要做的事，和聞先生有幾分關係？」

「三分。」鍾贛道：「另有三分和湯九爺有關。」

梁玉琢知道湯九爺此番進京有著什麼事，只是一時難把這兩個人的事情聯結在一起，不由蹙了蹙眉頭，有些不解。

「廣文侯所做的這件事，定國侯是清楚裡頭門道的。定國侯府有人在六部，聞愉、聞夷的事即便旁人不知，定國侯的人卻不會不清楚；只不過，事情不曾暴露，是因為廣文侯手上，有拿捏整個定國侯府的把柄。」

梁玉琢眨眨眼，雖未說話，可鍾贛知道，她在問什麼把柄。

鍾贛唇角揚起，低頭親了親她的嘴角，然後手指沾了點茶水，在旁邊的小几上寫下兩個字——通敵。

用手指沾茶水當筆墨寫出的字，不過眨眨眼的工夫，就在小几上褪去了，可梁玉琢的眼睛卻依舊瞪得滾圓，這兩個字一旦壓下來，罪名就得捅破了天，並不是一時疏忽或者其他藉口可以簡單推脫掉的。通敵……那是拿整個大雍所有百姓的性命在謀私。

「我要去趟關外。」鍾贛一手摟著梁玉琢，一手又在小几上寫下兩個字。「這事事關重大，我須得親自去一趟，不然今上無法放心。」

她看著小几上已經褪去一半的「赤奴」兩字，抿了抿唇。

大雍疆域北臨赤奴，西、南兩段也比鄰數個小國。太祖稱帝之初，這些鄰國都曾乘亂侵犯大雍邊境，關內數城紛紛起兵抵抗，後有太祖親征，才令那些小國臣服。

而北面的赤奴，一向與大雍兩不相犯，專注於內鬥，近年來不曾聽說赤奴國和大雍邊境諸城發生過磨擦；只是不久前，衡樓有落腳的胡商偶然提及赤奴內亂終於結束，新帝弒父殺兄，血洗王都。

想來，赤奴國內亂的那些年，對大雍也一直保持著野心。

梁玉琢垂眼想著前些日子在衡樓的聽聞，直到耳朵被人輕輕咬了一口，這才抓著耳朵轉過頭來。

不滿心愛的姑娘在自己懷中還能走神，鍾贛揉了揉她腰間的癢癢肉。「我這一去要花幾個月的工夫，我信妳能在京中過得好，可也擔心我不在，那些烏七八糟的事情會來鬧妳；想了想，不如將妳帶去宮中讓今上見一面，有今上在，那些人沒膽子對付妳。」

他低頭親了親她。「我之前說，三分廣文侯，三分定國侯，剩下四分，就是這京中的魑魅魍魎了。」

就連錦衣衛內部，他也不會說全部都忠心於天子，畢竟，人心是這個世界上最難測的，而金銀、美色又是最容易拿捏住一個人的東西。

錦衣衛能查到廣文侯和定國侯的那些事，他們同樣也能從錦衣衛口中得知今上讓錦衣衛做的相應動作。鍾贛親自去赤奴，就是為了這其間所有的事不出任何意外，可即便他是天子面前最得寵的臣子，也不讓人放心。

鍾贛沒有和梁玉琢細說，他把她送進宮裡讓今上和皇后看一眼，不僅是為了讓廣文侯和定國侯、以及赤奴安插在京中的那些暗棋們不敢輕舉妄動，也是為了讓今上和知道整件事情的那些近臣們能夠安心。

這是他最重要的人，是從開國侯府離開後，唯一得到他重視和珍愛的人。

目前梁玉琢還未嫁進鍾府，就仍然只是梁家姑娘，讓她住進鍾府不合適，開國侯府更不會提供庇護，唯一能兩全其美的辦法，只有進宮一趟露個臉了。

幾天後進宮，按照慣例，馬車在宮門外就停下，所有人必須步行入宮。梁玉琢沒想到，韓非會帶著步輦在宮門內迎接自己，不由吃驚地看向鍾贛。

鍾贛卻很鎮定，握了握她的手，牽著人走到了韓非身前。

韓非笑著行禮，口中稱今上已做安排請梁姑娘上轎。

梁玉琢按下心中揣測，上了步輦。抬轎的是四個小太監，年紀看起來不過十七、八歲的模樣，白白淨淨，說話間一直低著頭，腳步卻不慢。

一行人很快就往百政殿去。百政殿是宮城當中天子下朝後用來處理朝政的大殿，到了殿前，梁玉琢意外發現永泰帝和皇后竟一道在百政殿外等候自己。

「參見陛下、皇后娘娘。」鍾贛扶著梁玉琢落轎，拉著她一起跪了下來。

看著跪在鍾贛身邊低頭行禮、模樣乖順的梁玉琢，永泰帝含笑點頭。接著，鍾贛和永泰帝進了正殿商議出行赤奴的事，梁玉琢則被皇后的貼身大宮女領著，和皇后進了偏殿吃茶。

百政殿的偏殿，向來是給永泰帝休憩時用的地方，平日裡，就連皇后娘娘都很少進這裡。在偏殿伺候的都是永泰帝身邊最得力的幾個宮女，早備好了茶點、水果，等人進屋後便體貼地上前幫忙遞茶。

聞皇后不是個話多的人，早在永泰帝登基前，就只以賢內助的身分留在永泰帝身邊，而解語花，自有其他妃嬪來充當；因此，即便是在梁玉琢面前，皇后依舊只是淡淡地問上幾句，更多的時候，就是相對無言，各自低頭喝茶。

聞皇后一直觀察著梁玉琢，方才在百政殿外，她還沒有仔細打量過梁玉琢，這會兒只覺得這個傳聞中的村姑倒長了一副好容貌，濃眉大眼，杏臉桃腮，膚色白裡透紅看著十分健康。她想起別人都說鄉下的女子好生養，下意識地看向了梁玉琢的小腹以及屁股。

被視線掃了幾個來回的梁玉琢只有無語。

「妳……是哪裡人？」有些找不著話題的聞皇后又問起梁玉琢，旁邊的宮女儘管咳嗽了兩聲，奈何聞皇后壓根兒沒聽到，只是一邊打量著梁玉琢的胯下，一邊問：「聽說，鄉下的婦人在生完孩子後，可以立即下地？」

這是真的找不著話題了……梁玉琢尷尬地想，嘴裡仍舊恭敬地回答。「民女出身平和縣下川村，村裡的婦人其實也是坐月子的，只有家中缺乏人力，或者實在貧困的，才會剛生完孩子就下地幹活。」

聞皇后又問梁玉琢道：「聽說妳現在還在經商？」

梁玉琢忙起身應了聲「是」。

聞皇后有些詫異。「妳如今已和景吾訂親，難不成成親之後也打算繼續經商？」

梁玉琢並不隱瞞，回道：「民女小的時候阿爹就去世了，阿娘又懷著遺腹子，是靠著村裡人搭把手才活下來的。如果那時候民女不想法子賺錢，這些年的日子只怕要更難過；就算以後成了親、嫁了人，民女也得養著家，直到阿弟長大了，才好鬆開手。」

「原來如此。」聞皇后點頭道。茶點又上了一盤，聞皇后正要伸手，偏殿門外傳來聲響，不多一會兒工夫，有太監進殿通報，說是定國侯世子和開國侯府的公子過來拜見皇后。

梁玉琢拿到嘴邊的茶沒有繼續喝，而是放下茶杯抬頭去看皇后。

聞皇后看了她一眼，對著身旁的大宮女道：「送梁姑娘去正殿吧，陛下他們應當談得差不多了。」

梁玉琢沒有再留，恭敬行禮後跟著宮女出了偏殿。殿外，鍾翰正側著身和湯殊說話，聽到聲音才轉過身來，一眼看見跟在宮女身後的梁玉琢，鍾翰張了張嘴，想喊聲大嫂，袖口卻被湯殊拉了一把。

湯殊的小動作沒有躲過梁玉琢的視線，她彎唇笑一下，向兩人行了個萬福，才從殿前離開，腦海裡想著的都是臨出殿前皇后的話。

「既要入高門，日後就多和世家走動走動，多認識人，省得叫人動了旁的心思。」

從宮裡出來不過兩日，鍾贛果真就離開了盛京，和他一道走的，還有老三、老四、老五，餘下幾人留在錦衣衛中督守指揮。

梁玉琢並未空閒太久，又過幾日，廣文侯府送來了帖子，只道是廣文侯三公子聞夷得了今上青眼，也入朝為官了，廣文侯府發帖請人喝宴酒。

「廣文侯府？」梁秦氏有些茫然。她如今接手了梁玉琢幫她開的果脯店，做的是小本生意。平日裡往來的客人多是尋常百姓，偶爾有了零錢，過來買點果脯回家；有時也能遇上大戶人家出來採買的丫鬟、婆子，但不多。

因此，梁秦氏到盛京這麼久，還沒和那些大富大貴的人家正正經經見過面，廣文侯府的這份帖子來得突然，叫人有些措手不及。

「我們……要去嗎？」梁秦氏捏著請帖，有些不知所措。

「去吧！」梁玉琢想了想隨手把正在撥的算盤放下。「廣文侯府的二……三公子，怎麼說也教過二郎讀書，做學生的沒道理不去給先生道個賀。」

梁秦氏前幾日已經從梁玉琢這兒得知，曾經在下川村教過書的聞先生原來出身廣文侯府，日前還入朝當了官，這會兒再聽她提起，已經沒了最初的震驚，反而有些局促。

「那得送什麼做賀禮？」送店裡的果脯肯定不像樣，可要是送那些玉石、瓷器，又不知對方看不看得上，梁秦氏心裡有些急。

梁玉琢倒是早就有了安排，她讓鴉青從庫房裡把先前她備下的一個錦盒拿出來，打開盒子讓梁秦氏看了一眼。

「就送這個吧，細花青冬瓷的筆筒。」她除了這筆筒，還備了其他的禮，活物裡有鸚鵡、畫眉、朱魚，花木裡有牡丹、海棠、山茶，她甚至連袖爐、筆架都備了不少。

聞皇后的那句話給她提了一個醒。她既然決定要和鍾贛成親，就意味著早晚要進入到那個只會在旁人的言語，以及上輩子看的電視劇、小說裡才能見到的世界。

那是個注定要吃人的世界，行踏出錯，就可能萬劫不復，用後人的話說，夫人外交也是十分重要的一個手段。

所以，鍾贛的戰場在外面，而她的戰場，就在後方。前方的刀槍劍戟由她男人擋著，後頭的明爭暗鬥，她會盯著。

梁秦氏見她已經備好了賀禮，便不再說話，只是到了出發當天，竟拿出一副鎮箱子的頭面。

那是她初及笄時母親給她的，嫁人後便一直壓在箱底，丈夫去世後最辛苦的那幾年，她也曾經動過典當的心思，只是城裡的典當師傅見她年輕而生了貪念，報的價錢低到讓人憤慨，這才一直留到了現在。

一見梁秦氏拿出的頭面，梁玉琢心下嘆了口氣。許姑姑看了兩眼梁秦氏手裡的頭面，又想了想原先在梁玉琢房中見過的那副，和梁秦氏說了什麼，後者有些愧疚地收回手裡。

「還是戴妳的那些吧！」梁秦氏笑。「阿娘的款式舊了，給妳戴不好看。」

許姑姑記得的那副頭面是鍾贛送的，梁玉琢一直小心收著，偶爾才拿出來戴上幾回，偏偏就叫許姑姑記住了。等鴉青為她梳妝打扮好，看著紅通通的抹額珠子墜在額間，將如今已不用再下地幹活養出了一身好膚色的梁玉琢襯得越發雪嫩。

都說佛要金裝、人要衣裝，如今這副模樣，只怕去了廣文侯府，也不必擔心叫人瞧不起了。

第四十五章

廣文侯府離定國侯府不遠不近，馬車只需走一會兒就能到，往日裡兩家人來往得也算頻繁，再加上開國侯府，三家人湊到一塊兒總是能有自己的話。

梁玉琢他們的馬車到廣文侯府門前停下時，定國侯府的馬車才剛從前頭駛走。落在後面的小廝曾在衡樓見過梁玉琢，轉頭看見她下了馬車，瞪圓了眼睛，快走幾步趕去追他家主子。

侯府的人這時候也忙過來招呼，帶著梁玉琢一行人就往後院走。

此番收到帖子，廣文侯府邀請的是他們母子三人。二郎年紀尚幼，不必去前面和年長的公子們說話，跟著梁玉琢進了後院。

女客們都在侯府的後院坐著，廣文侯夫人作為主人家，定然要在其中和前來侯府的女客說說笑笑。還有老遠的距離，梁玉琢就聽見女客們說笑的聲音。

都是大家閨秀，按理來說，嗓門都不粗，可不知是有意還是無意，隔著一道月洞門，裡頭的聲音一個個清楚到叫梁玉琢挑了挑眉頭。

「妳怎麼也給那小娘子送了請帖？不過是從鄉下來的小丫頭，請她來這兒，萬一失禮人前如何是好，別平白丟了妳的臉面。」

「瞧您說得，這哪兒會丟了我的臉面？那位梁姑娘到底是鍾大公子的未婚妻，早晚都是要和大家見見的；只是不知她的母親和胞弟又會是怎樣的性情，怕是鄉下待久了，土裡土氣的。」

話雖這樣說，但說話人語氣裡的輕蔑藏都藏不住，擺明是一早就等著看好戲，不用見面，光聽這話裡的意思，便知這一位就是廣文侯府的夫人了。

那廂廣文侯夫人難掩笑意，這頭梁秦氏已經臉色發白，二郎更是氣憤得脹紅了小臉，如果不是梁玉琢在旁邊拉著手，只怕已經如同炮仗一樣，衝進院子裡炸開了。

「阿姊……她們……她們怎麼可以……」二郎在民風淳樸的下川村長大，自小受的是左鄰右舍的照顧，即便面對陰陽怪氣的老梁家，也從沒像今天這樣感受到被人瞧不起的滋味。

更何況，領路的小廝一直面帶微笑，即便也聽到了這番瞧不起來客的話，仍舊是那樣一張臉孔。這種感覺，對於還不到十歲的二郎來說，太過直觀地感受到了世家名門對於寒門的輕視。

抓著二郎冰涼的手，梁玉琢微微笑了起來，有些漫不經心地看了一眼站在月洞門外，不往裡走也不離開的小廝。「夫人這話說得倒是有趣。」

她低頭，看著二郎道：「寒門有寒門自己的骨氣，這世間千百萬年來，不是只靠著世家貴族支撐的，科舉就是給寒門的一個機會。今日有人瞧不起你，沒關係，來日等你站在比他們都高的地方，二郎，記得到時候，一定要低頭看著他們。」

二郎尚且有些聽不懂，可也明白「阿姊說的話都是對的」的道理，當即點了頭。

梁秦氏沒說話，輕輕咳嗽兩聲，領路的小廝似乎這時候才想起自己的事，忙笑了笑，唱道：「梁家姑娘到……」

盛京當中，姓梁的人家不少，當官的也有；可有家世背景的大多喊的是某某府，到了梁玉琢這兒，沒個身分，便只能這麼喊上一嗓子。

梁玉琢也不介意，一腳踏進月洞門，抬眼看向院子內三三五五成群坐在一處閒話家常的夫人、姑娘們。

都是名門閨秀出身，這些夫人、姑娘們隨便哪一個站出來都能叫人眼前一亮，然而梁玉琢往院內這麼一站，卻在眨眼間奪去了旁人的目光。有人偷偷看了一眼坐在廣文侯夫人身旁的開國侯夫人馬氏，見她滿眼驚惶，便知這一位也讓梁家姑娘怔住了。

誰都知道，開國侯府的大公子早年就從家中離開，雖然沒分家，可過的是兩家人的生活。這次天子賜婚，開國侯府儘管再不樂意，也只能咬牙接旨，幫著準備聘禮；只是若問起馬氏對繼子媳婦是什麼想法，不過就是看不起、不上心，且不樂意了。

在座的都是名門出身，梁玉琢身上那條繡著暗紋的象牙白綾羅裙，外罩的碧青色褙子，以及頭上戴著的那副頭面，怎麼看都不像是普通貨色；再去看她的容貌，膚色並非是想像中的暗黃或者黝黑，反倒是粉白、粉白的。

「這副容貌，當真是鄉下來的？」有人低著聲音，透著懷疑。「看起來和盛京中的姑娘家也無二樣呀！若我是那位鍾大人，我也選她，才不選馬家那位姑娘。」這聲音說輕不輕，說重卻又不重，恰到好處得能叫周圍的幾個姑娘全都聽在耳裡。

她提及的馬家姑娘，自然指的是之前在鍾府門口鬧事的馬嬌娘。開國侯府因馬嬌娘的事，在京中叫人笑話好一陣子，如今再被人提出來和梁玉琢作對比，這下子旁人看向馬氏的目光中更添了幾分趣味。

馬氏的臉色一陣青白相交，看著慢慢走到身前不遠處的梁玉琢，起身迎上前。「原是打算叫馬車去府上接你們一道來的，只是不湊巧，只剩一輛馬車，載不過來。」她伸手，將梁秦氏的手握住，臉上堆滿笑容。「想來這位便是親家母了，快來，我幫親家母引薦引薦。」

馬氏實際上對於廣文侯夫人給梁玉琢送請帖的事並不知情，方才聽人說起時，心裡還愣怔了一下，隨即明白廣文侯安的是什麼主意，惱得不行。

梁玉琢對著梁秦氏微微點頭，眼也不眨一下地跟上兩人，淡笑著和夫人們見禮。「民女見過幾位夫人，今日是廣文侯府的大喜日子，民女在此恭賀夫人。聞公子回京前曾是民女胞弟的授業恩師，因此民女特地帶來賀禮，小小心意，還請夫人代公子收下。」

論理，進府的時候廣文侯府的管事就該收走賀禮，只是不知是生了什麼心思，無人有這舉動，梁玉琢便順勢將賀禮帶進了後院。她說完話，鴉青就將錦盒從身後拿出，交給了上前來接的丫鬟。

那丫鬟道了個萬福，轉身看向廣文侯夫人。

「也不知是什麼好東西，不介意我代我家那小子拆開看看吧？」

說是問，可拆禮的動作卻比話更快。

所有人都已經準備好看梁玉琢的笑話，就連梁秦氏也不由自主握緊了手，梁玉琢的臉上卻始終掛著笑意。

後院今日來了不少貴夫人，大多都是五品以上的官家夫人，即便有年紀輕的，也個個都有些身分。廣文侯府這些年雖已經不像從前那樣得皇帝的歡心，可榮華富貴還在，人前的風光更是不見少，請帖出去了自然有人願意來。

至於開國侯府，那點笑話在盛京裡傳了不知多少年，聽得多了也就膩味了，好不容易出了點新鮮事，哪有就這麼放過的道理？

廣文侯夫人這話一出，所有人一下子都看向了她，可錦盒打開，眾人期待的笑話並沒有發生，廣文侯夫人的臉色在那一瞬間變得有些尷尬。

錦盒裡裝的是一個細花青冬瓷的筆筒，雖說筆筒以湘妃竹、棕櫚製成的最佳，可瓷製的也不差。廣文侯夫人本是想借著錦盒裡裝的上不了檯面的賀禮好好譏諷下梁玉琢，順帶嘲諷開國侯府要娶這樣的媳婦進門。

可盒子裡裝的這個筆筒，卻著實叫她說不出譏諷的話來。

「陶者有古白定竹節者，最貴，然艱得大者。這個細花青冬瓷的筆筒，倒是難得大雅。」

有個姑娘突然開了口。梁玉琢朝著聲音傳來的方向看了一眼，見是當初在衡樓跟著鍾翰、湯殊的柳家姑娘，微微笑了起來。

那柳姑娘見著梁玉琢笑，似乎有些不好意思，朝她微微福了福身。「梁姑娘送的這個筆筒真好看，是在哪兒尋來的？晚些時候，我也叫家人幫我尋一個這模樣的。」

梁玉琢微笑不語，只朝她欠了欠身，隨後對著臉色難看的廣文侯夫人笑道：「三公子當初在下川村做先生的時候，筆墨紙硯用的都是最尋常的。那時民女家境尋常，不知該如何向三公子表達感激，後來手頭寬裕了，便蒐羅了不少好物，這筆筒是過了民女和胞弟的眼，認定日後再遇先生，定要送的禮。」

她話音落下，眾人似乎都有些吃驚。先不說一個村姑一出手便是這麼漂亮的一件賀禮，人家到底是許給了錦衣衛指揮使的，多少有了錢袋子；單說她話裡提到廣文侯府的聞三公子在鄉下當教書先生的時候，用的筆墨紙硯都是最尋常的貨色，這便耐人尋味了。

要說聞三公子雖是個沒什麼長進的，後來也從盛京離開去了別處遊歷；可從沒聽說廣文侯府直接將這個兒子趕出家門，怎麼就連好點的筆墨紙硯都用不起了？

眾人看向廣文侯夫人的目光都有些探究，馬氏甚至當場掩面笑了起來。「貴府這是讓三公子去民間體驗百姓疾苦了不成？怎地堂堂廣文侯府的三公子，竟然連好點的筆墨紙硯都用不起？」

廣文侯夫人尷尬一笑，輕輕合攏錦盒，低聲催促丫鬟趕緊收走，再抬首的時候，臉上的笑容又重新掛了起來。「倒是叫你們姊弟惦念了。這便是二郎吧？來，過來這裡……」

梁玉琢低頭看了眼二郎。二郎抿著唇，緊緊跟在身邊，神情比梁秦氏看著要鎮定許多，面對廣文侯夫人的示好，懂禮地往前走了兩步。

「母親，這是誰家的弟弟，兒子怎地從未見過？」

人未至聲先到。梁玉琢回頭，看向從月洞門外走近的青年。

她從前也是見過雙生子的，可再怎麼相似，臉上總有一、兩處看著不同的地方，做父母的也會想盡辦法讓自己能分得出兩個孩子；可看著闊步走沂的青年，梁玉琢這才明瞭，為什麼廣文侯府敢冒著欺君之罪，把兩個兒子的身分互換。

這位原本的三公子，如今的聞愉聞大人，果真和聞先生生了一副一模一樣的臉孔，便是從額頭、鼻梁、眼睛、嘴巴再到下巴，硬是沒有一處有差別。也難怪瓊林宴後，分明是換了一個人，卻從來沒人聯想到廣文侯府這一招偷龍轉鳳。

等聞愉走到廣文侯夫人身前，梁玉琢已經不聲不響地拉過二郎，讓到了一邊。給二郎遞點心的時候，她順帶著抬頭看了眼，對上跟著聞愉過來的鍾翰偷偷的擠眉弄眼，唇角彎了彎，算是受了這個小叔子不著調的招呼。

鍾翰本是和湯殊在一塊兒吃酒，湯殊又素來和廣文侯家的聞愉走得近，聽得這兩人說要進後院拜見幾位夫人，鍾翰便也跟著過來。來了才知道，他那位未來大嫂竟也接了帖子，這會兒正帶著個小孩在旁邊落了座。

雖然明面上不敢當著馬氏的面行什麼大禮，可見梁玉琢彎唇點頭，鍾翰便知，大嫂是看見自己的招呼了，再看她旁邊坐著的小子，不用猜也知道，多半是大嫂前些日子託人從鄉下接回來的弟弟。

鍾翰正偷偷打量著差不多可以給他兄長當兒子的小舅子，前頭聞愉不要臉的聲音把他結實地嚇了一跳。

「這、這位姑娘不知是哪家的千金，敢問姑娘芳齡……」

這話問得頗有些沒皮沒臉，可廣文侯夫人卻似乎絲毫不這麼覺得，反倒滿臉笑意地看著三兒子湊到梁玉琢身前拱手行禮，一雙眼睛直勾勾盯著人看。

這滿後院都是別人家的夫人、小姐，大多不是通家之好，自然不會隨便叫自家姑娘在陌生男子面前拋頭露面。一些夫人們這會兒心下都有些氣憤，年輕的姑娘們更是緊張地靠近身邊的人，生怕那輕佻的傢伙會湊過來。

梁秦氏氣得臉色發白，可她的身分到底和這裡的夫人們差了一截，見無人能在此刻幫著說兩句話，只好自己白著臉上前，想要替女兒把這登徒子擋開。

二郎捏碎了手裡的糕點，從座上騰地站了起來，側身就要去擋他阿姊。梁玉琢雖然和他說過，聞先生有一雙生兄弟，可不曾講過竟然會是這樣一個人，小小的二郎心底當即對曾經的授業恩師也沒了一星半點兒的好感。

聞愉卻似乎絲毫不知旁人的想法，竟然還覥著臉往前走了一步。「姑娘花容月貌，不知可有婚配……」

話說到這裡，就當真是過分了。馬氏再怎麼不喜鍾贛和梁玉琢，那也是自家人的事，自出了馬嬌娘的事後她便怕了鍾軼，哪裡還敢讓人在外頭欺負了自家人？當即拍了桌子就要呵斥廣文侯夫人，卻不想有人比她還心急。

聞愉還沒將話說完，後衣領突然被人揪住，沒等回過神來，直接就被丟到了一旁。旁邊的人一陣譁然，廣文侯夫人急得從座位上猛地站起來，撲過去抱著被扔到地上的寶貝兒子號了一嗓子。「兒啊，你可有摔著？」

「沒呢、沒呢……」

「聞二我警告你，早點收了你這對招子，免得小爺我把你打得出不了門。」

鍾翰一把甩開試圖拉住自己的湯殊，抓過梁玉琢遞來的酒杯，狠狠一下砸到了聞愉身上。他雖不似鍾贛有一身錦衣衛的氣場，可到底不是普通紈袴，這一下更是顯出了氣勢。見聞愉一臉迷茫，鍾翰側身朝著垂眸喝茶的梁玉琢拱了拱手。「這位，是今上欽定的錦衣衛指揮使夫人，是我兄長未過門的妻子，你可瞧仔細了，小心小爺我斷你子孫根。」

盛京中的世家子弟，都有自己的交友圈子。開國侯府和定國侯府的關係向來不錯，和廣文侯府就差了一截，以至於鍾翰和聞家兄弟的關係從入學堂開始，交情便一直平平。

鍾翰是個渾的，自小對讀書做學問沒多大興趣，因此小的時候就常叫先生在跟前反覆提及廣文侯府的那對雙生兄弟——大的聰明，小的也是個機靈的。

不想如今，大的越發混帳，反倒是小的在外頭吃了幾年苦，如今回了盛京，突然就入朝為官了。

他倒是沒想過這裡頭有什麼陰私的事，可平素就在外有了花名的聞愉，竟然敢當著這麼多人的面招惹他家大嫂，鍾翰這一口氣卻是怎麼也忍不下。

第四十六章

「哪個敢打我兒？馬氏，開國侯府就是這樣教養子嗣的嗎？我的兒啊，你快點告訴娘，哪兒疼，哪兒不舒服，娘就是拚了命也不叫那狐狸精好過。」

梁玉琢並不意外廣文侯夫人的這一聲「狐狸精」。在這位夫人眼裡，沒什麼人和事能比得上她寶貝兒子，寶貝兒子不會犯錯，錯的一定都是別人，寶貝兒子說的那些不著調的話都是被人迷了心眼。所以，她就是那源頭、是禍害，自然也就成了「狐狸精」。

不過廣文侯夫人這話顯然沒落得什麼好，話音才剛落下，那頭已有人一前一後邁著大步進了後院。才隔著幾道門，消息順著風就飛到前頭男客們聚集的地方，廣文侯府的下人都不是乾瞪眼的，看見公子被人踹倒後當即就派了人去請侯爺。

廣文侯敢得罪別人，卻是不敢得罪鍾贛的。知道自家不著調的三兒子出言輕薄了鍾贛未過門的媳婦，哪裡還敢留在前頭吃酒，帶著聞夷就往後院跑。

也不管會不會衝撞到其他夫人、小姐，父子倆前腳才進月洞門，後頭就聽見那一聲「狐狸精」，廣文侯嚇得頓時腿軟，還是被聞夷輕輕扶了一把才站穩，幾步過去一腳就踹在了聞愉的後腰上。

即便是雙生子，總有人特別得寵，有人受到冷遇的。

聞愉自小被父母捧在手心上疼寵著，沒受過什麼委屈，當初科舉能考到個秀才，也完全是廣文侯偷偷塞了銀錢買的，之後偷龍轉鳳，頂了聞夷的身分，更是靠著父母的疼寵。

因此，廣文侯這一腳踹下去，生生把聞愉踹得懵了。

廣文侯夫人這時猛地從兒子身邊躥起來，一把將廣文侯推開。她雖是女人，可猛然間的力道卻並不顯小，這一推還就把廣文侯推得一個踉蹌，差點扭到腳。

聞夷扶住廣文侯，抬首看向廣文侯夫人，她眼睛裡全是淚，滿滿都是對兒子的心疼。

「母親這是做什麼？堂堂廣文侯夫人，當著這麼多貴客的面居然……」他無奈地嘆息道：「母親快快把兄長扶起來，莫要惹人笑話。」

說著聞夷也不再去看這對母子，扶著廣文侯走向梁家母子三人。

廣文侯這時候不想再去管妻兒，只想著趕緊道歉，想方設法補救，別讓人把這事傳回到錦衣衛那兒。錦衣衛自鍾贛任指揮使以來，越發叫人膽戰心驚。

梁玉琢用不著廣文侯做什麼補救，得了廣文侯幾句賠禮道歉的話，又不客氣地拿了補償的禮，就拉著人要走。

廣文侯夫人還在地上指天畫地地號哭，絲毫不顧後院裡其他夫人、小姐們還在旁邊指指點點，也根本不去管廣文侯臉上豆大的汗珠和難看的臉色；甚至，在梁玉琢牽著二郎從旁邊經過，聞夷準備送他們出門的時候，竟還試圖撲上去推撞。

廣文侯嚇得趕忙一擋，直接被撓了一臉。

一行人出了侯府，梁秦氏和二郎先一步上了馬車，梁玉琢落在後面，轉身和聞夷說話時，一眼掃到跟在後頭打算跟著離開的鍾翰以及湯殊。

「今日多謝你幫忙，改口上衡樓，我親自做一桌菜招待你。」一見鍾翰一下亮了眼睛，梁玉琢忍不住笑出聲來，又朝湯殊一笑，福了福身子，才回頭上了馬車。

車簾放下前，她抬眼看向湯殊。青年身上依稀能看到幾分湯九爺年輕時的影子，想來，如果湯九爺的孩子都還活著，一定會比這人更加玉樹臨風。

她忍下嘆息，輕叩馬車，車子終於緩緩動了起來。因為鍾贛臨走前的那些話，梁玉琢打從心底明白，這盛京當中那麼多的夫人、小姐、公子，廣文侯和定國侯兩個府上的人是得躲開一些的。

倒不是怕，而是少和這些人沾惹上關係；畢竟，今上對這兩家已經到了厭棄的地步，兩府的上空都聚著常人看不見的陰雲，說不定什麼時候就倒了血楣。

可避得開這兩家人，卻避不開從下川村過來的麻煩。梁玉琢哪裡會想到，梁連氏竟然會不聲不響地找到了盛京。

誰家沒有個窮親戚？梁玉琢並非不認下川村老梁家那些人，血緣上的關係是分家也斷不了的；但整個老梁家，對他們母子三人來說，興許只有大伯梁通還能說上幾句話，像梁連氏這種渾的，他們是巴不得當作不認識。

只是梁連氏卻不是這麼想的。自從梁玉琢先一步離開下川村去了盛京，梁連氏就成天在村裡說三道四，一會兒說梁玉琢是私奔去了，無媒苟合；一會兒又說大概在路上出了什麼事，大姑娘家家的萬一這樣那樣一輩子就毀了。

梁通狠狠揍過她幾回，仍舊沒讓她長記性，一張嘴依舊說東又說西。

自從宮裡來的聖旨到了下川村，知道梁玉琢這回非但不是無媒苟合，還是皇帝老子親自頒旨賜婚給了大官，梁連氏的嘴就討巧了，她終於不再說那些不好聽的話，人前人後都是「我們琢丫頭」。

里正薛良和俞家的兄弟如今都在幫梁玉琢做事，收入不差，梁連氏得知後幾次試圖把那些東西都搶過來。嘴上說得好聽，自家人幫忙，可實際上打的什麼鬼主意，下川村的人再清楚不過。

見搶不過他們，梁連氏只好罷手，滿心希望自己那位弟媳能從盛京寫信來，把他們一家人都帶過去盛京。

再不濟，梁玉琢成親的時候總是要親戚們到場的，她就趁那時候去，然後就不回來了。到那時，作為大官的親家，身邊一定少不了伺候的丫鬟，人前人後喊姑太太，聽著就舒服。

梁連氏這心思，只在梁通面前說了一次，就叫他摔了杯子狠狠訓斥一頓。梁連氏心裡氣憤，可怕了梁通的拳頭，哼哼唧唧不再提起；只是去盛京這樁事，就成了梁連氏心頭的執念，她甚至盼著梁老太太能出個什麼事，好叫梁秦氏他們趕回來。

也許是這個願望太過強烈了，梁老太太真出事了。

大夏天的，梁連氏的兒子梁學農不知道從哪裡偷來一大塊冰，被凍得齜牙咧嘴地抱回家，扔進洗衣服的木盆裡時摔碎了一塊，隨手就丟到地上。

梁連氏正和兒子在旁邊盤算著怎麼用這塊冰，老太太在屋裡待到熱得不行出來了，手裡的蒲扇已經搖得有些爛了，梁老太太一邊罵罵咧咧說梁連氏摳門不捨得買新扇子，一邊往院子裡走。

也是趕巧，那塊被梁學農扔在地上的碎冰還沒化，老太太一腳就踩到了上頭，腳下一滑，摔了個四腳朝天。上了年紀的人，哪裡還禁得住這麼摔跤？梁通瘸著腿匆匆忙忙找來大夫，大夫也只能搖頭，指著躺在床上的老太太叫他們準備後事了。

梁通為了老太太的事愁得一夜就花白了頭髮，誰知轉個身的工夫，梁連氏竟然乘機帶上家中攢的錢，偷偷跑出下川村，擠上了人家準備去盛京的牛車。

她這一路遇到什麼事，梁玉琢沒興趣去打聽，只是從鴉青那兒得知梁連氏找到了她住的地方，大吃了一驚。

「她怎麼就這麼來了？她來了誰在伺候老太太？就算老太太真……真不行了，後事怎麼辦？靠大伯一個人？」得知梁連氏就在門外，梁秦氏心裡有些慌。一想到老太太厲害了一輩子，臨了卻被媳婦丟在家裡，留下個腿腳不方便的大兒子照顧，她就替老太太難過。

顧不上安撫梁秦氏，梁玉琢喊來許姑姑扶著她先回屋，自己帶上鴉青去前頭見梁連氏。

「琢丫頭，伯母可算找著妳了。」梁連氏跟著丫鬟進了門，一看見梁玉琢，趕緊扯開嗓子號了一聲。

比梁連氏動作更快的，是守在梁玉琢身邊的鴉青。看著單薄的身子往前一站，她伸手就把要往梁玉琢身上撲的梁連氏擋了下來。

「伯母怎麼來了？」梁玉琢沒說自己已經從身邊人口中得知了她來盛京的緣由，客氣地給她倒了杯茶水。

梁連氏這一路過來，也是風塵僕僕，累得不行，看見茶水，仰頭就往嘴裡倒，顧不上這茶水是拿幾錢的茶葉泡的，喝完了還咂嘴。「這茶真苦，琢丫頭，妳都這麼有錢了，怎麼還喝這麼苦的茶？」

梁玉琢不好意思說這茶用的是武夷茶，在盛京算是不錯的茶了，還是因為梁秦氏偶然喝了一次覺得味道好，她才一直在家裡用著，可這話，她自然不會向梁連氏解釋。「伯母怎麼來了？大伯呢？不用照顧奶奶嗎？」

梁連氏吞嚥了下口水，眼睛盯著丫鬟端上來的糕點，盤子剛擱下，她就迫不及待地伸手，一左一右抓了兩把，原本精緻的糕點被抓得直接留下了指痕。

「我就是為了老太太的事才來找你們的。」梁連氏往嘴裡塞了一口糕點，一邊說話，糕點渣滓一邊往外頭噴。「妳阿娘呢？快去把妳阿娘叫出來，我有事和她商量。」

梁秦氏有許姑姑陪著，梁玉琢完全不擔心她這時候跑出來。「阿娘去鋪子裡忙活了，伯母有什麼事和我說便是。」

「也成、也成。」梁連氏應了幾聲，又不迭地咬了幾口糕點，吃得急了有些噎著。「老太太前不久摔了，這一摔挺重，大夫說怕是不成了。我就想著，雖然說咱們是分了家的，可妳跟二郎到底是老梁家的種，老太太最後一面總歸是要見一見的，所以就過來報信了……」

「奶奶出事了？那可得趕緊回去，不然去得遲了，就真的來不及見最後一面了。」梁玉琢不等她把話說完，當即站起來要鴉青去收拾行李。

「琢丫頭，怎麼這麼著急，伯母走的時候老太太還喘著氣呢，應該還能再拖幾個月。」梁連氏咳嗽兩聲，眼睛一直打量著周圍，又盯著丫鬟頭上的一支釵子死命地瞧。「妳現在在這裡過的生活好了，怎麼也得讓伯母享受幾天姑太太的福不是？這屁股都沒坐熱呢，妳就要走，也太急了。」

梁玉琢笑笑。「奶奶一把年紀了，摔一跤不是小事，更何況大夫還交代了要準備後事。伯母，妳這次過來，有和大伯打過招呼嗎？」

梁連氏臉上一僵。「妳這話說得，好像我心黑似的，我當然是跟妳大伯交代過才過來的。算了，妳年紀小，不懂事，我等妳阿娘回來再說。」

梁玉琢沒去管她，把梁連氏一個人丟在正廳裡吃糕點，轉身就回了臥房。

許姑姑正在屋子裡陪著梁秦氏說話，後者滿臉焦急，很是擔心。先讓許姑姑幫著梁秦氏從後門出去，再從正門假裝回家，隔著不遠不近的距離，梁玉琢聽到梁連氏撲到梁秦氏的身邊，把話又重複了一遍。

這些年，梁老太太對他們孤兒寡母確實算不上好，甚至還有些落井下石；可左右都是自己丈夫的生母，即便只有這一點，梁秦氏就不可能放任老太太在鄉下快嚥氣了還不管。

她的意思自然和梁玉琢是一樣的，要趕緊收拾行李回鄉。

梁連氏好不容易才到了盛京，是為了過舒坦日子來的，才喝了幾杯茶、吃了幾塊糕點，坐了一會兒墊著軟墊的椅子，就得跟著回下川村那種地方，她是怎麼也不同意的。

可在這裡，誰還會去管梁連氏的想法？願意也好，不願意也罷，直接動手把人捆了，扔上車帶走就是，何必多費唇舌？所以，梁玉琢直接喊來鍾贛臨走前留下的人，索利地把梁連氏捆了，塞住嘴，扔進了馬車。

梁秦氏雖然覺得有些過分了，可看著女兒堅定的神情，再加上許姑姑在旁邊認可地點頭，只好由著她去了，只等著鴉青去學堂接二郎回來，就一道回下川村去。

這時候回去，若是趕得及，還能早些回盛京準備明年開春的婚事。

未料，和鴉青一道回來的，不只有二郎，還有形容狼狽的梁通。

鴉青是在從學堂回來的路上遇到梁通的。

梁通的腿腳不方便，平日在下川村裡一向礙於腿腳的關係不能來去自如，這回趕來盛京，實在是花費了他不少工夫；可如果他再不來，梁通覺得，下川村他就要徹底待不下去了。

梁老太太出事後，梁通跪在列祖列宗的牌位前使勁磕頭，盼著菩薩和祖宗保佑，能讓老太太趕緊康復。老梁家比不上城裡那些大戶人家，還養著一些下人可以服侍老太太，梁通已經做好準備，減少出門的時間，多和梁連氏一道照顧老太太，可才轉個身的工夫，梁連氏就不見了。

梁通哪裡能想到梁連氏會往盛京跑，見兒子還瞞著梁連氏的去向，氣得梁通抄起家裡洗衣服用的棒槌，拖著瘸腿滿院子追著兒子跑。狠狠打了一頓後，梁通才從兒子嘴裡知道，梁連氏竟然丟下一家子人去盛京找老三家了。

自己的媳婦自己最明白是什麼脾氣性子，梁通得知梁連氏去盛京後很想立即跟上把人追回來；可家裡的情況擺在那裡，女兒外嫁，兒子遊手好閒，老太太躺在床上哼哼，梁通根本走不開。

下川村就那麼大，任何消息不用一天就能傳遍。梁老太太摔跤躺在床上等嚥氣的消息，連村裡耳背的老人家都聽說了，更不用提梁連氏丟下老梁家這些人，拿著家裡的存銀跑去盛京的事情。

梁老太太年紀到底大了，又摔了這麼一跤傷了筋骨，躺在床上沒多久就嚥了氣。老太太的身後事，是整個下川村幫著打理的，梁通整個人也因此蒼老許多。老太太下葬後，梁通沒有再等，帶上少許盤纏，就踏上了去盛京尋妻的路。

他這一路過來，要比梁連氏更辛苦，之所以能夠和梁連氏前後腳趕到盛京，完全是因為路上有好心的商隊看見他腿腳不便，一路帶著他進城；可大概因為發生了太多的事情，鴉青遇見梁通時，險些沒有認出他來。

第四十七章

「大伯，喝茶。」梁玉琢對梁通和梁連氏的態度完全是兩樣。上好的茶水和糕點被端上桌子，她又命人趕緊去廚房做菜，再燒熱水找乾淨的衣裳讓梁通洗漱了一番。

梁通有些拘束地穿著新衣，看著面前白淨許多的姪女，不知該說什麼。

梁玉琢嘆道：「大伯，奶奶她……是不是沒了？」

這話問得突然，叫外人聽著一定要遭人訓斥的；可看見梁通陡然變色的神情，梁玉琢知道她沒猜錯，老太太果然沒能好起來。算算時間，只怕就是在梁連氏離開後不久沒的。

想起得知梁通到來後，被她趕緊差人從馬車上拉回來的梁連氏，梁玉琢的眉頭一皺起就舒展不開了。

「沒了。老太太年紀大了，比不上年紀輕的，摔一跤就摔出了好歹。」梁通嘆了口氣，想起自己不爭氣的兒子，還有嫌家裡麻煩偷偷逃跑的梁連氏，更覺得心口冰涼，越發沒臉在姪女面前開口說話。「妳伯母……大伯在妳面前丟臉了。琢丫頭，妳伯母在哪兒，是不是來找妳了？大伯……大伯是來帶她回去的。」

梁玉琢看了眼鴉青，後者點頭從大廳裡退下。

「大伯帶伯母回去後，準備怎麼辦？」論理，她是小輩，不該插手長輩的家裡事，可梁連氏做的事情實在是過分了些，再留下怕日後還得惹出什麼麻煩來。

梁通顯然也是在這一路上想明白了不少事，當即道：「我準備休妻。」

休妻，穿越前梁玉琢就知道這個詞，穿越後讀了些書，更明白這個詞代表了什麼。

休妻並非隨意可為的事，女子須得犯七出之條，男子才能要求休妻。七出為不順父母、無子、淫、妒、有惡疾、多言、竊盜。梁連氏有子無惡疾，不淫不妒，若說多言，那也不算多大的問題，梁通要休妻拿的就是不順父母這一條。

梁玉琢垂眼，她並非不憎恨這個時代對女子的惡意，她從穿越起就明白，這個世界不是當初那個女孩可以自由自在的世界了，它有鐵一般的律法，有男權社會對女性的森嚴壓迫。所以，她以女人的身分對這個世界所有的抗爭，只能從自身出發。

她同情梁連氏將會被丈夫休棄，但也知道，梁連氏有這樣的結局，全是因為自作孽。貪慕榮利和富貴並不是什麼錯，錯的是在老太太出事後梁連氏的那番舉動——那才是壓垮梁通心裡最後一絲夫妻情分的稻草。

「大伯是長輩，長輩家裡的事做小輩的不好說什麼，不管大伯是要休妻還是如何，大伯若是需要我們幫忙，招呼一聲便是。」

梁通連連點頭，他一直知道，他這個姪女是懂事、有主意的。老梁家的人不少，可有出息的到頭來只出了他姪女這麼一個，日後二郎在他阿姊的幫襯下應該也能出息。這麼一想，再想到梁連氏幹的那些混帳事，梁通越發覺得氣悶。

老太太當初也差點被梁連氏攛掇得要往盛京跑，還是他費了不少工夫才勸下來，準備等梁玉琢成親的時候，再一家人一道來盛京小住幾日。

可現在，老太太沒了，她還……梁通嘆了口氣，握拳捶了捶腿。

梁玉琢留了梁通在家裡住了幾日，梁連氏雖然被放了出來，卻不敢當著梁通的面再在人前胡鬧。梁通要休妻的事，除開梁玉琢外，暫時還沒人知道，梁連氏也就有了機會喘口氣，趕緊獻殷勤。

可偌大一座宅子裡，別說梁玉琢本就和這位伯母有嫌隙，就連府裡寥寥無幾的幾個下人，也都對梁連氏敬而遠之。梁通住了幾日，就決定回下川村了。

臨行前，梁連氏老毛病犯，怎麼也不肯跟著走，到底還是叫梁通捆起來，從後門塞進馬車，這才把人帶走了。

之後的事，梁玉琢沒去打聽，可下川村那頭自然有人不斷送消息進京。

不是梁通和梁連氏攤牌表示要休妻，就是梁連氏在村頭、村尾抓寡婦，到處說人跟梁通有首尾，所以才害得她要被休。不過說來也巧，還真叫梁連氏抓著一個懷了孕的寡婦，只是這寡婦卻不是梁通的姘頭，而是當初想要侵吞梁玉琢家五畝田的親戚梁魯的。

於是乎，下川村裡，因為梁連氏的胡鬧，帶起了梁魯家的雞飛狗跳。

自然，這些對遠在盛京的梁玉琢來說，都不過是茶餘飯後和鴉青的笑談。她現在要面對的事情，比下川村裡的更多也更大——定國侯世子湯殊把衡樓砸了。

盛京這麼大，世家這麼多，可一個消息要想傳開來，絲毫不比下川村這麼個小村子來得慢。

定國侯世子怒砸衡樓的事，眨眼的工夫就叫人從城東傳到了城西，又從城南傳到了城北，就連蹲在街邊乞討的乞丐，也對這事瞭若指掌。

梁玉琢到衡樓時，看見的是一樓大堂內一地的狼藉。衡樓的夥計們都低著頭在收拾，門外擠滿了指指點點的百姓，不時還有想要投宿的旅客在人群外詢問發生了什麼事，好在儘管被砸得有些厲害，卻沒傷到什麼人。梁玉琢見到湯九爺，除了臉色有些難看，並沒發現九爺受了什麼傷，這才鬆了口氣。

「他知道了？」梁玉琢問。

「知道了。」

「所以過來砸了別人的酒樓洩憤？九爺，你家的小輩脾氣不小。」

聽到梁玉琢揶揄的聲音，湯九爺哭笑不得地搖搖頭。「只是委屈了老趙。」

湯殊之所以跑來衡樓砸店，只因湯九爺在盛京裡的動作引起了定國侯府的注意。等到發覺竟然是過去被逐出家門的九爺歸來後，侯府就像炸開的油鍋，頓時慌亂起來。

當年湯九爺被逐出侯府，身上背負的本就是難聽的罵名；而定國侯府自他離開後，繼續過著錦衣玉食的生活，還霸占了九爺夫人當年帶進侯府的嫁妝，似乎沒有受到任何的影響。

這次湯九爺的出現，自然讓安逸慣了的侯府眾人擔驚受怕，生怕又出了什麼么蛾子。湯殊是定國侯府的世子，當年的那些事經由侯府眾人的口，添油加醋後得知，心下越發對這個突然回來的九爺表示不喜。

而砸衡樓，是在侯府眾人的攛掇之下的衝動行事。不用說也知道，這位湯世子，如今心裡必然是後悔不已，定國侯府也定然是闔府懊惱。

被提到名字的趙翚抬眼看了下湯九爺，低頭繼續撥著算盤。算盤珠子被撥得噼哩啪啦一陣響，梁玉琢聽著，想起大堂那一地的狼藉問道：「這件事，就這麼算了嗎？」

這事當然不會就這麼算了。梁玉琢在來的路上就開始盤算，湯九爺不會白白讓定國侯府的小輩打自己的臉面；而趙翚，衡樓是他的產業，沒道理被人砸了，連點賠償都不要。

三個人各自把心裡頭的想法一說，再仔細合計，轉頭便做出了決定。

定國侯府眾人既然知道了湯九爺歸來的事，也知道他回來衝的是什麼，卻拿出這般態度，那他們就無須再顧念什麼。那些被侯府蛀蟲吃進去的東西，是怎麼吃進去的，合該怎麼吐出來。

再說開國侯府那邊，鍾翰請了湯殊在自己院子裡喝酒。

酒水是衡樓前段日子釀的果酒，時間一到便端出來成罈地賣。他本就喜歡小酌兩杯，又得知是未來大嫂親手釀製的，於是二話不說買了好幾罈回家埋在了院子裡。

今日邀湯殊喝酒，鍾翰頗為大方地挖了一罈出來。

「聽說你昨日跑去砸了衡樓？幸好我動作快，早一天買了酒回來藏好，聽說昨天你去過之後衡樓就暫時歇業了。」

昨日衡樓的事鬧得挺大的，起碼整個盛京都聽說了這件事。湯殊並沒有回答鍾翰的話，只仰頭，一口喝掉杯子裡的酒水，看得鍾翰直心疼手邊的酒。

「若是有一天，我死在你大哥手裡，你會不會幫我報仇？」

鍾翰正要品酒，舌尖沾上酒水，還沒來得及喝下，聽見湯殊莫名的這一句，頓時咬著舌頭，疼得眼淚汪汪。「誰？誰要殺你？我哥？」

湯殊點頭。「你哥是錦衣衛指揮使，手上的刀子是沾過血的，說不定將來，不單是我，連整個定國侯府都會希望他高抬貴手。」

鍾翰雖紈袴，卻不是傻乎乎的什麼都不懂，湯殊既然已經將話說到這裡，背後的意思自然嚴重，可錦衣衛是什麼身分，哪裡有他說話的地方？

「你若是做了什麼傷天害理的事，叫我大哥知道了，等來年清明，我自會去你墳頭為你倒杯酒水。」

大概沒料到會得到這樣的答覆，湯殊有些愣怔，回過神來連說了幾個「好」後，怒而起身。

沒等鍾翰鬆口氣，叫人送湯殊，就見自家管事領著定國侯府的下人走了過來。

那下人一見湯殊，顧不上世子臉色難看，撲通跪地。「世子，快回去吧，宮裡來人了，請您和幾位老爺都進宮去啊！」

永泰帝的心情近來不大好。

儘管宮中后妃剛為他誕下皇嗣，仍舊沒能叫這位天子展開笑顏。子嗣對皇帝而言，貴精不貴多，如嫡長子，養好了能當個好太子，當個好皇帝，餘下的就再養幾個能協助小皇帝的小王爺，這才是最好的。

如今對於永泰帝來說，鍾贛那邊的事才更加要緊。

當然，眼下先得處理的還有定國侯世子砸了衡樓的事情。論理，九五之尊，成日裡光是政務就要忙活上好些時候，像世家子弟砸別人酒樓這類事，應當由盛京的京兆尹負責；可這事，就是京兆尹慌裡慌張遞了狀書呈上龍案的。

盛京說大不大、說小自然也不小，這樣一則茶餘飯後的談資，只是叫人嘴皮子上下一搭，就傳遍了街頭巷尾，從城東到了城西，又從城南遞到了城北宮城之中。

尋常世家子弟鬧出這些么蛾子，京兆尹多半是睜一隻眼、閉一隻眼地說兩句，找鬧事者賠點銀子，或是叫被禍害的忍氣吞聲便算了；可這一回，定國侯府的世子算是踢到了鐵板。

衡樓老闆趙鞏雖不是什麼背景深厚的人，可人家酒樓裡那位半隻腳踩在衡樓灶房裡，半隻腳踩在錦衣衛指揮使家裡的「廚娘」卻是個厲害的。

那一位領著趙翟，找到京兆尹，狀紙一遞，往人前這麼一跪，再瞅見不遠處時不時虛晃而過的飛魚服，京兆尹即便還想如往常那樣推諉，也硬是沒那個膽子。於是這一份狀告定國侯世子湯殊無故砸毀衡樓的狀紙，就這樣一層一層遞到了皇帝的面前。

自然，同時遞上來的不僅是衡樓的狀紙，還有另一份早已收集了不知多久的證據和陳情書。陳情書末尾的署名，是湯允——定國侯府湯允，行九，字獻生。

再於是，就有了定國侯府闔府主子被召進宮的事。

湯殊從鍾翰那兒離開，回府只來得及換一身妥當的衣裳，就被前來頒旨的太監催著進了宮。

曾經進進出出無數次、已經熟悉的皇宮，這一回卻叫湯殊心底興起一股寒意。眼前領路的小太監一直面不改色地往前疾走，偶爾和經過的大內將領們行上一禮，或是和旁的宮女、太監點頭示意，腳下的步子卻只快不慢。

「小公公，可知陛下召見所為何事？」

湯殊回府的時候，府裡他人已經先一步進宮，不知此時是否已經見著了皇帝。

那小太監是韓非最得意的徒弟，雖比不上韓非那般得皇帝重視，也早已學會了看人上菜碟。對上湯殊，小太監面上仍舊帶著殷切的笑，嘴上卻牢得很。「陛下的事，哪是我們這等閹人能知曉的，世子去了便知，左右不會是什麼壞事。」

話裡雖沒透露什麼消息，可湯殊聽得小太監後頭的這一句「左右不會是什麼壞事」，心下當即鬆了口氣。隨即，湯殊點頭，腳下的步子跟著加快，跟著小太監往前直走。

這廂百政殿內，永泰帝放下決定勝負的最後一枚黑子，就聽到跟前對弈的小姑娘舒了口氣，聞聲他抬眼看去，笑道：「妳說妳是臭棋簍子，果真不是騙朕。」

這一盤棋勝負已分，自有宮女上前收拾棋子。

梁玉琢搓了搓手指，難為情道：「陛下的棋藝自然是最好的，民女自愧弗如。」

永泰帝大笑，指著收好的棋盤。「這些傢伙，朕賞妳了，回頭叫景吾好好教教妳，下回朕再邀妳對弈，可別又這麼輕易地輸了。」

「下回陛下還讓民女五子嗎？」

「讓，不過只讓三子，再輸就罰景吾的一年俸祿。」

「好咧。」

「不怕罰俸？」

「不怕。」梁玉琢笑。「民女養得起他。」

這回答直白得叫永泰帝難得一愣，隨即想起錦衣衛私下裡曾提及這丫頭張嘴即來的「求娶」，頓覺他家那位錦衣衛指揮使倒是給自己找了個好媳婦。

韓非一直在旁侍立，聞言也忍不住笑了起來。門外有小太監進殿，附耳說了幾句話，韓非隨即抬頭看了看日頭，轉頭行禮道：「陛下，定國侯府的諸位大人都到了。」

「宣。」

自鍾贛回京後，永泰帝的身體就一日好過一日，外人只當是宮裡的太醫們終於找對了方子，然而有心人卻知道，永泰帝之所以會如此，只是因他終於決定對人下手了。

因而，定國侯府諸人進宮的這一路上，心裡都惴惴不安，不知究竟是為了什麼事。到了百政殿前，韓非只出來說了兩句話，命他們候著，便回到殿中，殿門一關就是大半個時辰，也不知裡頭究竟在做些什麼。

等到湯殊也趕到百政殿前，那領路的小太監才笑盈盈地和眾人拜了拜，進殿傳話去了。

到了這時，永泰帝似乎終於想起殿外還候著的他們。

第四十八章

百政殿內，燃著淡淡的薰香。定國侯府諸人進殿時，只來得及看見有宮女捧著什麼往後頭走，再仔細去看，已沒了蹤影。

而坐在殿內的不光是永泰帝，竟還有一個年輕的姑娘站在韓非的身側，垂著眼，似乎在出神。

定國侯府諸人認識梁玉琢的不多，可湯殊卻是認得她這張臉的，再想起她與衡樓的關係，下手砸了酒樓的湯殊當即臉色一變，不敢再抬頭。

「當年湯氏一族為助太祖，犧牲諸多族人性命，朕自問這些年不曾虧待過湯氏，竟不知湯氏如今已經墮落至此。」

這話聽得如今的定國侯爺湯六渾身一震，忙俯身磕頭。「陛……陛下，不知湯氏如……如何……」

「嗯，湯世子砸毀別人的酒樓，這事定國侯可知情？」永泰帝淡淡點頭。「想來你是不知情的，畢竟定國侯這樣的世家，如何會有一個隨意砸毀百姓酒樓的世子？」

湯氏一族這些年來一直拿著當年犧牲的族人性命向永泰帝討要恩情，永泰帝的態度素來是該給的給，不該給的什麼也不給。到今日，拿著這樁不大不小的事情來說話，嚇得湯六有些魂不守舍。

湯殊砸衡樓的事，湯六怎麼會不知情，知情卻不說，甚至暗地裡縱容的態度，不過是因為趙犟和湯九的關係。沒有對湯九趕盡殺絕，是湯六膽小，怕被死了的大哥在睡夢中怒揍。

「韓非。」

「陛下。」韓非聞聲，從旁往前走了幾步。

永泰帝將手中狀紙遞出。「讓他們看看這份狀紙。朕繼位至今，還是頭一回從京兆尹手中接到這樣的狀紙。」

湯六原有些不解，接過韓非送來的狀紙，仔細一看，臉色忽地變白，忙轉頭去看跪在身後的湯殊。

狀紙是趙犟親手所寫，詳細闡述了他所告之人正是定國侯世子湯殊，並將理由一併呈上。如此還不算，狀紙裡頭還如數寫明被砸壞的桌椅、杯盞等物皆出自名家，只求原價賠償。只是這原價合計起來，實在是叫湯六不知如何是好。

「這『雪蕉雙鶴圖』、『魚藻圖』，還有這陶船、貫耳爐……這些……這些……」湯六急得說不清話。狀紙上所列的這些東西，定國侯府並非賠償不起，只是累加到一塊兒，要賠償的數目就極為可觀。

到了眼下這境況，便是假的，他們也只能打落牙齒和血吞；可真要是賠了錢，那定國侯府這些年貪的錢不就……湯六氣不打一處來地看了眼湯殊，只覺得心口疼得厲害，當即就要眼前一黑昏過去。

永泰帝咳嗽一聲，韓非上前將人扶起，掐住湯六的人中，見人眼皮動了動終於睜開眼，似笑非笑道：「侯爺，可還撐得住？」

湯六緊緊閉上嘴，只滿臉痛苦地搖了搖頭。

「宣太醫過來。」永泰帝道：「照著狀紙上的意思，賠錢，湯世子，你意下如何？」

哪朝哪代的皇帝會像管家婆子似地管這些事？永泰帝摸了摸鬍子，有些感慨地看向立在一邊當柱子的梁玉琢，之後才把視線重新放到了定國侯府諸人的身上。嘖，都是世家出身，現在一個個卻抖得跟篩子似的，到底是弱了些。

「賠，肯定賠。」比起不說話的湯六和來不及說話的湯殊，定國侯府的其他幾人迫不及待地開了口。湯六喉頭一緊，差點嘔出血來，一想到那些銀子，只覺得氣越發不順了。

「行了，肯賠就好。」永泰帝頷首。「韓非，去請趙老闆過來。」說完，又道：「丫頭，過來幫朕倒杯茶。」

梁玉琢到此時終於動了下，走到案前老實地給皇帝倒了茶。「陛下，衡樓的事情了了，九爺的事該如何？」

行九的人不少，可定國侯府諸人早就知道湯九已經回了盛京，再聽到這一聲「九爺」，登時覺得不好。

果然，永泰帝只不過略一沈思，當即開了口。「一道解決了吧！」他抬眼看了下湯六。

「亡妻的嫁妝被族人占用了，總歸不好。」

這話一出，殿內氣氛頓時一變。湯六直接閉上眼睛，不願睜開；餘下諸人也是裝不了不知情了，一個個低頭發抖，生怕永泰帝下一刻就削了他們的官爵；唯獨湯殊，直直地挺著腰背，視線從梁玉琢的身上轉到殿門口。

湯殊是如今定國侯府的世子，其父是湯六的嫡子，因不學無術，並未入朝為官，湯六也是因此才沒給這個兒子請封，直接讓孫子當了侯府的世子。

可定國侯府上下皆知，如果不是前面的幾位爺在太祖皇帝登基前戰死，這個爵位怎麼也落不到湯六的身上，更不會輪到湯殊。為了闔府的利益，他們這些年暗地裡做了不少事情，驅逐湯九只是其中一件；而湯九原配妻子留下的嫁妝，這些年早被他們揮霍得差不多了，只剩下幾間宅子還讓人住著。

湯殊看著殿門，看著從門外邁步走近的兩個男人，寬大袖口下的手，慢慢緊握成了拳頭。

湯九爺和趙翬是和梁玉琢一道進宮的，在見過永泰帝後，就被請到偏殿吃茶。宮裡的茶哪怕只是用來招待人的，都是頂好的茶葉，可這茶喝進嘴裡，湯九爺始終有些不安，尤其想到隔壁正殿當中，琢丫頭一個人不知在和永泰帝說些什麼。

就在小太監準備換第三壺茶水的時候，永泰帝終於召見他們了。

永泰帝看著底下跪著的湯家老少以及才進殿的湯九跟趙翬，慢悠悠地品了口茶。

他是個很溫和的皇帝，但九五之尊的底線畢竟擺在那裡，有時不說，也不過是講究朝堂平衡，但秤桿的另一頭自以為是地加了砝碼，沒道理讓他繼續無視下去。

他自六王之亂這件事平息後，再沒動過那麼多的刀子，殺過那麼多的人；可真要數起來，光是死在錦衣衛手中的人沒有上千，也有幾百。殺孽已是過重，永泰帝如今雖篤信佛教，也止不住想要把這些自以為是的傢伙殺個乾淨的念頭。

湯九一進來，定國侯府這幫人都打了個顫，湯六直接一低頭，猛地磕在了地上，那「咚」的一聲，實在是響得有趣。

永泰帝看著這群老少，笑得越發意味深長。

當初貢燈那事是怎樣一個結果來著？永泰帝還記得，那時候定國侯府有一房攬了年年進貢貢燈的差事，起初幾年沒出什麼岔子，後來不知怎地就出了湯九火燒貢燈的事。

再往後，他還沒來得及下令徹查，湯六就已經心驚膽戰地把湯九及其妻兒逐出門去了；更有意思的是，永泰帝命錦衣衛調查六王之亂的時候，還順帶查到了當年貢燈的事情。

儘管不知道在那燒毀的貢燈裡，究竟讓湯九發現了什麼足以滿門抄斬的東西；可湯六在得知錦衣衛查到貢燈一事，便直接將責任推諉到湯九身上，為湯氏滿門求得苟且的機會的事，仍舊讓永泰帝覺得定國侯這一府滿門是沒人能用了。

果然，之後的這些年，定國侯府果真是平平無奇，再沒出過什麼人才，就連如今的世子，也只是比其他世家的子嗣長得好看一些。可人啊，光長得好看沒用，骨子裡爛了就是爛了，要是不爛，又怎麼做得出砸別人酒樓這麼蠢的事情來？

想到此，永泰帝越發替湯九覺得惋惜，轉頭看向趙犟。「趙老闆，定國侯同意按照原價賠償衡樓的損失，你覺得如何？」

趙犟自然是同意，即便是原價賠償，也夠讓定國侯府拉緊褲腰帶了，更何況這事還順帶讓他們在永泰帝跟前上了眼藥。

見趙犟答應，永泰帝嘴邊的笑意深了一些，又看梁玉琢一眼。「湯九，方才這丫頭在朕這給你求了件事，想讓我幫著你解決，你怎麼想？」

「草民謝皇上恩典。」湯九爺說著，抬起了頭。「草民就是想要回亡妻留下的、如今被定國侯府霸占的那些嫁妝。草民的妻兒都沒了，留下草民一人孤零零在世上活著，後來認識了琢丫頭，把她當親孫女看待，現在親孫女就快出嫁了，草民想把亡妻的嫁妝拿回來，給孫女添妝。」

見他說要為梁玉琢添妝，永泰帝笑得更開了。

這理由找得倒好，女子的嫁妝本就是從娘家帶出來傍身的，儘管要登記在丈夫的名下，能掌管它的仍只有新娘，即便女子過世，嫁妝也是妻子的財產，可由繼承人所得。

不管定國侯府當年有沒有趕走湯九夫妻倆，這筆嫁妝都只能屬於他們，和定國侯府其他人沒有關係，更不能為他們所用。湯九如今來追討亡妻的嫁妝並無問題，有問題的，只有定國侯府的貪心。

「陛下，臣……」湯六這時候終於想要開口了，可話還沒出口，永泰帝笑咪咪的視線看過來時，他陡然沒了聲音，說不出話。

定國侯府其他人一見他如此，也都變成啞巴了。

「湯六啊，你也活了這把年紀了，怎麼就這麼糊塗呢？」

「臣……」湯六想要辯解，可看著跪在身邊，年紀相差不多，身板卻依然挺得筆直的湯九，他張了張嘴，還是嚥下了到嘴邊的話。

「定國侯爵位、大大小小數個官職，每年那麼多的俸祿和賞賜，難道你們還不夠用？」永泰帝揉了揉脖子，梁玉琢在旁邊不動聲色地又倒了杯茶。「別人家的東西，莫貪，更何況，還是別人的嫁妝。」

「並非貪了嫁妝，只是幫忙看顧，畢竟宅子、田地無人看管總是要荒的……」

湯六擦了把汗。他雖想就這麼順勢把宅子、田地都還回去，可要是早些年還容易，如今早被身後這些湯家人四下瓜分了，又如何能夠把吃進嘴裡的肉給吐出來？

永泰帝笑著道：「既然是幫忙看顧，那就是誤會了。」他看一眼湯九。「湯六既然說是替你看顧的，你還不趕緊謝謝他？回頭拿了嫁妝好給這丫頭添妝，算算日子，沒剩幾個月了。」

永泰帝這話說得湯六差點從地上跳起來，餘下諸人更是臉色慘白，紛紛示意他們的侯爺趕緊把話圓回去；可湯六才要張口，卻見永泰帝一眼看了過來。「怎麼？不願意還？」

湯六啞口無言。湯殊這時候終於在腦海裡理清了思路，挺直腰，微低下頭道：「陛下，九爺爺離府多年，九奶奶留下的嫁妝如今都四下分著管，只怕一時想收拾出來有些難，不如再寬限幾日，等……」

當初那些嫁妝裡頭，宅子、田地不少，早已被各房分走，這些年經營下來，也都有了不錯的收益，有的田地甚至已經被他們轉賣，如今想要拿出來還人，裡頭的麻煩事多得很；就連湯殊自己的院子裡，都有不少瓷器、擺件是從那些嫁妝裡翻出來的。

「那就明日吧！」永泰帝摸著茶盞，淡道。

「這……」

「都說了是別人的東西，主人回來了怎麼能不還呢？」永泰帝道：「湯九啊，朕還記得你那手做燈的手藝，當初貢燈那事，不知是哪些沒長眼的東西陷害你，害得朕這些年硬是沒見盞像樣的燈。」

自那年的事發生後，「貢燈」兩字就成了定國侯府一門的心事，湯六的年紀畢竟大了，受不得驚嚇，差一點殿前失儀。永泰帝不願再看見他們，隨即讓韓非把人帶出去，又反覆叮囑湯殊一定要把事情辦好。

湯殊心底雖然憤慨，可在永泰帝面前，也不敢表露什麼。離殿前，他最後回頭看了一眼一直默默站在一邊的梁玉琢，眼神晦暗不明，不知在想什麼。

衡樓的賠償，定國侯府很快就送來了。
當初定國侯世子砸衡樓的消息傳得飛快，這回送錢的事同樣沒逃過傳遍全城的結果。和平頭百姓不同，家裡有在朝為官的，或多或少聽說定國侯府這次這麼快服軟，是因為錦衣衛指揮使那位未過門的妻子拉著人告到京兆尹，又從京兆尹一路告到永泰帝面前。
天子都出面了，想來定國侯府是沒那個膽子作假的。當看到那些裝滿了金銀銅錢的箱子一個接一個送進衡樓，定國侯府家財萬貫的消息是擋也擋不住了。
到底是侯府，老百姓們不會覺得背後有些什麼問題，可朝堂之上卻因這事鬧了好些日子，光是御史臺參定國侯的本子就能在永泰帝面前摞成一疊。
不過是個侯府，哪來的那麼多銀錢？定是收受賄賂，參。
強占了平頭百姓的良田房宅？定是魚肉鄉里了，參。
鄉野的別宅擴建違法了？這個更要參。
一時間，自永泰帝召見定國侯府諸人後，御史臺的參本如雪片般往上遞。
偏偏每一本都參到了實處，叫湯六就算渾身是嘴也說不清好歹。永泰帝看多了參本後直接動怒，硬是罰了他一年的俸祿，府中各房在朝中任職的，也都因此抬不起頭來。
等到拖得不能再拖，連韓非都出宮敲打的時候，定國侯府終於把原本就該還湯九爺的那些亡妻嫁妝清點了出來。真正少了什麼，定國侯府已經無人知曉，湯六因為御史臺的那些參本早已嘔血病倒，府裡其他人只能想盡辦法往嫁妝裡塞上好東西。

等到嫁妝都還了，定國侯府已經如秋風掃落葉般狼狽不堪。

「九爺，這些真要給我做嫁妝？」看著湯九爺遞來的清單，梁玉琢心頭暖融融的，儘管得了湯九爺的點頭，她仍舊將單子推了回去。

「其實不必給我，您自個兒留著，您說過不想浪費了做燈籠的手藝，等以後收了徒弟，覺得他好，再把這些東西拆了送他。至於我……」梁玉琢笑。「您要是實在想添妝，就給我那幾畝田地就夠了，我最大的志氣就是掙錢養家，別的給我，我也瞧不出花來。」

湯九爺很想說妳不認得妳男人認得，可轉念一想，梁玉琢日後要嫁的那人是錦衣衛，武夫一個，說不定更不懂他媳婦這些嫁妝的好來。

「行吧，就把田給妳，等妳生了閨女，我再一樣一樣送給小丫頭。」湯九爺說著，重新謄抄了份嫁妝單子，口中隨意道：「鍾家那小子幾時回來？」

「開春前必然能夠回來的。」

「開春前？」湯九爺深吸了口氣，有些恨鐵不成鋼地瞪了眼梁玉琢。「妳個糊塗的。他開春前回來，穿個喜袍就能跟妳拜堂成親，兩手一攤什麼事都不用做，妳卻得在這之前東奔西跑地忙碌婚事。妳說說，妳現在可有時間坐下來好好繡一繡妳的嫁衣？」

這兒的風俗是姑娘出嫁前要自己給自己繡一套嫁衣，給未來的夫君做上鞋襪、裡衣。湯九爺早就領教過這丫頭的女紅，一想到成親當天，她得穿一身繡得醜兮兮的嫁衣拜堂就覺得眼睛疼。

還真是沒那個時間。梁玉琢摸摸鼻子，心裡道。成親的事早有鍾贛囑咐他府裡人張羅，就是在她這裡，也有梁秦氏和許姑姑盤算著，她如今忙活的是收成的事情。

鍾贛臨走前曾提及赤奴的情況，她雖然沒那麼敏銳的政治觸感，可也知道，一個有野心的國家早晚有一天會伸出侵略的爪牙。她眼下忙著收成的事，也是做著調糧的準備。

可也許是梁玉琢想太多了，一直到入冬，大雍邊境諸國都沒有什麼動靜。她鬆了口氣，終於願意坐下來，在梁秦氏的督促下給自己的嫁衣繡上幾針。

不過坐了一盞茶的時間，梁玉琢就有些受不住了，正好鴉青送來一封帖子。

她翻開一看，竟是鍾翰送來的。

第四十九章

有了定國侯跟廣文侯兩府做比較，開國侯府這邊看起來相對正常不少。起碼開國侯和馬氏再怎麼不喜歡鍾贛，都沒能拿他怎樣，也沒把鍾翰培養成和手足兄弟相殘的性格。

光看這一點，梁玉琢就覺得，日後和鍾贛成了親，只要能跟開國侯府兩不相干，各過各的日子，倒也不會有什麼大問題。

也因為這，鍾翰送來的帖子，梁玉琢收了，準備按時去赴這個約。

鍾翰派來送帖子的人是自個兒身邊最親近的僕從，因為有幾分聰明勁，往日裡沒少勸著主子多跟鍾贛學學，得了機會往未來的指揮使夫人面前湊，更是殷勤得很。

「你家公子怎麼忽然想到要請我吃茶？」

鍾翰在帖子上提到赴約的地方，是間盛京裡貴人們常來常往的茶樓。裡頭的茶很好，僅次於年年進貢的貢茶。哪怕是像梁玉琢這樣的外來客，在盛京裡待了段日子，也對這家茶樓裡的茶有所耳聞。

一壺茶能賣十兩銀子的茶樓，也沒有第二家了。

「回梁姑娘的話，近日天寒地凍，論理茶樓的生意該冷清些才是，畢竟家中暖和，好過吹一路風到茶樓喝口茶水；不過這茶樓倒是有趣，到了冬日，為聚人氣，不光好茶、好果子伺候著，還請了戲班子登臺唱戲。」

古人為了賺錢，時常做些小手段拉抬人氣，這並沒什麼奇怪的，梁玉琢只當是茶樓請來的戲班子能唱好戲，才讓鍾翰遞這帖子。

那小僕朝四周打量了一眼，湊前一步，低聲道：「姑娘若是不想去便不必去，指揮使說了，姑娘不必顧念開國侯府，若是應約，還請姑娘身邊務必跟著人。」

錦衣衛除了平日裡檯面上那些穿著飛魚服的人，多的是隱在人群中的暗探。梁玉琢知道鍾贛底下能人多，也知道永泰帝必然命他在朝臣家中都安插了錦衣衛，可沒想到，就連鍾翰身邊最得力的僕從，竟也藏著這麼一重身分。

「請姑娘喝茶的事，並非這位小公子的主意。」

梁玉琢挑眉。

「給他出主意的，是定國侯世子。小公子雖紈袴了些，但沒什麼壞心，只怕是湯世子藏了什麼心思。」

有湯九爺的事情在前頭，梁玉琢對湯殊以及定國侯府一大家子人的態度，就是保持路人關係最好。湯九爺沒想過日後要回侯府，她更沒想過將來要以鍾贛妻子的身分，去跟定國侯這一大家子人有什麼往來。

「若是我不答應赴約，開國侯府的那位小公子會如何？」

「大抵會覺得難過。」小僕笑。「開國侯府雖然和指揮使有這樣那樣的問題，關係也向來不親近，可小公子自小就欽佩兄長，盼望著能藉姑娘和兄長親近起來。」

小僕的話說得並沒錯，梁玉琢把玩著手裡的帖子，思量了會兒，到底還是決定赴這個約。左右還有鴉青在，而且光天化日之下，在鍾翰的跟前，想來湯殊也不敢做什麼手腳。

到了約定那日，梁玉琢才剛出門，與站在門口的二郎說話，突然聽見馬蹄和車轂轆的聲音，回頭一看，見是鍾翰騎著馬，領著輛馬車過來了，她忍不住笑道：「你這是做什麼？」

鍾翰笑笑，摸了摸腦袋，請梁玉琢上車。低頭看見站在臺階上、瞪著眼看自己的二郎，鍾翰忍不住伸手要去捏他胖嘟嘟的臉。「二郎是吧，要不要一道去看戲？」

平日裡，梁玉琢並不拘著二郎，可今日情況特殊，她帶著鴉青赴約無妨，但是若捎帶上二郎，如果湯殊真有什麼動作，怕是容易被波及。

二郎如今學得多了，也跟著先生學了不少規矩，雖然惋惜不能跟著阿姊一道去看戲，仍舊恭恭敬敬地在門口目送馬車離去。

直到從車窗看去，梁府門前的小人只能看到影子，梁玉琢才放下簾子，長長舒了口氣。她轉頭，看向同樣坐在馬車內，卻全身緊繃、面無表情的鴉青，忍不住噗哧笑倒在鴉青的肩頭。

「姑娘……」鴉青無奈地嘆了口氣。

「我知道妳擔心。」梁玉琢笑。「可苗子既然掐不掉，就得趁沒茁壯之前連根拔掉。我信妳不會讓他有機會傷到我，我也信馬車外的那小子不會輕易叫人欺負我這個未來大嫂。」

鴉青實在不知該不該感激梁玉琢的信任，馬車這會兒已經搖搖晃晃過了半個城，慢慢地在路邊停了下來。

「前頭的路堵住了。」

車伕在外喊了聲，鍾翰的聲音緊隨其後。「要不繞個路吧？從這兒到茶樓還有段路得走。」

「不必了，就走走吧！」掀開車簾，梁玉琢從車內探出身來。

馬車被堵在了路上，往前看，能看見長長的車龍，多是些富貴人家的馬車，還有女眷出行用的車駕也在其中，要想等路恢復通暢，只怕要費不少工夫；若是繞路，又得繞上一大圈，倒不如下了車走兩步，還能適當地運動運動。

鍾翰向來隨意，見梁玉琢並不反感步行，當即下了馬背，說什麼都要陪著一道走。

或許是因為茶樓請來的戲班子果真不錯的關係，梁玉琢這一路步行，聽見不少從堵在路上的馬車裡傳來的聲音在說戲班子的事，大多都是些女子的聲音，細細柔柔的，偶爾才能聽到幾聲男人的聲音。

正走著，忽然聽見經過的一輛馬車內傳來招呼聲，鍾翰停下腳步。「柳姑娘？」

車簾掀開，先前見過面、湯殊未過門的妻子柳家姑娘，從馬車裡鑽了出來，身邊伺候的丫鬟趕緊扶著人下車。

「鍾二公子好，梁姑娘好。」柳家姑娘是大家閨秀，一顰一笑看著分外好看。「兩位也是去前面的茶樓看戲嗎？」

鍾翰點頭。「妳也去？不如一道走過去，等這些馬車動起來，怕戲班子早唱完戲了。」

柳家姑娘笑著答應了聲，轉身叫丫鬟取來帷帽戴上後，才跟上鍾翰和梁玉琢的腳步。

「那戲班子這麼好？」身邊多了個姑娘家，梁玉琢的話題自然而然偏向了能一塊兒聊的內容。她其實不太愛看戲，她出生的時候，電視機已經是很多家庭都有的家用電器了，比起有些吵鬧的戲曲，電視機裡的內容更吸引她的注意，哪怕長大了，也依然對戲曲提不起多大的興趣。

後來到村裡工作，村民們的業餘愛好就是吹拉彈唱、自娛自樂唱段戲，她跟著聽了一些，倒是不討厭。

等到穿越後，沒有電視、手機，人的娛樂活動就變得有些單調貧乏。哪裡請來了戲班子，哪裡往往就能成為最熱鬧的地方，如果戲班子唱得好，就能吸引來各處的看客，除了酬金外，得到的賞錢也不少。

柳家娘子笑盈盈地說了句「真的好」，然後細細地說起從前聽過的幾個戲班子唱的曲目。梁玉琢雖不大明白，卻也聽得仔細。這時候的鍾翰做足了郎君該有的風度，一直走在她們的身側，幫著擋開來往的人流。

直到茶樓就在眼前了，鴉青忽地叫了一聲「姑娘」。
梁玉琢停下腳步回頭。「怎麼了？」
鴉青搖頭，眉頭微微蹙起。因之前鍾翰身邊小僕的報信，梁玉琢早早就做了準備，身邊雖然只帶了鴉青一個，可另有鍾贛留下的人藏在暗處幫忙盯著，見鴉青這個神情，梁玉琢皺了皺眉，倏忽又重新舒展開。
「柳姑娘，二公子。」她開口道：「我阿娘的果脯店就開在這附近，不如一道去買點果脯，等會兒戲開鑼了，也好一邊看戲、一邊吃點零嘴。」
鍾翰有些被說動了，他不是貪嘴，就是純粹想照顧下生意，可柳家姑娘身邊的丫鬟這時卻有些不樂意了。
「梁姑娘，我家姑娘是大家閨秀，這一路走過來已經不妥了，就不再去別處。茶樓裡也是有果脯的，姑娘若是不捨得花錢，想來二公子也是樂意請上一盤的。」
那丫鬟是個嘴尖舌巧的，儘管戴著帷帽，可看見柳家姑娘慌張的動作，梁玉琢也知這話不過是小丫鬟自個兒的意思。
她並不在意這些，只是鴉青的舉動分明是發現了茶樓裡面有什麼問題，她是想藉機把柳家姑娘帶遠一些，如今看來，卻是得把人牽扯進去了。
梁玉琢嘆了口氣。本來光是她，仗著有鍾翰在，湯殊也不敢動什麼手腳；可多了個柳家姑娘……這跟當初帶著二郎過來又有什麼差別？

那小丫鬟顯然是個心急的，見自家姑娘還在茶樓外站著，生怕風吹久了回頭凍著，忙要扶著人進茶樓。

走到茶樓前，鍾翰看見小丫鬟回頭看了眼跟在後面的梁玉琢，張了張嘴似乎要說話，鍾翰的耳邊忽地傳來梁玉琢拔高的聲音。「鴉青。」

幾乎是在話音落下的瞬間，鍾翰看見身邊飛快地閃過一道身影，而後有什麼東西從樓上窗口傾瀉而下，嘩啦一聲落了下來，又嘩啦濺開。

他睜大了眼睛，看著剛才還心急火燎的小丫鬟連呼救都喊不出來，就那樣被從頭頂倒下的東西澆了個全身剝皮，血水混著明顯滾燙的熱油，散發出肉燙熟的焦味。茶樓附近也有人被倒下的熱油波及到，一個個發出恐慌的尖叫。

這一切發生得太快，梁玉琢倒吸了口氣，看著被鴉青救到旁邊的柳家姑娘已經嚇昏了，她忽然覺得，會設計用滾油潑人的湯殊，根本就不能被稱之為人。

她以為，湯殊最多不過是想乘機和她談一談，或者用些不入流的手段想要折辱她，以此得到快慰，絲毫沒料到，竟然會是……會是這麼殘忍的手段。

她抬起頭，望著敞開的、空蕩蕩的窗口，終於喊了一聲。「查。」

光天化日之下，在茶樓前用滾油傷人的事，自然是要查的。

可梁玉琢一無官身、二無實權，鍾贛給她留的那些人，雖能幫她查清楚整件事的來龍去脈，但不能為她將罪魁禍首抓走投牢，歸根究柢，她不過一介平民，能依靠的只有官府。

好在，死的雖是個丫鬟，但畢竟是在柳家姑娘身邊伺候的，柳家姑娘的父親又是朝中大員，這事不會輕易地結束。

戲自然是看不成了。滾油在地上還冒著煙，被慌忙抓來的大夫根本不敢靠近只剩一口氣、渾身是血的丫鬟。

旁邊被滾油濺到燙傷的路人，倒是很快就得到了診治。柳家姑娘雖沒受傷，可受到了驚嚇，柳家很快得到消息接走了姑娘，也留下人幫著梁玉琢一道搜查罪魁禍首。

京兆尹很快被驚動，帶著人馬圍堵了茶樓及附近幾條街巷。

冬日的太陽曬在身上，十分舒服，可京兆尹這顆心涼得透頂，恨不能把惹是生非的傢伙揪出來狠狠打上一頓板子，也好過像現在這樣站在開國侯府二公子及錦衣衛指揮使未來夫人的面前，戰戰兢兢。

「鍾二公子、梁姑娘請放心，這事一定會給你們一個答覆……」京兆尹咬咬牙。不說滾油，就是熱水往下潑，澆著了也能把人傷結實了，滾油……滾油往下潑，根本就是要人性命。

鍾翰臉色鐵青，心裡也是一陣後怕。親眼看見活生生的一個人被滾油燙掉一身皮肉，對自小順風順水長大的鍾翰來說，受到了極大的衝擊。

「姑娘。」鴉青從茶樓裡出來。「找到了。」

梁玉琢抬眼。「在哪裡找到的？」

「是茶樓灶房裡的幫傭，得了人十兩銀子，幫人燒一鍋滾油，事成之後還能再拿二十兩銀子。」鴉青皺著眉頭說道。

茶樓裡人不少，為了不讓人逃跑，京兆尹帶來的人很快圍住了茶樓，只許進、不許出。鴉青和錦衣衛徑直上樓，察看了臨街的那間廂房。廂房裡已經沒人了，地上撒了一地瓜子殼，能看得出來倒油的那人在這裡等了很久。又問過茶樓的掌櫃，才知這間廂房早被人包了去，只是客人沒來，就沒讓小二過去伺候。

「三十兩就想買我的命，看樣子我和湯世子的仇結得很大。」梁玉琢笑著道。

梁玉琢和定國侯府沒什麼過節，真要說過節，只有之前幫著湯九爺在永泰帝面前說話的事。梁玉琢垂下眼。「自己犯下的錯不承認，被人糾正就遷怒，湯世子好手段。」

鍾翰並不知道定國侯府和梁玉琢的矛盾，他只聽說定國侯府霸占了別人的嫁妝，結果有人一狀告到了宮裡，根本不曾聯想到這個「有人」竟然會是他未來的嫂子；更不用說，邀請梁玉琢來茶樓看戲，還是湯殊給的主意。

他並不傻，這樣前後一聯想，當即明白過來究竟是怎麼回事，整個人頓時慌張起來，又急又氣。「我和他認識這麼多年，卻不知道他竟然是這樣心狠手辣的一個人。」鍾翰張了張嘴，想說這其中是不是有什麼誤會，可對上梁玉琢冷冰冰的一雙眼，勸說的話堵在喉間怎麼也出不來。

梁玉琢知道鍾翰和湯殊的關係，但她也知道，並不是她婉拒了鍾翰的邀請，湯殊就會放過她。如果她沒同意來茶樓，湯殊也一定會選擇其他辦法，要她付出代價。

只是，是她自以為是，小看了湯殊。

第五十章

梁玉琢握了握拳，看向鴉青，鴉青點頭道：「湯世子並不在樓中，那個幫傭也說了是個僕役模樣的人負責和他聯絡，交代了等二公子陪著位姑娘走到茶樓前，就找準時機往下倒滾油。至於……」

鴉青頓了頓，看了眼鍾翰，見梁玉琢示意繼續，這才道：「至於會不會牽連到其他人，幫傭說，對方說不用在意，出了事他們會想辦法解決。」

「所以，其實他一點都不介意被人知道是他叫人動的手。」梁玉琢氣得發抖。「左右我被滾油澆了一頭，就算能救活，這輩子也是半死不活的怪物了，別說鍾贛可能不會娶我，就是願意娶，以陛下愛臣之心也定然會想辦法解決了我。既能報復我多管閒事，又能讓湯九爺他們感到難過，根本就是一石二鳥之計。」

何止是不怕被人知道，鍾翰心裡也是越想越氣，越想越後怕。

倘若不是那小丫鬟心急，扶著柳家姑娘走得快了一些，他又避諱著男女有別未並肩同行，只怕那滾油澆下來的時候，就連他也逃不過那一劫。

想到小丫鬟那模樣和慘叫，鍾翰全身冰冷。「草菅人命……他簡直就是在草菅人命。」

鍾翰到底是被馬氏和開國侯嬌寵長大的，哪裡忍得下這口氣，一個轉身，顧不上試圖阻攔自己的梁玉琢，騎上下人牽來的坐騎，上馬就是一聲「駕」。

因為出事，在茶樓前圍滿的人群，叫他縱馬橫行嚇得又是一通亂。

直到這時，梁玉琢才後知後覺地發現，自己的雙腳竟像是釘在了地上，一步也動不了。

「姑娘？」鴉青發覺了梁玉琢的不對勁，忙上前詢問。

聽到鴉青關切地詢問，梁玉琢僵硬地轉過頭來，哭笑不得。「怎麼辦，我好像被嚇呆了……」

她從上輩子至今，經歷過那麼多大大小小的事情，到底不曾親眼看到一個大活人突然慘死在面前。先前的憤怒和鎮定過去後，生理上的恐懼還是蔓延開來。

她不敢再去看茶樓前的那灘血跡，想要離開，可腿腳僵硬得不能動彈。

鴉青見狀，忙要去把馬車叫來，扶她上車回府，才剛轉身，忽然就看見了自人群中走來的男人。

「你回來了？」看見一步步走到身前的男人，梁玉琢心頭一暖，揚起笑容；興許是她的臉色太過蒼白，鍾贛看著她，皺起了眉頭，下一刻，他伸出手，毫不猶豫地將她攔腰抱起。

鴉青忍不住驚呼，看見梁玉琢在一瞬間的愣怔過後，習以為常地伸手環住了鍾贛的脖子，忙低下頭，咳嗽兩聲。

圍觀的百姓並不是所有人都認得鍾贛，看見一男一女當街摟抱，即便茶樓前才剛發生死人這麼大的事，仍舊不由地對著他們倆指指點點。

還未走遠的京兆尹看見鍾贛，忙要上前招呼，只是人還未走近，就被從旁邊冒出來的幾個錦衣衛圍住。

他下意識要驚呼，卻聽得領頭的一個錦衣衛千戶咧開嘴笑了笑。「來吧，大人，先把眼下的事給解決了。」

梁玉琢被鍾贛送回了家，一路上，男人沈默不語，本就嚴肅的臉一直緊繃著，直到離去前，他低頭那一吻，如同野獸一般啃咬在她的唇上，梁玉琢心底才終於鬆了口氣。

會生氣就好，總比惱著、氣著、怨著，卻不願搭理她好。

她似乎是終於鬆了一口氣，在梁秦氏和二郎緊張的注視下慢條斯理吃完飯，回屋吹燈睡下。

這一夜，盛京中幾乎每個人都難以入眠。錦衣衛及京兆尹聯手，連夜搜查定國侯府，將抱著嬌妾在床上酣睡的湯殊抓起，直接套上鐐銬，從定國侯府拖走。

夜裡的霜還沒來得及融化，朝臣們已經緊張地朝著皇宮的方向聚集。宮門外，車馬往來如織，大多都是熟悉的面孔，車伕們壓低了聲音互相打招呼，商量著去哪兒喝口酒祛祛寒。

而朝臣們這時候已經陸陸續續站在了大殿前。

「昨夜究竟發生了何事，怎地吵鬧了一夜？」

「藍侍郎不知道？近日請來戲班子唱戲的茶樓，昨天白日裡出了事，有人從樓上倒了滾油下來，活生生燙死了柳大人家閨女的丫鬟，連帶著把柳家姑娘也嚇出病來。」

朝臣們站在殿內悄聲議論，直到永泰帝進殿，困擾了一夜的朝臣們似乎才剛知道，昨夜的定國侯府究竟出了什麼事。

「這事和定國侯府又有多大關係？柳姑娘的丫鬟被滾油燙死了，難不成還要算到定國侯頭上？」

「你好生糊塗，難不成這一路過來都沒聽說，那倒油的人是受人指使，故意燒了滾油，就等著人走到茶樓下的？」

底下的朝臣還在偷偷談著昨日的事，永泰帝瞥了一眼他的臣子們，輕輕蹙起眉頭，之後聽見韓非湊過來說的話，眉頭才慢慢舒展開。

「各位愛卿。」永泰帝開口。「自先帝登基後至今，朕從未見過有人敢上告御狀。」

朝臣不解其意，低頭等著永泰帝說明聖意。

「錦衣衛指揮使可在？」永泰帝詢問。

韓非躬身回道：「今日鍾大人在殿外當值，可要宣他進殿？」

「讓他陪他未過門的媳婦一道進殿。」

朝臣們心下愣怔，暗中互相看了看，有些不明白永泰帝的意思。然而，當許久未見的錦衣衛指揮使鍾贛進殿時，朝臣們的注意力都移到了與他同時進殿的年輕姑娘。

梁玉琢入殿，在朝臣中駐足，抬手行禮。「陛下。」她話罷，雙手持一白絹，跪伏下來。「民女梁玉琢，蒙陛下恩賜，指婚鍾府，亦得九爺看重，如父如友。昨日得菩薩保佑，躲過一劫，不忍無辜者因我而死，不願殺人者逍遙法外，故而遞上狀書一紙，求陛下做主。」

誰也沒有料到，梁玉琢會進宮當著這麼多人的面告御狀。

可殿中百官卻不覺得意外，這位梁姑娘在之前曾把定國侯府幹的那些骯髒事，捅到了永泰帝的面前。有一就有二，陌生的路走過一次就熟了，更何況是遞狀紙、告御狀？

當聽完梁玉琢慷慨陳詞地將自己所告之事在朝臣面前說罷，文官嘆息其生為女子，若是兒郎入朝為官，做個御史倒是一把好手；武官則萬幸她是女兒身，不然做了文官，筆桿子一揮，就能寫出一大段批判來，真到了那時只怕他們渾身上下長滿了嘴也說不過她。

再看永泰帝，朝臣們不得不低下了頭。

這一位，從梁姑娘進殿起，就始終笑著，像是壓根兒沒看到底下戰戰兢兢的文武大臣們；且對於梁玉琢所告之事，臉上並無任何詫異，顯然是對於定國侯府一家昨夜被捕的事，早已心知肚明。

朝臣中，原和定國侯府交好的幾位大臣，如今都面面相覷，嚥下了已經到嘴邊，想為定國侯府辯解一二的話語，其中就有廣文侯。

梁玉琢一進來，張口說要告御狀的時候，廣文侯還想喊兩句為定國侯府正名，但一看到永泰帝溫和的笑臉，再看站在梁玉琢旁邊鍾贛那張冰冷冷的臉孔，一口氣堵著上不來，忙低頭咳嗽幾聲。

永泰帝看著兩股顫顫巍巍的廣文侯，又看了看站在一側、如青松一般挺立的鍾贛，覺得還挺有意思的。

鍾贛離開盛京的消息，永泰帝曾隱瞞過，但不知是誰傳了出去，讓鍾贛在返京的路上，曾遭到不止一隊人馬的劫殺。自然，以錦衣衛指揮使的實力，想要逃過劫殺並不難，想要拔蘿蔔帶泥拉出背後指使的人，更是輕而易舉。

因此，看到廣文侯慌張的樣子，永泰帝意味深長地瞇了瞇眼。

「證據可是確鑿？」永泰帝開了口。

「證據確鑿。」梁玉琢說著，抬起了頭，冷靜地看向皇帝。「京兆尹大人說此事涉及定國侯府，故而不敢獨自決斷。民女擔心事有變化，又怕京兆尹大人勢單力薄，擋不住有心人的攛掇和背後使壞，故而大膽求見陛下。」

她說得直白，叫滿朝文武嚇了一跳。

上一回，她為湯九爺出頭的事，對朝臣們而言，只是聽說。都說耳聽為虛、眼見為實，如今親眼看見她在永泰帝面前說話時的膽量，無人不稱奇。

可梁玉琢知道，她完全是借了鍾贛的膽子。

平頭百姓對抗權貴，這事不管是古代還是放到現在社會，都是一樁極難辦到的事情。她雖證據確鑿，如果不是仗著鍾贛的勢，她也不敢就這麼跑到皇帝的面前，請求皇帝為了一個無辜而死的丫鬟，去懲處權貴。

「既然如此，這事便交給刑部吧！」

「陛下，請三……」廣文侯這時終於想要為定國侯府說上兩句話了，然而他話音還未落下，一旁的鍾贛卻已經亮了刀。

繡春刀被擦得發亮，這會兒就架在了廣文侯的脖子上，朝臣們頓時大亂，紛紛勸解。

廣文侯不敢再說話，立刻閉嘴，卻又不斷地看向一同上朝的聞夷。聞夷因其才學和能力，短時間內連續升官，如今已能和廣文侯等人一起參與早朝，自然能看見廣文侯無聲的求助。

可就好像是被定住一般，聞夷只是數次看向廣文侯，目光中流露的情緒有些複雜，卻一直沈默著，沒有發出任何聲音。

「廣文侯啊，你這性子還是和年輕的時候一樣。」永泰帝搖頭嘆息，有些失望道：「幫親不幫理，這麼多年過去了，你還是這樣，未免太令人寒心了。」

廣文侯做的那些糟心事，如今還躺在他御書房的桌案上，忍而不發，不過是在等待機會。

「定國侯府的事情，與你廣文侯無關，莫要去管這些閒事。」

「是……」廣文侯不敢再說，忙點頭。

見廣文侯被壓制得不敢再言語，原還打算乘機說上幾句，等定國侯府眾人放出來後去討個人情的朝臣也都閉了嘴。

再看鍾贛手中的繡春刀，越發覺得身後一身冷汗。

「這事交給刑部處理，妳覺得如何？」永泰帝問道。

「全憑陛下做主。」

「朕也希望能憑朕做主，只是定國侯在朝中的人脈不小，怕有人背著朕做些歹事。」永泰帝說著，視線掃過如鴕鳥般一個個低下了頭的朝臣們。「鍾贛。」

「臣在。」

「這件事，就交給刑部主審，錦衣衛督辦。如果發現有人敢背著朕偷偷收受好處，寬恕那仗勢欺人、枉顧人命的傢伙，就捆了提到朕的面前，朕親手斬殺，以儆效尤。」

永泰帝的話已經說到了這裡，梁玉琢自然滿口稱是，待散了朝，她和鍾贛一起從殿內出來，朝臣們自她身邊經過時無不竊竊私語。

那些私語聲並不低，有讚有懼有損；反倒是那些說話慣常直來直往，與定國侯府並無私交的武官，見了她紛紛直爽地抱拳大笑三聲。

廣文侯灰溜溜地出了殿，從旁經過時，狠狠瞪了梁玉琢一眼，卻又怕鍾贛再拔刀，腳下生風，幾下便走遠。

「這樣的人，是如何在朝中立足的？」梁玉琢有些不解。都說帝心難測，她實在不明白，廣文侯所作所為早已為永泰帝知曉，又如何能夠依舊要風得風、要雨得雨地在朝中存活？

從梁玉琢說要告御狀起，鍾贛就在心底揣想了無數個她被永泰帝遷怒的場景，早已決定過不管發生任何事，他手中的繡春刀今日如果需要拔出，必然是為了她。

因此，從始至終，他的目光都不曾遠離他心愛的姑娘。到眼下，聽見她的詢問，鍾贛鬆開握住繡春刀的手，拉住了她藏在衣袖下、滿是汗水的拳頭。

「他是老臣，遲早要動他的，更要動他底下那些人。」

鍾贛深深地看了梁玉琢一眼，而後轉身，看向走在朝臣之後出大殿的聞夷。

在下川村時，聞夷曾對梁玉琢動過微末的心思，而今這一點點的心思早已煙消雲散。見她於朝堂之上的慷慨陳詞，聞夷和旁人一樣，只能在心中惋惜奈何她生為女子。

他朝著梁玉琢微微一拜，之後便在同僚的招呼聲中點頭而去。

「其實，廣文侯生了先生這麼個兒子，也算是他的造化吧！」鍾贛不語，梁玉琢嫣然一笑，晃了晃握住的手。「我知道，這個造化是你給的。」

若沒有鍾贛後來的舉動，以及永泰帝的允諾，廣文侯偷龍轉鳳一事，怕只會將聞夷摧殘成一輩子只當個鄉下教書先生，而不是如今這官袍加身的模樣。

有了錦衣衛的督審，刑部四司從上到下無人敢在徹查定國侯世子的事上動手腳。廣文侯雖私下動作，試圖幫定國侯把湯殊從牢裡救出來，可大牢如同銅牆鐵壁，即便是從前最奸猾的獄卒這次也不敢通融。

定國侯最看重的就是湯殊，走投無路之下，甚至去求過湯九爺；只可惜，湯九爺聲稱身體不適，一直避而不見。趙翚更是直接閉門謝客，就連衡樓也不願定國侯府上門，直說怕再遭一頓破壞，毀了衡樓的牌子。

這時，梁玉琢剛剛從柳家探望柳姑娘出來。

馬車就停在柳府門外，柳夫人親自將她送出門，雙眼已經哭得通紅，身旁的柳大人也是滿面愁容。柳家姑娘自那日茶樓前親眼目睹了丫鬟被滾油燙死後，就一直夜裡驚醒，好不容易夜裡能睡安穩了，神智卻已經不清不楚，時常作幼兒情態。

好端端的閨女成了癡傻模樣，為人父母的自然心痛萬分。儘管有些埋怨梁玉琢牽連到自家閨女，可他們也從旁人口中得知，事發的時候，是她命身邊的丫鬟護住了閨女，才沒叫疼愛的女兒也落得死於非命的下場。

於是乎，那些怨恨最後全都放到了定國侯府身上。不管是如今被關在牢中的湯殊，還是滿城尋找幫助、試圖救出世子的定國侯府一家，都已經成了柳大人的眼中釘、肉中刺。

拜別柳家夫婦，梁玉琢一上馬車，就被拉進了懷中。

她靠著肉牆，嘆息一聲道：「你沒看見柳姑娘現在的模樣，像個孩子一般，餓了就哭，開心了就抱著身邊的丫鬟、婆子笑……天真若稚子，可她的年紀明明比我還大一些。」

想到原先那位說話溫柔的柳家姑娘，如今像三、四歲的稚子一般，梁玉琢就覺得心下難受。儘管柳姑娘沒有被油潑到，可也濺到了一些，聽柳夫人講，她的小腿上就有一塊滾油濺到的燙傷。

「柳大人已經派人去和定國侯府退親了。」摟住懷中心情低落的姑娘，鍾贛微微低頭，吻了吻她的鬢角。「定國侯不捨得放棄這門親事，可以目前刑部的調查來看，湯殊定然得折進去了。」

「不是不報，時候未到。」梁玉琢想了想道：「現在是時候到了？」

「到了。」

她仰頭，看著坐在身邊的男人，回應他落下的吻，低聲問：「刑部那邊……」

「剛得到的消息，定國侯世子湯殊，行為荒唐無度，枉顧人命，如今已經不再是侯府世子；且由於故意設局意圖殺人報復，被陛下當作警示，流放千里。定國侯因疏於管教，已經被下旨，侯位不再世襲。」

鍾贛直起身，手指拂過梁玉琢帶著水漬的唇角。「也就是說，湯氏一族的顯赫，到湯六爺這一代就終止了。」

第五十一章

從前名聲不差，甚至叫人羨慕的定國侯世子湯殊被奪了世子之位，流放南疆了。原因是故意設局想要殺人報復，但是卻誤殺了未婚妻的貼身丫鬟，於是連帶著這門親事也作廢了。

定國侯的世襲爵位，也因為這件事受到了牽連。

消息越傳越烈，到湯殊被人押解出京的那天，關於他的消息已經演變成——定國侯世子貪戀錦衣衛指揮使未過門妻子的容貌，因愛生恨，所以才惹出這樁風波。

定國侯府有口難言，即便想要為湯殊辯解幾句，也不敢因為一時不慎，又讓辯解的話叫人抓著把柄，送到永泰帝的面前。

湯殊出城那日，定國侯府無人送行，他孤零零地走，連柳家姑娘也未出現。而定國侯府內，怯弱的定國侯把自己關在了房間裡，日頭西下後，方才推開門，找來自己的小廝，命人去請廣文侯諸人。

是夜，廣文侯及府中門客夜訪定國侯府，定國侯後院房中的燭火亮了整整一夜，直到翌日晨光初臨，方才開了房門。

廣文侯自房中走出，定國侯走在最後，一夜間蒼老了許多的佝僂身子向他深深行了一禮。

書房外的高樹上，茂密的樹葉微微一顫，倏忽間似有人影閃過。

幾日後的梁府，剛和梁秦氏談起生意的梁玉琢接到了宮裡來的傳召，而且是召見他們母子三人進宮。

梁玉琢因入宮告御狀的事，在朝中文武裡引起了不少的注意，加上她未來要嫁的人是鍾贛，更是讓不少人因而多注意了她幾分。可宮裡不知是誰傳出了永泰帝和聞皇后的一段話，聞皇后似乎聽聞了梁玉琢告御狀一事，對這個膽大的姑娘有了些看法，言語間提及姑娘家理當相夫教子，避免拋頭露面、鋒芒畢露。

當時是永泰帝與眾嬪妃見面的日子，聞皇后的這句話得到不少逢迎，永泰帝卻道：「妳只當她是個要嫁人的姑娘，卻忘了這個姑娘是有主意的人，若非如此，朕又怎麼會許她幾次三番為了旁人的事入宮？」

這話一出，叫原先那些只當梁玉琢是因鍾贛才能得到如此關注的人，頓時愣怔，敢情這姑娘不是頭一回這麼進宮了？

宮中的侍衛多是世家子弟，看見韓非親自在宮門口接來梁玉琢，又一路說著話往百政殿去，大多瞪大了眼睛，想要仔細看上兩眼，也好回去和自家爹娘說說這被永泰帝這麼評價的姑娘，究竟長了怎樣一副面孔。

進百政殿前，梁玉琢和韓非在路上說了一會兒的話。因為鍾贛的關係，加上永泰帝有意為之，韓非態度謙卑，仔細將永泰帝此番召見她的原因說了說。

天子很少召見女眷，即便是前朝，也從未出過這樣的事情。不管是王公貴族還是朝臣的誥命女眷，多是由皇后召進宮中的，天子即使會出現，也不會久留，或是單獨召見一人。

今日永泰帝召見，是因為出了一樁事。

鍾贛遠走赤奴，是為了查廣文侯通敵一事。如今所有的證據都已經呈送給永泰帝，只等著將廣文侯送入刑部大牢，闔府抄斬。

然而這時候，錦衣衛卻得來暗報，廣文侯夜會定國侯，連夜商談要去聯繫赤奴，一方面為赤奴攻入大雍廣開大門，另一方面，準備將兩府的親眷盡快送出大雍國境，避免沾惹戰禍。

除此之外，定國侯還向廣文侯提出一個請求，希望他能幫自己除掉鍾贛。

然而，廣文侯卻無法提供幫助。兩人心中都知，想要除掉鍾贛本人並非是件容易的事。兩府對鍾贛都有怨，但鍾贛背後有的不光是錦衣衛的勢力，還有雖然一向龜縮、但同為侯爺的開國侯，最重要的是——他身後有永泰帝。

廣文侯和以門客身分留在盛京的赤奴探子不敢答應定國侯的請求，卻在聚在一起一番商討後決定，要從鍾贛身邊的人下手，這個身邊的人，自然不是與鍾贛關係並不親近的開國侯府，而是他未過門的妻子梁玉琢。

說是要除掉一個人，可誰都知道，定國侯定然是以整個梁府為目標，梁玉琢的生母梁秦氏，以及弟弟二郎都逃離不出這個範圍。

梁玉琢渾身冰冷，她實在想像不出，那個定國侯明明看起來是那麼怯弱無害的一個人，竟然會生出這麼殘忍的心思。

可看著同樣在得知這個消息後，緊緊將二郎摟住的梁秦氏，梁玉琢陡然間明白，能在當年毫不留情地將湯九爺逐出家門的人，又怎麼會是一個真正無害無能的人？

進殿後，梁玉琢的神色漸漸恢復了鎮定，看著殿中的永泰帝，以及和永泰帝在一塊兒，如同叔姪一般說著話的鍾贛，她終於舒了口氣。

不用怕，梁玉琢低聲安慰自己。有天子的庇護，有她鍾愛的那個男人在，只要她小心謹慎一些，絕不會出任何事。

永泰帝並沒有對梁玉琢說太多的話，只是簡單地交代了幾句，便命人送他們母子三人去見後宮之中，位分僅次於聞皇后的德妃。

「德妃娘娘與陛下是少年夫妻，早年是老臣們心目中皇后的不二人選。後來聞皇后嫁給尚且還是皇子的陛下，因得先帝和太后喜愛，被立為太子妃，早些年也是賢內助一般的角色，只是這些年，聞皇后沒少在陛下面前為廣文侯府說話做事。」

梁玉琢要去見德妃，鍾贛自然陪同左右。他是永泰帝的左膀右臂，對於宮裡的事一清二楚，當年如果沒有聞皇后，德妃就會毫無意外地成為皇后。

儘管如此，時至今日，德妃依舊在後宮之中有著極高的威望，聞皇后懷上龍嗣的時候，後宮一干事宜都是由德妃掌管。

和始終牢記自己是聞家人，要為聞家、為廣文侯府諸人謀前程富貴的聞皇后比起來，德妃的母家就顯得簡單而低調；正因為如此，永泰帝明面上雖不曾和聞皇后疏遠，但更願意信任的人，始終只有少年時便在一起的德妃。

等到了德妃的宮殿，梁玉琢見著了鍾贛話語中那位溫柔平和的德妃。大概是早得了永泰帝的叮囑，德妃已命人收拾出殿後的園子，梁玉琢他們母子二人就暫時在這裡落腳。

德妃膝下無子，見了二郎尤其喜歡，便和梁秦氏說了好一會兒的話，將原先見著貴人還戰戰兢兢的梁秦氏說得終於放鬆下來。梁玉琢在旁邊陪著坐了一會兒，德妃揮了揮手笑道：「去園子裡轉轉，看看還缺些什麼。」

鍾贛陪著梁玉琢在園子裡轉了一圈，見德妃已將一切安排妥當，伸出手臂，牽住了她的手。「沒有我的人，不管是宮裡還是宮外，都當心一些，這幾天，最好是待在園子裡，不要出去了。」

她猜得到永泰帝終於要動廣文侯和定國侯兩府了。

「雖然這事沒有涉及到幾位皇子，但與之牽連的大多是幾位皇妃的母家，皇子們現在不知情，不代表之後依舊不知情。陛下必須要趁皇子們還未牽涉其中時，先下手為強。」

他握緊了梁玉琢的手。「除了德妃身邊的人和韓公公，在這宮裡，誰來『奉旨』傳召妳，都不要理睬。」

是夜，蹲守在梁府的錦衣衛抓住了幾個夜襲的刺客。

梁玉琢一家進宮前雙手空空，像是得了尋常的召見。黃昏時分，也有馬車從宮門口離開回到梁府，從馬車上也下來了一家三口模樣的人，就好像他們母子三人已經回府的樣子。

因此，除了留在府中的鴉青和幾個錦衣衛，無人知曉他們留在了宮裡。

夜裡，當刺客潛入梁府，試圖殺死深眠的梁家母子三人時，落下的刀劍被鋒利的繡春刀格擋開。

而後，在梁府柴房外，發現了一路延伸到臥房的油污，只要夜裡一把火點上，就能從柴房處一路火燒到睡著人的臥房。

躲過一劫，讓梁玉琢鬆了一大口氣；哪想，不過一夜的工夫，她就從德妃處聽說了朝堂上的事——赤奴鐵騎毫無聲息地攻入大雍，如今已經到達大雍邊關樞紐黑谷。

黑谷當地的軍備不足，士兵拚死抵禦，已經岌岌可危，而附近能調動的人力雖夠，糧草卻已經跟不上。

永泰帝當庭命兵部調兵支援黑谷，又命戶部就近調配糧草補給，不想兵部雖然能動，戶部卻跪地哭窮，大聲號啕戶部沒錢沒糧。

「真的……沒糧？」

梁玉琢和德妃對視了一眼。她對戶部的情況並不瞭解，但是作為掌管錢糧的部門，竟然連軍隊的供給都給不出，實在是太過蹊蹺。聯想這幾年大雍總的來說還算風調雨順，要說土地減產因而糧食不夠，那是絕對構不成理由的。

「如今的戶部尚書，早年和聞家走得較近。」德妃話不多說，只點了幾句關鍵的。「糧食也可能的確不夠了，畢竟赤奴開戰也需要隨軍糧草，而赤奴田地少。」

有時候話不需多，德妃的這幾句話已經足夠讓梁玉琢想清楚裡頭的玄機，當下皺了皺眉頭。等到前面退朝後，鍾贛來找，梁玉琢果然從他的口中得到了自己想要的答案。

「他們怎麼敢……」梁玉琢瞪大了眼睛。

恐怕戶部尚書和廣文侯的關係好得能穿一條褲子，就連通敵這樣的事情，竟也是合作得十分融洽。

「潑天富貴面前，有什麼是不能做的？」鍾贛道：「太子雖然還未遭到陛下厭棄，但因之前太子妃母家的事，勢必會影響朝中大臣們對他的看法，廣文侯不敢把雞蛋都放在一個籃子裡，自然會選擇和別人合作。兩邊的好處，他一個都不想鬆手放開。」

梁玉琢抿著唇。「黑谷周邊真的調不出一點糧食了？」她想了想，問道。

「軍報說，目前靠百姓貢獻的糧食苦撐，要是再晚點，怕是不光黑谷失陷，之後其他幾座城也會在補給不足的情況下，接連戰敗。」

糧草，梁玉琢閉眼。「如果，我是說，如果我捐出今年的所有收成，能讓他們抵禦多久？」

鍾贛不語。

梁玉琢睜開眼，咬了咬牙。「今年的收成很好，除了下川村的那些地，還有我在周邊買的幾塊地，總共算起來也有幾千斤的糧食。我知道也許杯水車薪，但是能撐多久就撐多久，興許撐一撐，就能找著其他糧食度過難關。」

山雨欲來，永泰帝要怎麼對付廣文侯到這時候已經不值得梁玉琢再去關注了。在得知黑谷缺糧草，戶部卻在一邊哭窮的事後，她直接將手頭所有能調動的糧草全都捐獻了出來。她眼下住在宮中，進出不便，所有的事情便交託給了宮外的湯九爺。德妃感念她的好，將捐糧一事稟告給永泰帝。永泰帝大手一揮，直接派了幾個心腹幫著湯九爺去下川村調糧食。

令人覺得意外的是，在得知朝廷缺糧的消息後，下川村的里正帶頭動員周邊幾個村子，一齊為黑谷捐了百萬斤糧草。

要知道對於農戶來說，如果風調雨順，一年的產量扣除所要繳納的稅收，至多不過能保證一家人一、兩年的溫飽，這一下子就捐出了百萬斤的糧食，想必是讓那幾個村子幾乎騰空了每家每戶的存糧。

永泰帝感激萬分，轉頭命手邊人將此事記下，準備將赤奴趕出大雍國境後，便對下川村及周邊村子的百姓進行封賞。

糧草一事因有了梁玉琢和湯九爺等人的周旋，很快就得到了解決。永泰帝心知底下恐怕還有生著二心的人，於早朝時，當著眾臣的面直接詢問有誰願意護送糧草前往黑谷支援。

文臣們不語，武將則個個請命；可永泰帝不可能將這些身負要職的武將全都派往黑谷，視線在朝臣之中逡巡，最後落在了聞夷的身上。

永泰帝斂了臉上的笑。「聞卿，朕命你護送這些糧草去往黑谷，可是願意？」

聞夷愣怔，朝臣們似乎對於永泰帝這突然的指名有些意外，可愣怔過後，聞夷還是上前一步應下了這門差事。他比旁人要想得通透，廣文侯府如今的境況，聞夷是清楚的。他阻止不了家人的野心，但若能以一己之力為侯府留下一線生機，他仍然願意試一試。

然而，聞夷不知，在他領旨帶著糧草隊伍出京的當天，廣文侯便命人偷偷將家中子嗣、女眷送上馬車，想要偷溜出京，投奔赤奴。

只是，馬車不過才行至城門，卻忽然遭到了阻攔，一干家眷被徑直扭送關押。

此時，皇宮內，永泰帝看著下面跪著的廣文侯及定國侯，忽然笑了。

他對廣文侯府並無任何感情，就如他對聞皇后一般，只有敬重，並無夫妻之情。他對皇后這些年多有忍讓，卻是從不肯讓她爬到頭上。德妃早年也曾懷有骨肉，卻因廣文侯府的那些下作手段流了孩子，至此再不能生育。

他便是從那時起，疏遠了皇后，只在明面上還給她一國之母的尊嚴；可興許就是因為他的疏遠，讓聞皇后更加明白，與其和其他女人爭一國之君，不如為母家謀似錦的前程。

說到底，是他之過錯，養大了廣文侯府的野心。

所以，就在得到消息，證實廣文侯的確和赤奴有聯繫，並與之有謀反的動作後，他給聞皇后賜了酒水和白綾；但被禁衛軍如同鐵桶般包圍的皇后宮中，已經整整三日沒有傳出任何消息。

永泰帝看著跪在底下的廣文侯和定國侯，又看了看臉色難看站在一側戰戰兢兢的開國侯，忽然覺得，做人臣子的果然還是要聽話才好。

主意大的人，難抓。

「國舅啊！」永泰帝開口，見廣文侯眉宇間已不見往日的唯唯諾諾，反倒透著一股傲氣，不由笑得更深了些。「這些年，你做了多少欺君之罪的事？朕都快數不清了，你能仔細說說嗎？」

永泰帝問著廣文侯，視線掃過跪在廣文侯身後的聞愉。

那個當年出口成章、文思泉湧、驚豔朝堂的探花郎，早在被人頂替後，成了個碌碌無為之人，如今更是跪在底下不住發抖，彷彿只要他怒斥一聲，就能把人當場嚇得失禁。

廣文侯卻笑了笑。「陛下說的是什麼？」

沒有人一開始就有野心，廣文侯也是。

聞皇后入皇家前，聞家沒人想到有一天會得到這潑天的富貴，但人嫁給了太子，成了太子妃，日後就是皇后，聞家自然得到了不一樣的待遇。廣文侯的野心也是在這樣的待遇下，漸漸薰染出來的。

他做了那麼多的事，從蠅頭小利起，一點一點壯大了膽了，到後面甚至還和赤奴有了往來。說到底，跟赤奴的來往，不過是想得到些好處，故而把一些在他看來無足輕重的消息當作人情給了赤奴；不光是赤奴，他還和其他幾個小國有這樣的往來。

只是這一回，卻是栽了。

永泰帝心裡清楚，以廣文侯這些年的作為，是怎麼也不會在這裡承認自己犯的事。他並不打算給廣文侯辯解的機會，只點了點頭道：「欺君的事做得多了，你也記不住了。」殿外這時候傳來了宮人的通報聲。「啟稟皇上，廢后選了白綾，已在寢宮自縊。」

聲音落下的時候，廣文侯的神情明顯一震，跪在身後的閒愉更是直接失禁。

「陛下，皇后是一國之母，怎能說廢就廢……」定國侯這時候似乎撿回了一點神智，顫抖著開了口。

「朕既是要處置你們，又怎麼會將她留下，難不成還想等百年之後，讓她與朕合葬皇陵？」永泰帝嘆了一聲。「要不是當年先帝和太后喜歡，朕怎麼會立她為后，又怎麼會扶持你們聞家，讓你們生出了現在的野心？」

定國侯已經嚇得不敢再說話，跪趴在地上，渾身瑟瑟發抖；而廣文侯諸人面無表情，因為深知自己徹底沒了靠山。

「開國侯，幫朕給這幫人唸唸。」永泰帝嘆了口氣，接過韓非呈上的熱茶，搖頭。「朕要殺人，總是得讓人知道他到底為什麼必須死才行。」

開國侯鍾軼冷不丁被叫到，打了個顫，見鍾贛不動聲色地將手上的東西送到面前，他忍不住看了看這個被自己冷落卻得了天子青眼的長子。

鍾贛送來的，是已經整理好的廣文侯及定國侯聯手欺君，並裡通外國的證據。鍾軼的手在發抖，咬咬牙，將上頭寫的每一行字，一字一句地唸了出來。那被攤開在陽光下的證據，每唸出一個字，都叫人渾身戰慄，定國侯的臉一分又一分地變白，廣文侯的脊梁也一寸一寸地彎下。

到最後，他們這些欺君叛國之人，已經徹徹底底如爛泥般癱在地上。

「砍了吧！」永泰帝閉上眼。「也讓外頭跪著的那些人看看，犯了事的人究竟是個怎樣的下場。」

他說完話，不再去看底下，自有人揮刀斬首。

定國侯的驚呼還來不及從喉間發出，頭就已經落下。接連兩刀斬了兩人的頭，噴濺開的血落在鍾軼的身上，看著手中握刀的長子，鍾軼有些無力地往後退了幾步。

鍾贛卻面無表情，身側的小太監上前雙手接刀拿去一旁擦拭。

「廣文侯及定國侯暗度陳倉，屢犯欺君之罪，如今夥同赤奴，傷我大雍黎民百姓，陛下震怒，將其立斬。」

躲在角落的史官這時候終於弓著身子應了一句。振筆直書之下，曾經風光一時的廣文侯府與定國侯府再不會有過去的光景，史書之上，對其人的評價，再也不會逃離「謀反」兩字。

「都散了吧！」永泰帝睜開眼，似乎有些不忍被血染紅的兩顆人頭，無奈地擺了擺手。

「把這兩顆頭丟給外頭那些人看看。」

永泰帝帶著鍾贛等人解決廣文侯等人時，德妃這邊正在看二郎練字，梁秦氏在一旁給二郎趕製裡衣，時不時抬頭看一眼紅著臉虛心向德妃求教的兒了，一回頭，看見德妃身邊的宮女從屋外走了進來。

「梁姑娘呢？」德妃問。

「姑娘在外頭呢！想來是在等鍾大人。」

論理，像鍾贛這樣的身分，並不適合時常進出後宮；然而永泰帝考慮到梁玉琢的關係，允許他不時可憑權杖到德妃宮中探望未婚妻。

梁玉琢在得知永泰帝召見群臣後，就在宮門口站著了，這一站，就是兩個時辰。

兩個時辰裡，前頭的消息沒有一絲一毫傳到後宮，而聞皇后自縊的消息雖傳遍了後宮，卻因為聞皇后如今身分尷尬，後宮的嬪妃們誰也不敢前去看上一眼，就連身邊的太監、宮女也不敢往那邊派上一派。

第五十二章

誰都知道，廣文侯要倒了，聞家要倒了；於此同時要一起倒下的，除了定國侯府，還有朝中不少大臣。

有小太監得了消息，匆匆跑到宮門口，看見梁玉琢，忙躬身行了個禮。「梁姑娘，小的是在陛下身前伺候的小春子，韓公公特地吩咐了，讓小的過來給德妃娘娘和梁姑娘傳個消息。」

剛巧從旁經過的宮女，忙在前頭引路，將小太監領到了德妃身前。梁玉琢轉頭看了眼宮門外空蕩蕩的甬道，轉身跟上。

那小太監規規矩矩地給德妃見禮。「娘娘，陛下已經處置了廣文侯和定國侯，梁姑娘這邊已經沒了問題。」他將殿中發生的事，原原本本說了一遍，說到鍾贛揮刀砍下兩位侯爺的首級時，梁秦氏小聲驚呼了下，被二郎趕緊抱住手安撫。德妃也拍了拍心口，有些心驚。

唯獨梁玉琢，袖口之下緊握的拳頭，在這個時候漸漸鬆開，緊繃的神經也在這時候鬆弛下來，她緩緩鬆了口氣，從房中慢慢退下。

宮女在附近走動，見她出來，紛紛行禮。長長的裙襬勾住路邊一叢花草，梁玉琢彎腰去解，再直起身時，卻撞進了一雙溫柔的眼睛。

那人似乎特地洗了澡，髮梢掛著水，身上還帶著淡淡的皂角氣味，徹徹底底洗去了那一身本該有的血腥味。

「事情都解決了。」他道，伸手撫弄過她的臉頰。「我想娶妳了。」

梁玉琢愣了一下，迎著那溫柔的目光，終是笑著點了頭。

那些要命的事情一了結，鍾府上下就開始婚禮的籌備事宜，提親、合八字、過大帖、送彩禮、算日子、接媳婦；除了媳婦沒接，鍾贛差不多已經走完了三媒六聘全部的過程。

和鍾府差不多，梁玉琢的家裡十分熱鬧。她的住處是一座三進的宅子，母子三人帶著幾個下人住，倒是不顯擁擠。只不過前幾日，開國侯府和鍾府前後送來的幾擔彩禮，將院子堆得有些滿，梁秦氏不得已只好理了間屋子出來，這才把那些彩禮全都搬了進去。

下聘那日，梁家雖早早就得了消息，仍有些措手不及，畢竟誰也不會想到開國侯府一大清早會命人抬來彩禮。

而當天發生的事情流傳開後，開國侯府有很長一段時間，都淪為盛京裡上至皇親國戚，下至平頭百姓茶餘飯後的笑料談資。

都知道開國侯與少小離家的嫡長子鍾贛之間關係不睦，鍾贛這門親事也是自始至終沒有拜託開國侯府一次；有永泰帝的叮囑，開國侯鍾軼自然會將此事放在心上，但馬氏幾次三番的輕視，梁家也是心知肚明的。

因此，開國侯府最終送來的這十二擔彩禮，著實出乎梁家的意料。

更令人沒有想到的是，開國侯府送禮的人還沒來得及走，街頭就傳來了整齊劃一的馬蹄聲。原本聚在梁家門口看熱鬧的人們，循著聲音傳來的方向望去，遠遠地就能看見領頭十數個穿著飛魚服，一身剽悍氣勢的男人策馬而來，後頭還跟著長長的隊伍，似乎挑著什麼。

打頭的，正是梁家要結親的對象，未來的姑爺——鍾贛。

鍾贛胯下是他的坐騎踏焰，通體漆黑，唯獨那四蹄帶著白毛，由遠及近而來的時候，顯得特別英姿煥發。

湯九爺以娘家人的身分幫著處理開國侯府送來的那些彩禮，此時看見鍾贛過來，瞇起了眼睛。

「九爺，這……」有鄰居書生湊熱鬧，心下雖對錦衣衛有些畏懼，可看見這場面，仍然擋不住心底的好奇。

湯九爺撇了撇嘴。「收，兩家的都收，左右還是一家子，不收白不收。」

梁府門外眾人聽見湯九爺這話，哄堂大笑，還沒離開的開國侯府僕役滿臉尷尬，恨不能找個地縫鑽進去，也好過因侯府那些陳年往事叫人拎出來羞辱。

隊伍到了近前，梁玉琢也已經得知了門口的事情。她往門前一站，旁邊看熱鬧的人不由自主地讓了讓，看著鍾贛拉住轡繩，高頭大馬前蹄高高揚起，發出嘶鳴，一個個都忍不住抽了幾口氣。

「我來了。」鍾贛翻身下馬，邁步就要越過湯九爺往梁玉琢面前走。

梁玉琢彎了彎唇角，看著湯九爺腳步一動，擋在了自己的面前，朝開國侯府的僕役揚了揚下巴。「嗯，怎麼侯爺那邊也送來了？」

鍾贛冷冷地看了眼開國侯府的那些僕役，顯然侯府送出的這些彩禮，事先並沒有與他打過招呼。

那幾個僕役滿頭冷汗，弓著背，不敢抬頭，只唯唯諾諾地解釋道：「是……是夫人吩咐小的們把這些彩禮送過來的。」

鍾贛神色不變，命人將自己帶來的彩禮一併抬進梁家。二十個紅木箱子，分成四列，一字排開，每列兩端都立著一個虎背熊腰的錦衣衛，老三、老五則在梁府下人的引路下，去了後頭察看先行搬進去的開國侯府送來的彩禮。

紅木箱子打開的時候，梁府的大門已經關上，那些不死心的看客們被湯九爺帶著人請走，等到他走到院子裡，看見那些打開的箱子裡的簪環釵鐲、五色彩緞等物，便知是鍾贛親自督促購置，著實用了心思的。

看得出來，鍾贛對梁玉琢是真心重視和喜愛。

梁玉琢站在梁秦氏的身邊，對於箱子裡的這些彩禮，看得咋舌。不說別的，她上輩子參加過那麼多親朋好友的婚禮，見過不少送彩禮的架勢，遠遠不及現在這樣看得驚人。

光是那一箱金銀，都是貨真價實的東西。

鍾贛親自將彩禮單子呈給了梁秦氏。梁秦氏有些慌張，拿著單子的手在發抖，許姑姑從旁輕輕扶了一把，她才鎮定下來。

彩禮沒有貴重不貴重的說法，上頭的一切都代表了男方對女方的心意。梁秦氏看著彩禮單子上鍾贛的筆跡，眼眶漸漸濕潤，想起了自己那早逝的丈夫。

另一邊，已經打開箱子，察看過開國侯府送來的彩禮的老三、老五，臉色難看地回到鍾贛身邊，低聲將察看到的情況說予他聽。

鍾贛點點頭，轉頭對梁玉琢道：「侯府送來的那些，先收著，回頭我讓他們給妳補全。」

梁玉琢愣怔，轉頭去看原先領著老三、老五過去察看的下人，那人臉色難看，氣憤道：「那些箱子裡頭大半都是空的，還有一些在彩緞底下藏著大青磚，要不是察看了一番，小的還當侯府送來的是多少的彩禮呢！」

開國侯府送來的十二擔彩禮，個個看著沈甸甸的，從外觀上看，與那些大戶人家送的並無差別。梁家原先得知開國侯府竟然也送了彩禮來，還覺得有些詫異，梁秦氏特定親自和下人一起理出一間空屋用來放置彩禮，當時誰也沒想到要打開察看。

畢竟，這種事情，有誰會料想到裡頭還藏了貓膩？

「馬氏這人多的是上不了檯面的小動作，妳不用在意，這事我會處理。」鍾贛說完，向梁秦氏行禮。「岳母，侯府既然要送彩禮，小婿定然會讓他們仔仔細細送上一份。」

他說完話，差人將自己帶來的彩禮全都抬進後院，再把開國侯府那些箱子裡的青磚、石塊另外從後門運走，梁玉琢和湯九爺一道把他送出了梁家大門。

老三拉過踏焰，鍾贛翻身上馬，居高臨下看著開國侯府那幾個戰戰兢兢的僕役。「回去告訴你們夫人，都到這個時候，該有點侯府主母的樣子了。」

話畢，他調轉馬頭，踏焰一聲嘶鳴，領著眾人沿著方才過來的路，漸漸遠離梁家。周圍的幾戶人家紛紛探出腦袋想要再打聽打聽，卻見梁家已經關上了門，大清早的熱鬧似乎全都鎖在了院子裡。

鍾贛離開梁家，騎著馬就去了開國侯府。開國侯鍾軼如今不敢進宮，這段日子以來一直告病在家休養，順帶約束住了生性跳脫、總想要出府的鍾翰。

父子兩人此時正坐在茶室內對弈。

「你大哥怎麼這時候來了？」鍾軼聽到小丫鬟傳話，趕緊讓鍾贛進來，開口問道：「侯府的彩禮可是都送去梁家了？」

「嗯。」

「送去了就好，你到底是侯府嫡長子，無論怎樣，梁氏日後也是侯府的宗婦，彩禮理該由侯府送出……」

「侯爺，開國侯府送去梁家的那些紅木箱子裡頭，究竟有多少是彩禮，又有多少是青磚、石塊，你知不知情？」

鍾軼一震，從棋桌前騰地站了起來。「你說什麼？彩禮裡頭，摻著青磚、石塊？」

鍾贛冷眼看著他，將候在門外的老三、老五召來，鉅細靡遺地將梁家發生的那些事一一說予他聽。

當得知侯府送彩禮的僕役被鍾贛帶了回來，鍾軼忙召來管事把那些人拖走仔細審問。

鍾、梁兩家的親事，那是永泰帝金口玉言同意的。即便對他們來說，娶一個鄉下小娘子為宗婦，實在是低娶了，可天子一言，那就是聖旨，再大的不滿也只能嚥下；更何況，明眼人都看得出來，鍾贛是當真喜歡那位小娘子。

鍾軼不敢相信從侯府送出的那些彩禮裡頭，竟然會摻了別的東西；可鍾贛從不撒謊，他也不必在自己的婚事上下這樣一個套子捉弄侯府。

管事很快回來，不費吹灰之力地將那些事情審問得一清二楚，回稟給鍾軼時，垂著頭不敢抬起，說完了，他壯起膽子，問道：「侯爺，這事……該如何處理？」

鍾軼臉色鐵青，就連一旁的鍾翰此時臉色也十分難看。父子兩人怎麼也沒想到，那些彩禮讓馬氏叫人連夜換了一大半的內容，往裡頭塞青磚、石塊來填充分量，就她送出去的這些數量，和外頭尋常家世稍顯殷實的商戶送得幾乎無差。

如果只是尋常百姓間的婚嫁，這些彩禮足矣；可他們是侯府，不是平頭百姓，這門親事也不是什麼普通的親事，它是天子親口允諾的，馬氏此舉，無疑是直接往侯府的臉上狠狠打了幾個巴掌。

鍾贛看著鍾軼，不發一語。他們父子之間的感情很淡，幾乎只是連著一張薄薄的紙，只要輕輕一戳，就能徹底戳破。馬氏從嫁進侯府開始，就成了隨時會戳破那張紙的人，這次，她是過分地踩在了鍾贛的底線上。

「侯爺，開國侯府需要的是一位通情達理，且聰明能幹的侯夫人，而不是一個處處扯後腿，執著於小情小愛，目光短淺的女人。侯爺如果捨不得，就該讓她歇歇，有些事，可以煩勞別人。」

鍾贛的暗示十分清楚，以開國侯的身分，鍾軼身邊的女人並不少，要不然小小年紀的鍾翰也不至於還未成親，房裡就有了不少伺候人的鶯鶯燕燕。

鍾軼當年雖與馬氏一見鍾情，再見傾心，甚至於鬧出了未婚先孕，匆忙續弦後，名為早產實則足月生子的事；但鍾軼並不是娶了一個馬氏，就沒再睡過別的女人。

這些年，光是馬氏想方設法塞給鍾贛，卻被鍾贛轉手塞進他房裡的女人就不在少數；哪怕後來馬氏死了養廢鍾贛這條心，但因為年紀漸長、姿色不再，為了籠絡住丈夫，她不得不特地挑選容貌不差的女子推到他的身邊，裝作一副賢妻的模樣。

因此，真要說鍾軼如今對馬氏還有多少感情，也不過就是幾分憐愛罷了。鍾軼還真的就在那些伺候他的女人裡，發現過其他真愛。

鍾贛的暗示，分明就是要他做出一個決定。

「大哥……」鍾翰張了張嘴，被鍾贛漫不經心地掃了一眼後，終究只能嘆了口氣。「別把她送走……」

「侯爺。」鍾贛不去回答，反而看向沈默的鍾軼。

後者彷彿經過了漫長的思考，長長一聲嘆息後。「我會處理好這樁事的，少的那些彩禮，我這就叫人送過去。」

彩禮單子是馬氏列下的，鍾軼也過目了，原以為不會出什麼紕漏，這才沒有親自察看，沒想到竟會發生這樣的事情，馬氏顯然不能再放縱下去了。

鍾贛沒有說開國侯府不必另外再補送彩禮，他樂得有人多送東西到梁家，那是他未來夫人的家，那些彩禮將作為他的夫人今後傍身的東西，自然多多益善。

他沒有在侯府過多停留，解決完一樁事，當即選擇了離開。成親前，還有太多的事情需要親自處理，永泰帝那邊也時常召見他進宮，他不可能在侯府留著等鍾軼處理好馬氏，只吩咐老三時刻盯著，出了結果就立刻回稟。

老三當即應聲，接著看著開國侯父子嘿嘿笑了兩下。

長子離府後，鍾軼在茶室內走了幾個來回，終於停下腳步看向鍾翰。

這是他最鍾愛的兒子，過去無數次的枕頭風讓他想把侯位留給這個兒子；但現在，馬氏一次次的犯渾，讓他不得不擔心侯府如果交到了這個兒子的手裡，會不會因為有那樣一個不知天高地厚的生母，硬生生被天子奪回。

「去，把夫人叫來。」鍾軼命人去請馬氏，自己則坐回到棋桌前，與臉色難看的鍾翰一起繼續方才沒有下完的棋局。

只是這一局棋，注定是殘局。

馬氏進屋後，依然是從前那副做派，身後服侍的丫鬟魚貫而入，分別端來椅子、奉上茶水，還有人專門在旁邊打扇捏腿。

鍾軼落下一子，搖頭嘆氣。鍾翰捏棋子的手抖了抖，驀地握拳。「退下。」

那些丫鬟嚇了一跳。鍾翰的脾氣算不得好，侯府裡的丫鬟、僕役不敢小覷，忙手忙腳亂地收好東西，匆匆退出茶室，鄭重關上了房門。

「這是做什麼？」馬氏有些漫不經心地抹了抹唇角。

她昨晚命人往彩禮裡頭動了手腳，儘管侯爺宿在別處，也擋不住她美孜孜的心情。一想到梁玉琢開箱子後見到底下那些青磚、石塊的臉色，她就覺得好開心，以至於根本沒有注意到父子倆鐵青的臉色。

「做什麼？妳知道自己做了什麼嗎？」鍾軼丟下手裡的棋子。

「我做了什麼？」馬氏一下攥緊了手中的帕子。「我能做什麼？」

「妳還問，妳做的那些好事，妳真是……妳真是丟盡了我開國侯府的臉面。」

馬氏拔高聲音，心虛道：「我……我不就是給你寶貝的那個柳氏下了點藥嗎？孩子還留著沒掉下來，你發……發什麼脾氣？」

鍾翰倒抽口氣，再看鍾軼的臉色已不能說是鐵青，而是直接黑了。他這幾年，子嗣不豐，即便生下來也多數早夭，原以為是命，卻沒想到竟然……這裡頭還有馬氏的手筆。

「妳這個女人……」鍾軼氣急。「害我子嗣一事，今日暫放一旁。妳今早是否叫僕役把彩禮送去了梁家？」

一聽梁家，馬氏臉色當即變了。原先她還喜孜孜的，覺得自己聰明極了，不動聲色地就羞辱了那個上不了檯面的小村姑，這會兒發覺事情敗露了，侯爺似乎很不滿她的這番舉動。

雖然馬氏還未承認，可她下意識移開的視線，還是叫鍾軼的心沈了下來。

到如今還不去想如何挽回長子，反倒一個勁兒地得罪人……馬氏的所作所為，已經徹底令鍾軼寒了心。

「不能叫妳再這樣繼續下去了……」

「侯爺。」

「妳叫也沒用了。」鍾軼怒不可遏。「妳還記不記得，景吾的這門親事是誰做的主？是今上，做主他親事的是今上，不是妳我。」

馬氏攥緊帕子，心急道：「那又怎樣？景……景吾是……是開國侯府的嫡長子，就……就該聽父母的……」

「這麼多年，妳從沒成功拿捏過他，這種時候就不要添亂了。」

「我添亂？我怎麼添亂了？那個從鄉下來的丫頭哪裡夠資格成為……」

從馬氏的嘴裡聽不到好的話，鍾軼頭疼欲裂，顧不上旁邊還站著他和馬氏所生的鍾翰，當即命人將她拿下。

「妳要是再不老實一點，我就把妳送到外面去。開國侯府要的侯夫人是上得了檯面、端莊得體的女人，不是一個瘋子潑婦。」

「鍾軼，你怎麼可以這樣對我?!」馬氏難以置信地大喊。過去那些年，無論她怎麼在暗地裡拿捏鍾贛，這個男人明明都是放任的，現在怎麼就成了這樣？

鍾軼閉了閉眼，那時和現在不一樣了。鍾贛還是那個鍾贛，但永泰帝不再像從前那樣對世家子弟睜一隻眼、閉一隻眼，廣文侯、定國侯兩家的事情，明明白白告訴朝中所有人，不是今上不知他們在魚肉鄉里、為非作歹，真要動手的時候，捏死他們不過如捏死螻蟻。

他不是突然有了父愛，他是怕了。

馬氏最後到底還是被禁足在後院。畢竟念著一日夫妻百日恩，鍾軼不捨對馬氏下什麼狠手，只是奪了管家的權，全數交給了新近才帶著孩子回府的文氏。

鍾軼做的這一切，都沒有避開鍾翰。那天，鍾翰這輩子第一次聽到了他的父親後悔莫及的話。「娶妻當娶賢。」

第五十三章

「侯爺到底對夫人還留有幾分情面，要不然以夫人這些年做的事，光是謀害侯爺子嗣這樁事，理當休妻另娶。」

文氏是鍾贛生母常氏的陪嫁，生性溫和，不與人爭風吃醋。彩禮的事情發生後，鍾贛就去見了早些年搬出侯府的文氏，建議她帶著孩子回府。

開國侯府需要一個能夠掌家的女人，這個女人原本應該是馬氏，但馬氏行為無度，對現在的開國侯府來說，不另娶的話，就只能交託給後院的其他女人。

文氏曾在常氏身邊協助掌管侯府，對府內的一干事宜瞭解得一清二楚。馬氏進門後，為避嫌和護住幼兒，不得已選擇出府獨住，論資格，她比開國侯身邊其他女人都更有資格代替馬氏掌家。

因此，文氏回府就成了順理成章的事情。

梁玉琢頭一回見到文氏，對她有些陌生，只是文氏說話輕聲細語，倒不讓人覺得過分親近和過分的疏離。

「小娘子日後嫁進鍾府，那就是景吾的妻。阿姊在天之靈，定會保佑你們夫妻兩人和和美美。」文氏笑起來的模樣十分溫婉，文文弱弱的，與那些有意無意過來打探情況的開國侯其他妾室沒有一絲一毫相似之處。

「侯爺這些年所有的孩子都是……她害死的？」

雖然知道，自己嫁的那個人早已打定主意不回侯府，但梁玉琢仍舊想知道，開國侯府內那些明裡暗裡的事情。文氏既然會來找她，想來也是鍾贛的意思。

文氏看著梁玉琢，淺淺笑道：「一個人哪有那麼大的本事，不過是互相猜忌，互相下手，以至於誰也沒落得好。今日妳害我沒了孩子，明日我就害妳失去骨肉，至於究竟是誰害死了誰的孩子，又有誰能說得清楚？」

文氏抿了口茶，感慨道：「夫人還在世時，就差點吃過那些女人的虧，這些年，馬氏能安然無恙地養大自己的孩子，自然是要比那些女人厲害一些。」

開國侯府和鍾府如今雖是兩個不同的府邸，但在外人眼裡，鍾贛仍舊出身侯府，是開國侯鍾軼無法否認的嫡長子。因此，梁玉琢出嫁後，不可避免地會和開國侯府那些親戚或多或少地有些接觸。

她不是那等受了委屈會獨自忍受的人，鍾贛也不願他的妻子縮在一個小天地間，風也好、浪也好，只有自己去迎面經歷，才不至於被打得措手不及。

但在經歷前，鍾贛不介意讓妻子先對那些人有進一步的瞭解。

文氏的作用，就是在梁玉琢出嫁前，將開國侯府那些親戚關係、院內妾室的基本情況說予她聽，以方便她日後行事。

這一說，日子就慢慢悠悠地到了出嫁那日。

三月初十，黃道吉日。

盛京的婚俗，是新郎黃昏才來迎親。梁玉琢清早起來後，慢條斯理地核對完上月的帳本後，才在鴉青的催促下吃了午膳，然後沐浴更衣。

新嫁娘要絞面，來給梁玉琢絞面的是宮中德妃為她親自挑選的全福夫人。這位全福夫人姓段，曾是德妃身邊最貼心的大宮女，後來由德妃親自指婚，出宮嫁給了五品武將。父母健在，夫妻和睦，兒女雙全，盛京之中，無人不稱段夫人是個有福氣的人。

照著風俗規矩，鴉青給段夫人備好了兩個大大的紅包，但段夫人並不在意紅包的大小，隨手一塞，她仔細端詳梁玉琢，笑道：「好模樣，是個好模樣、有福氣的孩子。」她又看向梁秦氏和跑進跑出幫忙的二郎，道：「瞧這兩個孩子的模樣，夫人當真是積了大德，生養了兩個好孩子，小郎君來日必成大器。」

梁秦氏滿臉是笑，神情仍有幾分局促。「承您吉言。」她把二郎叫來身邊，看著即將出嫁的女兒，心裡起起落落，終究舒了口氣。

梁秦氏是頭回嫁女，自己當初出嫁時，只顧得上緊張，哪裡還記得出嫁前要給新嫁娘做些什麼？徐嬸雖被請了過來，可俞家只有三個兒子，徐嬸也不懂盛京的風俗，只能和梁秦氏一道，手足無措地站在屋子裡，看著梁玉琢被按在銅鏡前，規規矩矩地打扮著。

女兒家都經歷過絞面，梁秦氏和徐嬸當年出嫁時也不例外，只是鄉下老婦手腳雖俐落，到底粗笨了一些，她們兩人還記得當年臉上火辣辣的疼。

段夫人給梁玉琢絞面的時候，動作又快又俐落，敷上的那層白白的粉，也透著香香的氣味，還沒等梁玉琢喊疼，段夫人手裡的活就已經結束了。

再後面，便是又圍了幾人，在她的臉上塗脂抹粉、描眉畫唇。梁玉琢只能坐在那裡，老老實實地由著身邊的這些人往她頭上戴許多東西，稍稍一動，不光會有響聲，還沈甸甸得頗有分量。

透過鏡子，梁玉琢看得見自己一腦袋的金銀雜寶花釵簪，只覺得好在迎親是在黃昏，她不必從大清早就頂著這一腦袋的首飾，一直等到夜裡入洞房，真要是那樣子，她脖子就得僵了。

這樣仔仔細細地一番搗鼓，日頭竟已經開始西斜。

廚房做了香甜的紅棗粥，在一屋子的女眷注目下，梁玉琢吃了小半碗，算是墊了肚子。

照著風俗，新嫁娘出門前，家中的姑嫂女眷都要說上許多吉利話。老梁家那些親戚，梁玉琢都沒有邀請，只請了村子裡關係不錯的幾戶人家，那些吉利話從她們的口中說出來，要比老梁家的三姑六婆過來親切得多。

趁著迎親隊伍還未來，梁秦氏和徐嬸一道，又將梁玉琢的隨身物件，仔仔細細核對了一遍，見並未遺漏什麼，這才舒了口氣。

這時候，外頭噼哩啪啦一陣喧鬧，迎親隊伍浩浩蕩蕩地上門了。

依照盛京的風俗，郎君成親時，可穿比自己品級高一些的禮服，然而鍾贛已身居高位，再高便容易落人口實，他穿的是盛京極流行的絳公服，黑馬踏焰胸前還佩了一朵大花。

他的左右是朝中如今炙手可熱的兩位新科狀元和探花，身後跟著錦衣衛一干兄弟，就連鍾翰也以儐相的身分混在其中。

湯九爺站在門前，嘴角抽搐，轉頭衝著滿臉興奮的二郎冷哼道：「你阿姊還真是找了個有本事的男人。」

文有狀元、探花，武有錦衣衛，想要為難一番新郎官，似乎很有難度；但有難度，不代表就這麼放過。

湯九爺拉上俞家兄弟倆，在門口輪番上陣。可惜，九爺年紀大了，又從來不是那般博學之人，絞盡腦汁想到的幾道題目，兩位新科進士略一思量，當即就答了出來；他又想了幾道數學題，連雞兔同籠都問了出來。

只可惜，能考中狀元、探花的，從來不是普通人，雞兔同籠這種問題，輕輕鬆鬆便解答了出來。

湯九爺無奈靠邊，換上俞家兄弟。

俞家兄弟倆不會文，勉強會點武，但那只是應對山中野獸的，兄弟兩人一左一右往前站，老三嘿嘿笑著從錦衣衛當中走了出來。

眼看著為難新郎官是不可能了，湯九爺使了個眼色，二郎立刻轉頭衝著門後喊。「新郎要進門啦！」

許姑姑早叮囑了手下幾個小丫鬟守在門後，一聽到二郎的聲音趕緊回來稟告。小丫鬟前腳往主屋跑，後腳，梁家的大門就在高叫呼喝中失守，儐相們鬨笑著擁著鍾贛朝府內走。

梁秦氏今日穿了一身簇新的衣裳，她是新娘的生母，過去在鄉下苦了那些年，如今到了盛京，雖舉止還顯得小家子氣，但應了那句「人靠衣裝馬靠鞍」，容貌氣度上已和從前有了區別。

她坐在正廳，看著下首向自己叩首的鍾贛，接過準女婿敬上來的茶，眼眶漸漸發酸、發紅。丈夫早逝，如今送女兒出嫁的唯有梁秦氏自己，她身側的椅子空著，擺著命巧匠新做的靈位，那裡本該坐著她的丈夫，和她一起受女婿的敬茶和稽首。

梁秦氏嘴裡發苦，可更多的還是欣慰，她那受了那麼多磨難的女兒，終究遇上一個不會令她再受委屈的男人。

梁秦氏端莊地坐在上首，照著許姑姑教的那些，說了幾句頗為體面的話，到後面眼角泛出隱隱水光，聲音也帶上了哽咽。等到鍾贛朝梁秦氏行完禮，同樣一身簇新的鴉青與侍娘、婢女扶著盛裝的新嫁娘緩步進入正廳。

鍾贛眼神微動，等到與梁玉琢並肩後，躬身向梁秦氏叩首拜別。

梁玉琢一身紅喜服，以團扇掩面，叩首時聽到了梁秦氏哽咽的聲音。她稍稍抬頭，視線越過團扇，對上了梁秦氏的眼睛。

她們母女之間，錯過了太多的東西，如今想要修復，也難和好如初；可如今梁秦氏眼中的真切祝福，仍是觸動了她。

梁玉琢胸口酸澀難言，垂下眼，避開了淚光閃爍的梁秦氏的眼，直到被充當兄長的俞大郎揹上轎子，她才抬手摸了摸眼睛。

眼角濕潤，竟是不知不覺也落了淚。

八人抬的大轎平穩地走在盛京的街市上。轎內翠珠裝點，轎外描金繪彩，長長的隊伍雖比不得公主出嫁，卻也叫人圍觀了一路，街道之上，滿滿皆是人群的笑論聲。

不時還有障塞者湊上前來，要吃要喝、要財帛。對付這些湊熱鬧、開玩笑的傢伙，自有老三領著人應對，大多給些牛羊、布帛、酒肉，偶爾也會碰上政敵故意安排的，想在大喜之日給人觸點霉頭的市井混混，錦衣衛的刀劍這時候就派上用場。

至於事後是否會有御史上書彈劾，便不是鍾贛會擔心的事情。

梁玉琢大約在轎子裡坐了半個時辰的工夫，天色已經徹底暗下。她下了轎，手裡的團扇還遮著臉，回頭時看見花燈夾道，終於發覺，自己真的是出嫁了。

「姑娘，是不是不舒服？」鴉青扶著她下轎，見人出神，忙關切道。

梁玉琢回過神來搖頭。「沒事。」

鍾府早已做好了一切的準備，見迎親的隊伍回來，新嫁娘下了轎子，當即就有人點起了鞭炮，賓客賀喜聲陣陣，一片喜氣洋洋。

梁玉琢一手搭著鴉青的手腕，一手舉著團扇，踩著地上鋪設好的長長喜毯，一步一步通往喜堂。她滿腔的酸澀和感慨，在之後的時間裡，因為如同木偶一般的起立下拜、轉身再拜，被磨得只剩下哭笑不得。

嗯，好歹以前是參加過現代婚禮的，知道結婚是件又麻煩、又折騰人的事情，但沒想到古代更折騰。電視裡看到的天地高堂、夫妻對拜全部行過一遍後，梁玉琢被鍾贛牽引著入了洞房。

她心裡已經做足了準備，想著要在洞房裡接受鍾家那些女眷們的「慰問」；誰知她被按坐在喜床上後，那些陸續進屋的女眷卻一個賽一個地好說話。

「一雙同牢盤，將來上二官。為言相郎道，繞帳三巡看。」媒官說著吉祥語，捧上盛著肉飯的「同牢盤」走上前來。

團扇已經放下，梁玉琢看了看鍾贛，他低頭張嘴，由著媒官餵了三口飯。梁玉琢隨即學樣，老老實實吃下三口肉飯，只覺得口腔裡滿滿都是豬油的味道。

「吃了這同牢飯，再飲合巹酒，夫妻啊，必定和和美美一輩子。」一個一身珠翠錦繡的婦人笑盈盈地打趣道。

媒官笑著又端了一碗東西上來，卻不是合巹酒，反而是一碗熱騰騰的餃子。在眾人打趣的目光下，媒官挾起一顆餃子，遞到了梁玉琢的嘴邊。

電視劇裡也總有這麼個生不生的風俗，梁玉琢看了看明顯發白的麵團，硬著頭皮咬了一小口。

「生不生呀？」女眷們笑嘻嘻問道。

梁玉琢低頭，小聲道：「生。」

女眷們一陣打趣，又見有童子端來兩只金銀盞子，笑道：「合巹酒來了，快喝、快喝。」

媒官接過兩盞酒，分別遞給小夫妻倆。「一盞奉上女婿，一盞奉上新婦。」完了，叮囑道：「小夫人若是不擅飲酒，喝一口就成。」

梁玉琢笑笑，和鍾贛喝了手中的合巹酒，又老老實實挨了女眷們湊熱鬧似地撒了一大把的花生、紅棗、桂圓、蓮子，稍稍一動，屁股底下就能硌著一顆花生或是滾圓的蓮子。

她挪了挪屁股，臉上發燙，再抬頭，正對上鍾贛深沈的眼。

「瞧瞧，這就看上了，我們可都還在呢！」有婦人笑著碰了碰身邊的人，轉身朝眾人道：「行了，咱們也趕緊去前頭吧，景吾成親可是來了一大群賓客。」眾女眷笑著互相推推搡搡，又各自說了些吉利話，這才妳帶我、我帶妳地魚貫而出。

禮成之後，鍾贛就被叫出去待客了，臨出門時似有些不放心，回頭又看了幾眼，直到文氏忍著笑拍了拍他的後背，這才出去。此時的洞房內，除了幾個貼身伺候的小丫鬟，只留下了文氏和媒官。

文氏是開國侯的侍妾，又是陪嫁出身，論理不該出現在這等場合；但鍾贛的外祖家，也就是常氏的母家，在不久之前認下文氏為女兒。因此，她即便為妾，背後卻是勛貴常家，是以鍾贛姨母的身分出現，即便還有人指指點點、議論紛紛，也有了底氣。

「要是餓了，就讓人去廚房說一聲，前頭的酒宴不知會喝到什麼時候，別在後頭虧待了自己。」

當年常氏成親時，文氏就跟在身邊服侍，開國侯對這個妻子並無太多歡喜，直在前頭酒宴上喝得爛醉才回房。文氏看著房內的一切，想起當初的那些事情，不免又叮囑了幾句。「讓丫鬟們先伺候妳洗把臉，把頭上這些取下來吧，怪沉的，夫人當年頂著這些坐了一晚上，第二天脖子都僵了。」

她說完話，叫來伺候的丫鬟，仔仔細細地叮囑了一番，這才與媒官一道出了門。

鴉青領著鍾贛安排給梁玉琢的幾個小丫鬟出去打水，不多一會兒工夫便端著個臉盆子進來，後頭幾人分別拿了水壺、香胰子、毛巾等物。

頭上的首飾被摘下來的時候，梁玉琢鬆了口氣。這年頭沒有卸妝水，她只能換了幾盆水，才把臉上的脂粉洗盡，完事後換上簇新的常服，坐在桌旁伸了個懶腰。

鴉青忍不住笑道：「姑娘這是累了嗎？要不要給妳捏捏？」

「捏。」梁玉琢睜大眼，忙和小丫鬟一道把床上拋灑的那些花生、桂圓、蓮子、紅棗一股腦兒地清理乾淨，然後往床上一趴。「我好累，骨頭都快僵了。」

丫鬟們開門出去了，屋子裡就留了她們主僕兩人。鴉青暖了暖手，開始給梁玉琢鬆筋骨。「聽說，成親就是這麼累的，但姑娘心裡肯定是甜孜孜的。」

梁玉琢瞇著眼，笑了笑。

她從沒想過穿越，可老天爺讓她穿越了；她從沒想過會嫁給一個自己喜歡的人，老天爺讓她遇到了這個人；她從沒想過能順順利利地和這個人成為夫妻，老天爺讓他得以披荊斬棘，安然無恙地歸來迎娶。

她有太多的沒想到，但能想到的是，從今以後，她嫁為人婦，未來會為人母，無論身分怎麼變，這個男人都會在身邊。

也許是鴉青的手勁太舒服了，梁玉琢不知不覺睡了過去，再醒來時，屋內嬰兒手臂粗的龍鳳雙燭已經燒掉了三分之一，鴉青坐在腳踏上，倚著床沿也睡著了。

梁玉琢在床上小心翼翼地翻了個身，肚子湊巧發出咕嚕聲，鴉青瞬間睜開眼。「姑娘餓了？」

午膳只吃了幾口粥，這個時辰早該餓了。

梁玉琢點了點頭，正欲喊人去廚房，屋外忽然傳來一陣喧鬧，然後有人喊道：「大人回屋了。」

第五十四章

梁玉琢還有些迷糊，聽到這聲喊，陡然清醒過來，從床上跳了下來，想了想，又拉了拉衣裳，重新坐回到床沿。

完了。她眼角掃過床榻，見上頭有些亂，趕緊轉身撫平，此時隨著房門被人從外頭重重打開，一陣酒氣也隨之瀰漫進來。

老三十分吃力地扶著鍾贛進來，一個不留神，將他重重地砸在了床榻上，梁玉琢嚇了一跳忍不住看了兩眼被丟到床上的醉鬼，見他閉著眼沒多大的反應，這才鬆了口氣。「鴉青，去廚房要碗醒酒湯來。」

鴉青應了一聲，說著就要出門，老三大手一揮，樂呵道：「走了走了，前頭的酒宴還沒散，這會兒被弟兄們纏得沒人能過來鬧洞房，不用擔心有不長眼的這時候過來鬧騰。」

老三說著哈哈大笑，壞心眼地嘿嘿兩聲出了門，鴉青也出門去廚房裡，幾個小丫鬟進屋，伸手想要扶起鍾贛，為他洗漱。

梁玉琢看了看那兩個看起來不過十三、四歲，瘦瘦弱弱的小丫鬟，搖了搖頭。「妳們去打點水，這裡我會照顧。」

小丫鬟面面相覷，應聲出門。梁玉琢站在床邊，扠腰看著躺在床上爛醉成泥的男人，抿了抿嘴。「臭死了。」

她才說完話，誰知床上的醉鬼忽然睜開眼，雙目清明，沒有絲毫醉態。「總算不用喝了。」

鍾贛身上滿滿都是酒氣，因為成親，用的酒都是盛京最大酒莊的佳釀，喝上幾盅就能叫人醉得一塌糊塗。鍾贛雖然沒醉，但也是微醺，坐起身後略晃了晃腦袋，醒醒神。

「吃過東西了嗎？」鍾贛靠在床欄上，微眯起眼睛，一邊說著話，一邊伸出手試圖去牽梁玉琢。

「吃過了。」梁玉琢往鍾贛身前走了走，皺了皺鼻子，道：「好臭。」

鍾贛愣了愣，哭笑不得。「真這麼臭？」見梁玉琢點頭，鍾贛嘆氣，下床站起身，摸了把她的臉。「我先去沐浴，乖乖等我回來。」

隔間已經預備好了浴盆、熱水，鍾贛起身去了隔間，留梁玉琢一人待在內室，她看了看屋內的龍鳳雙燭，捧著茶盞接連喝了幾杯茶水，不多一會兒工夫，鍾贛就回來了。

酒氣被沖洗乾淨，一身雪白的中衣，濕漉漉的頭髮披在腦後，顯得尤其慵懶。幾個小丫鬟原想著進屋伺候，門口還沒邁進，就被他掃了一眼，趕緊低頭縮了縮脖子。

「嚇唬她們做什麼？」

正巧鴉青端來解酒湯，梁玉琢上前接過湯碗，示意她把人帶下去。

房門關上，梁玉琢端著湯碗走到鍾贛面前，鍾贛接過碗，仰頭一口喝完。「沒必要的人不需要進屋。」他說著又摸了把梁玉琢的臉，手指順著臉頰往下滑，勾住她的衣領。「是不是該睡了？」

梁玉琢被灼熱的目光看得渾身發燙，喉嚨突然發乾，她乾咳兩聲，別過臉。「你頭髮還沒乾。」說完找了條乾淨的巾帕，仔仔細細給鍾贛擦起頭髮。

梁玉琢這些年只給二郎擦過頭髮，二郎年紀小，無須她多費勁就能擦完一整個小腦袋，但鍾贛不同，哪怕是坐下來，梁玉琢都擦得有些費力。

她咬了咬唇，對上男人幽深的眸子，明顯感覺自己耳朵滾燙起來。

鍾贛的眼睛生得極好，黑白分明，此時帶著微微的醉意直直看著人的時候，只覺得鋒利得好像他的佩刀。龍鳳雙燭的燈火熠熠生輝，映在他的眼睛裡，似乎能看見跳躍的火苗。

梁玉琢呆了幾秒，忙背過身去。「要不要喝水？」

她忙著給鍾贛倒水，絲毫不知身後男人落在自己身上的視線有多幽深。

她穿的是新做的一件常服，因不用出門待客，便未穿外頭搭配的衣裳，只著了件月牙白的小襖，下面是正紅束腰裙，腰帶勒得緊緊的，從背後看去只能看到纖腰一束，纖不盈握。

鍾贛看著梁玉琢那纖細的腰肢，嘴裡一陣發乾，等到她回身遞來茶盞，他的視線正好又撞上了被小襖掩藏著、鼓起的胸脯。

鍾贛喝完水，看著梁玉琢把茶盞放回桌上，磨磨蹭蹭就是不往床邊過來，輕笑一聲，曖昧道：「不過來嗎？」

梁玉琢深吸一口氣，老實道：「我還沒準備好……」

他們婚前偶爾也會有親暱的舉動，有時隔著衣料頂弄，梁玉琢都能清楚地感覺到男人那物什的可怕，要是真槍實彈地來……

鍾贛根本不會放任梁玉琢想那麼多有的沒有，他揮揮手，道：「我教妳。」說著便站起身，他個高腿長，幾步就走到梁玉琢的身邊，一把握住了她的手。

「雖然說實踐出真知是沒錯啦，但是……」梁玉琢試圖做最後的掙扎，她有些害怕，可從確定關係的那一刻就知道，這一步必然會發生。

想起梁秦氏給她看的，粗製濫造的避火圖，梁玉琢覺得臉上燒得厲害。

可對鍾贛來說，沒有什麼但是，他健臂一抬，徑直將梁玉琢整個人抱了起來，隨即輕拋進床榻裡。

洞房內的龍鳳雙燭不能熄滅，必須亮一整夜。梁玉琢趁著男人下床放簾子時，從床上爬起，縮進了角落裡，心臟撲通撲通跳得厲害，真像揣了一隻不停跳躍的兔子。

床簾被放下，隔開了不少燭光，鍾贛彎腰和往常一樣，吻了吻梁玉琢的眼皮。「別害怕。」

「我沒怕……」

逞強的話語逗笑了鍾贛，他伸手抓過她的小手，十指緊扣，另一隻手細細撫摸著她側臉細膩的皮膚，沿著臉頰一路摸下去，脖頸、肩胛、手臂，骨肉柔軟，還隱隱帶著女兒家的淡香。「不要怕，我會教妳，一點一點地教妳……」

鍾贛的聲音低沈，透著難以言喻的蠱惑，梁玉琢微微仰起脖子，落在脖頸上的吻，滾燙得讓她情不自禁揪住了床上的褥子。落在身上的吻越來越燙，梁玉琢的呼吸漸重，原本還坐在床角，手腕忽然被人帶了一把，睜開眼時已經被拉倒在床上，隨即高大的身體壓了上來，密密實實地貼合在一起。

鍾贛的手慢慢探進了衣裳裡，觸手盡是溫軟嬌嫩的肌膚，姣好的隆起和平坦的小腹，還有纖不盈握的腰肢，柔嫩得如同初生的嬰孩。常年握刀劍的手掌有些粗糙，帶著厚繭的指腹在腰上來回摩挲，喘息間遊走到了胸前隆起的兩團豐盈上。

梁玉琢忍不住發抖。「聽說……會疼……」

鍾贛渾身發燙，身上所有的肌肉都緊緊繃起，聽清她在說什麼後，俯下身越發使勁地搓揉她的身體。「我會小心，妳別怕……」

其實鍾贛根本不知道為什麼會疼，他沒那方面的經驗，梁玉琢也沒有，兩人對房事所有的瞭解，僅僅來自於身邊人的口述。

錦衣衛中流連花樓的人不在少數，老三就在花樓裡有幾個相好的，成親前老三語重心長地「傳授」了一番床笫之間的技巧，但顯然上手之後，什麼技巧都是其次的。

梁玉琢怕疼，他就輕了手腳，生怕一時情急，手下沒留神傷著人。

可這不是辦法，費了好一番力氣，始終沒有再進一步，鍾贛終於還是深深呼了幾口氣，看著已經全身赤裸、如小獸一般在身下縮著身子的少女，嘆息道：「抱歉。」

話音落下，梁玉琢還沒來得及回神，耳朵已經被人鬼使神差地咬了一口，她忍不住呼痛，想躲開，腰身卻被牢牢地握住，動彈不能。

發燙的身體終於迎來了結合，梁玉琢仰面躺在床上，只覺得自己的呼吸都快斷了。傳說中的疼痛一瞬間襲捲她的大腦，她疼得去抓，反惹得身上的男人越發大力起來。

也不知捱了多久，梁玉琢覺得腰快斷了，鍾贛才喘著粗氣結束。梁玉琢渾身發顫，伏在床上，好一會兒都沒能平緩下來，心跳的速度，快得像是要從嗓子眼跳出來似的。

兩個人都渾身汗濕，梁玉琢覺得自己已經是一灘爛泥了，想要挪一挪身子，卻被滾燙的手臂摟住，後背貼在男人健壯的胸膛上，又熱又黏。

「疼嗎？」鍾贛問。

梁玉琢滿臉赤紅，伏在床上不想說話。鍾贛微抬起身，看見她這副模樣，輕輕笑了起來，俯下身子，不住地細細親吻著她的後頸和肩膀。

他喜歡的少女，如今真正成了他的妻子，日後生同衾、死同穴，再不分離。

「在梁家看到妳的時候，我就在想，這是誰家的姑娘，這麼好看，我上輩子積了多大的德，才好運地遇上了。」

呼吸就在耳側，梁玉琢抿了抿乾燥的唇，繼續悶不吭聲，聽著身後男人的坦白。

「我生母早逝，父親素來風流多情，一生不曾將太多的感情傾注在我們母子身上，他更多的時候，願意去聽那些上不了檯面的阿諛奉承，願意被人仰望，願意看人臣服身下、婉轉呻吟，所以世間那些男歡女愛，對我來說，無疑是鏡花水月。

「想妳在身邊觸手可及的地方衝我笑，想一睜開眼就能看見妳，想妳為我生兒育女，想妳衝我撒嬌生氣，所以，我要娶妳。」

感動的話不用多說，梁玉琢心頭一片暖意，正要轉身說話，身子一動，就覺得底下有東西淌了下來，當即僵在原處，從頭到腳紅了起來。

鍾贛見她害羞成這樣，又好氣、又好笑，健壯的臂膀一伸，把人往懷裡帶，嗓音低沈，謔笑道：「真想把妳永遠禁錮在身邊。」

兩人鬧到了深夜才消停，前頭的酒宴究竟是幾時撤的，自然是不清楚。

天剛濛濛亮，梁玉琢就已經習慣性地醒了。身邊的男人仍舊睡著，一條胳膊橫在她的腰上，她只稍稍動了下，他立刻舒臂一撈，將人牢牢地扣在懷裡。

略帶鬍渣的吻落在她細膩的臉頰上，摩挲著又含住她的唇吮吻。鍾贛漸漸醒過神來，清晨的蠢蠢欲動在明顯感覺到梁玉琢下意識的顫抖後，被強制壓下，只好捧著她的臉深吻。

梁玉琢被吻得有些喘不過氣來，勉強轉過腦袋。「要起來了。」

鍾贛笑笑鬆開手，靠著床欄看他的小妻子手忙腳亂地縮進被褥裡穿衣裳，完了從被褥裡出來，長長的頭髮凌亂地披在腦後，他忍不住伸手撩撥了兩下，乘人不備低頭吻了吻。

這時，鴉青的聲音隔著門簾從外頭傳來。「大人，姑娘，該起了。」

梁玉琢正要應，外頭緊接著又傳來老三的聲音。「怎麼還叫姑娘？該喊夫人了。」

外頭的鴉青顯然愣了愣，隨即改口，又叫了一遍。「大人，夫人，該起了。」

沒成親前，鴉青進出梁玉琢的屋子只管打聲招呼，非常隨意，如今成了親，屋子裡有了男人，鴉青只能待在門外候著。直到聽見裡頭傳來的應答聲，鴉青才領著小丫鬟進屋。

屋子裡昨夜的氣味似乎還沒有散，幾個未經人事的小姑娘聞到氣味，儘管已經被人提點過，仍是臉頰發紅，低著頭不敢去看站在屋內自己穿衣的鍾贛。

侍丫鬟們服侍著梁玉琢更衣洗漱，鍾贛已經洗漱一番，梳頭結髻，穿好了一身大紅色的喜慶袍服。他身為錦衣衛指揮使，原本就品階不低，大喜日子更是穿著張揚，一改往日的低調，光是他今日腰間的那條松香色嵌著玉牌的腰帶，叫人見了都十分羨慕。

梁玉琢坐在銅鏡前，由著鴉青梳頭，透過鏡子往鍾贛的方向看去，也忍不住讚嘆一聲好看。

鍾贛打小習武，身材挺拔高大，肩寬背直，模樣氣宇軒昂。如果放在後世，大概會是個走在路上無數人為之回眸的帥哥，說不定一早被星探發現，登上了各種舞臺，奪人目光。

鍾贛一個轉身，發覺梁玉琢正在看自己，大方地走到近前。「要不要去開國侯府？」

梁玉琢一愣。按照正常的模式，新人成親第一天的流程，不該是先去給直系的親長磕頭奉茶，然後再認識旁系的親戚，接著開宗祠、入族譜，大家坐下一起吃頓飯嗎？難道這個世界裡，流程不是這樣的？

像是看出了她的不解，鍾贛耐下性子解釋道：「不想去可以不去；但論理，該先拜父母。」

這句話涵義深刻，梁玉琢只需眨眨眼，就立刻明白了其中的意思。開國侯雖和鍾贛是父子關係，但向來感情不和，侯夫人馬氏給梁家送的彩禮缺斤少兩的事壓根兒沒有人瞞，因此，夫妻倆新婚頭一日不去開國侯府，盛京當中也無人會說些什麼。

話雖如此，梁玉琢覺得，侯府還是需要去一趟的；即便不是為了侯爺，也得去宗祠祭拜老侯爺和先夫人常氏。鍾贛也始終記得祖父的好，與生母常氏的溫柔，兩人出了鍾府，坐著馬車不用多久，便到了開國侯府。

鍾翰在侯府前等著，見眼熟的馬車在跟前停下，忙上前喊。「大哥，嫂子。」

鍾贛淡淡地看了他一眼，隨後扶著梁玉琢下了馬車，在一行人的簇擁下走到宗祠前。

宗祠還是從前的樣子，裡頭擺放著鍾家的祖宗牌位。鍾贛少小離家前，時常因為馬氏的枕頭風，被罰跪在祠堂，陪伴他的就是這些冰冷的、透著煙火氣的祖宗牌位。

如今他回來，卻是帶著心愛的妻子，向列祖列宗上香。

梁玉琢沒見過鐘鼎高門的祠堂，後世雖然也有不少人家流行重建族譜，設立祠堂，但沒她家什麼事，因此，看著開國侯府的祠堂，她不免覺得敬畏。

開國侯鍾軼已在祠堂了，見到鍾贛和梁玉琢，微微點頭。「來了，給列祖列宗上香磕頭吧！」

侯府的下人已經備好了蒲團等物，兩人接過香，恭敬地在蒲團上跪下。梁玉琢的視線掃過頂上牌位，看到了最乾淨的一塊牌位上鍾老侯爺的名諱，又看見在最下方靠右的一塊牌位，上書「先妣鍾門常氏之位」。

那是鍾贛生母的牌位。梁玉琢定神看了看身旁的男人，回過頭來看著一眾牌位焚香禱告，禮畢，便該是認一認旁親，再闔家團圓吃頓飯了。

昨日鍾贛大婚，喜堂設在常氏陪嫁的那座宅子裡，侯府的旁親們雖有不滿，到底不如他位高權重，又是永泰帝跟前的紅人，只好忍著心裡的怒氣，去鍾府參加酒宴。

今日看見夫妻倆，有人忍不住當場譏諷了幾句，卻只得了鍾贛冷冷的一眼。

侯府的旁系大多是老侯爺那一輩的兄弟後代，零零星星的也有人入朝為官，但最大不過從五品下。人後還能逞強，真對上了鍾贛，也只能縮著脖子，夾緊尾巴做人。

於是，這一頓飯吃得有些悶。吃完了飯，夫妻倆馬不停蹄出了開國侯府，鍾翰雖幾次挽留，拗不過脾氣固執的新婚夫妻。上了馬車，夫妻倆不約而同鬆了口氣。

梁玉琢笑倒在鍾贛的懷中，伸手摩挲著男人的下巴，問道：「馬……侯夫人她怎樣了？」

為了避免馬氏鬧事，開國侯根本沒將她放出後院，即便是成親那日，也只有開國侯一人出現在喜堂；文氏雖陪同左右，用的卻是常家的身分。

鍾贛低頭，含住她的指尖，輕輕咬了一口。「她還在侯府裡，但沒了掌家的權力，再不能興起風浪。」

「真的？」梁玉琢眼睛發亮。

「嗯，真的。如果她再惹事，御史不會輕易放過侯府，到那時一個治家不嚴的罪名下來，本就如履薄冰的開國侯府恐怕連皮毛都剩不下來。」鍾贛說著話，反手攬住梁玉琢，低道：「侯府的爵位也好，鍾家的那些房產、土地也罷，我都可以不要，只要他們不來招惹我倆，我就會護著鍾翰走下去。」

梁玉琢心中滿滿都是幸福，伸手回抱住男人，靠在他的胸口道：「你這樣，無怪乎鍾翰從小欽佩你。如果母親還活著，你會是個好兒子。」

鍾贛嗯了一聲，箍著她的雙臂發緊。「我已經注定做不了好兒子了，但我可以做一個好丈夫，好父親。」他低頭，吻在梁玉琢的額上。「我們一起，做一對好夫妻，好父母。」

梁玉琢愣了一下，最終笑著依偎進他的懷中。

天底下最大的幸事，大概就是遇上了對的人，成就了對的事。

所幸他們遇到了彼此，就這麼一起做一對好夫妻，未來再做一對好父母。

——全書完

番外一

開國侯想要成親了。

誰都知道，這一代的侯位本該是落在其兄長頭上的，可那位大人對此並無興趣，幾次推卻，於是到最後，侯位就由如今這位侯爺順理成章繼承了。

承爵那年，小侯爺尚未娶妻，如今成為開國侯兩年了，盛京裡不少人家都盼著能與開國侯府成為親家。

一方面，開國侯府雖然不如當年，但勝在小侯爺不是那些紈袴子弟，日子過得也算滋潤，嫁進府中當主母不必擔心吃苦受罪。

另一方面，小侯爺頭上那位兄長，如今還是永泰帝跟前的大紅人，想要與錦衣衛攀親的，自然想拐彎抹角與開國侯府搭上關係。

畢竟，與生父、繼母關係冷淡的錦衣衛指揮使，和這個同父異母的弟弟，關係卻是不差。

興許也是因這層關係，小侯爺把自己娶親的事情，交託給了他的長嫂，錦衣衛指揮使鍾贛那位使永泰帝另眼相看的妻子。

比起城中那些議論紛紛，覺得此事不合情理的流言蜚語，年輕的開國侯表示——本侯爺高興，你們管不著。

「二弟，你喜歡怎樣的小娘子？」

鍾翰坐在正堂，身邊是怨氣沖天的馬氏，好不容易聽見梁玉琢開口，不去理睬馬氏像刮刀一樣的目光，趕緊湊過去。

「要看得順眼的。」鍾翰頓了頓，視線往梁玉琢身上掃了個來回，接著道：「要是能像嫂子這樣，聰明能幹還漂亮的，那就更好了。」

後頭馬氏那一聲「呸」，誰也沒去理睬，鍾翰清了清嗓子。「真的，嫂子，我就想要個看得順眼的。妳說，夫妻是要過一輩子的，要是看不順眼，豈不是一輩子互相折磨？」

鍾翰身邊的那些狐朋狗友成親的不少，大多像他說的那樣，娶了個門當戶對，但是互相看不順眼的妻子，對外舉案齊眉，關上門卻眼睛不是眼睛、嘴巴不是嘴巴的。

他從前覺得「夫妻」大約就是這麼回事，看阿爹、阿娘平日的相處就知道，妻以夫為天，夫去睡別的女人，妻理當大度；可自從見識了兄嫂的生活，他猛然發覺，原來有一個合拍的妻子是件這麼愉快的事情。

「嫂子，妳幫著看看，盛京裡頭那麼多小娘子，可有適合我的？」

梁玉琢手裡確實有不少看著合適的人選。

自從鍾翰自己放出消息，說想要成親後，盛京裡頭的官媒們都開始活動起來。那段時間她正巧在下川村，還有人家託了媒官，不遠千里地跑到下川村，就為了送上姑娘家的畫卷，多說幾句畫上姑娘的好話。

因這事跑一趟不合算，那些有點小聰明的媒官往往會接受好幾家的委託，每一次送到下川村的畫卷從不少於十幅；就連鍾翰自己，偶爾與好友上個酒樓，也能從他們手裡拿到他們家尚未出嫁的妹妹的畫卷。

這一下堆在一塊兒，多得叫人一時半刻都看不完。

梁玉琢將手邊新得的畫卷依次排開，正打算將這些畫卷上的小娘子一一講說一番，被忽視的馬氏卻從旁邊湊了過來，搶先道：「這不是太僕卿府上的十四娘嗎？她是庶出，他們竟然連庶出也敢拿出來糊弄翰兒。」

梁玉琢不說話，看了看鍾翰。

鍾翰瞥了眼太僕卿家十四娘的畫卷道：「長得挺好看的。」他頗有些叛逆地補了一句。「其實庶出也沒什麼……」

「這可不行，你是侯府的當家，身上是有爵位的，又是正經的嫡出，怎麼能娶一個庶出為妻?!」

梁玉琢對此一言不發，鍾翰有些不耐煩。「庶出又怎樣，不是還沒定嗎？再者，她是太僕卿府上的，論出身，從三品大官，不比開國侯低。」

開國侯也不過從三品，從三品對從三品，門當戶對了。

「不成、不成。」馬氏頭搖個不停，忽然指著其中一幅畫卷道：「這小娘子模樣好，翰兒，你小時候還見過她，這是工部尚書崔大人家的三娘，和你年紀相仿，品貌難得。」

梁玉琢看了一眼被馬氏指出來的那位崔三娘，仍舊含笑不語。

倒是鍾翰，「哦」了一聲，隨即作出一副恍然大悟的樣子，驚訝道：「哎呀，崔三娘是長這副模樣的嗎？我怎麼記得她小時候長得胖嘟嘟的，走路都邁不開腿。」說完又咂了兩下嘴。「該說是女大十八變呢，還是這畫師妙筆生花？」

馬氏面露尷尬，梁玉琢這時卻蹙起眉頭，不贊同地敲了敲桌面。

鍾翰吐舌，迅速起身扶起馬氏就要把人往正堂外送。「阿娘，這事您別管了，阿爹都同意讓嫂子幫著相看了，您就回房歇歇，別忙了。」

他說完，忙使了幾個眼色，立刻就有人上來一左一右扶著馬氏往後頭走。

等人一走，鍾翰舒了口氣，趕緊跟梁玉琢解釋。「嫂子，妳別誤會，我剛那話只是拿來堵阿娘的，我好多年沒見過崔三娘了。」他摸摸鼻子。「再說，我一個朋友與崔三娘情投意合，正打算過些日子向崔大人家提親呢，我可不能橫刀奪愛。」

他說得有些委屈，視線從攤開的畫卷上大略掃過。「嫂子，我想娶個好姑娘，可也怕我耽誤了人家。妳看，咱們的開國侯府不剩什麼東西了，阿爹什麼也不管，阿娘又是那樣的脾性，我娶了誰家姑娘都可能耽誤了人家。」

廣文侯與定國侯當年的那些事，到如今還沒有人忘記。開國侯雖並未牽連其中，但鍾翰突然承爵，滿盛京的人都明白其中發生了什麼。

這些畫卷裡，雖有出身官宦世家的小娘子，可大多不是繼室所生，便是庶出，真正好人家的姑娘，誰家願意拿出來與開國侯府結親？哪怕小侯爺頭上還有位錦衣衛出身的兄長，哪怕這位兄長赫赫有名，前途無量。

梁玉琢知道他的心結所在，但有些話，爹可以說，娘可以說，做嫂子的卻不能說。她命人將畫卷全部收起，起身看著比自己高出半個頭的小叔子，鄭重道：「其實，鎮國將軍家有位小娘子倒是和你年紀相仿……你大哥三天後就該回京了，到時候你們好好聊聊，娶妻是大事，不可馬虎。」

老侯爺膝下共三子一女，鍾翰行二，與長兄鍾贛相差九歲。

也許正是因為這相差的年紀，在鍾翰漸漸長大懂事的成長之路上，對於這個幾乎不回家的長兄，有著十分特殊的崇拜之情。

鍾翰和鍾贛並非一母所出，在鍾翰懂事前，他從來不知道阿娘為什麼對兄長是這樣漠視的態度。

直到懂事後，他才從奶娘口中意外得知，阿娘不是父親的原配。父親的原配姓常，出身鐘鼎高門，永泰帝登基那年嫁入侯府，次年誕下了侯府嫡長子，也就是鍾翰的兄長，後來的錦衣衛指揮使鍾贛。

那時候，鍾贛已經以苦讀為由，搬離了侯府。已故的常氏的陪嫁宅子，成了鍾贛的住處。那些年，鍾翰已經記不得自己有沒有見過這位兄長，畢竟那時年紀小，很多事都記不清楚。

真正讓鍾翰記住那個身著飛魚服的青年是他的兄長，是那年天子秋獮回宮，阿爹、阿娘帶著他奉旨進宮赴宴時，在天子御駕前看到了兄長。

飛魚服是天子賜服，白色的護領下能看到頭部似龍，兩足四爪，背帶雙翼，身後甩著魚尾的紋樣，旁邊還有壽山福海及五彩雲紋。遠遠看去，青年容貌俊朗，身形挺拔，更有一身令人望而生畏的氣勢。

饒是到了如今，鍾翰仍舊記得，那日兄長朝自己這邊淡淡看來的一眼，讓他被飛魚服上的龍頭嚇得轉身抱住阿娘號啕大哭。

這事現在想想有些丟人，但在那個時候，錦衣衛所到之處總能引起孩子啼哭，即便是大人也鮮少有不害怕他們的。

再長大一些，鍾翰漸漸明白，阿娘和兄長關係不睦，甚至阿爹與兄長父子不和的原因究竟是什麼。開國侯府外的人都說，阿娘與阿爹乃是無媒苟合，大娘意外過世後一年，阿爹續弦，娶阿娘為繼室，同年早產，生下了他。

說是早產，裡頭有幾分是真、幾分是假，興許除了阿爹、阿娘，誰也不知道真假，就連鍾翰有時候都懷疑自己是爹娘在成親前就懷上的孩子。

隨著年紀的增長，鍾翰對於兄長的莫名崇拜越來越深，尤其是知道了他這些年的經歷後，更是覺得自己如果和兄長是同父同母的親手足該有多好。

人長大，能聽到的聲音就越來越多，那些人明面上言笑晏晏，轉過身卻都看不起他，拿一事無成只會吃喝玩樂的他，跟立功無數、短短幾年從一個普通的錦衣衛爬到了舉足輕重的錦衣衛指揮使一職的兄長做對比。

那些人說：「當初背著人做了那麼多事，結果生出的兒子再怎麼寵，也比不過常氏生的那個。」

「錦衣衛的名聲是差了點，但好歹是天子眼前的紅人，開國侯就算想立馬氏的兒子當世子，天子時常看見鍾贛，估算也要替他覺得委屈。世子究竟是誰做，還不是天子一句話的事情？」

這些話傳進了侯府，鍾翰親眼看見爹娘鐵青著臉，砸了茶盞，推了果盤。他頭疼得出了侯府找人喝酒，卻又聽到酒客們議論紛紛，說是六王之亂後，錦衣衛指揮使鍾贛因得罪太多人，被天子撤職，命其歸家未得詔令不得進宮。

鍾翰借著酒勁，興匆匆地跑回侯府，看到的卻只有聽到傳聞後，欣喜若狂、不斷落井下石的阿娘，根本沒有兄長的蹤影。而鍾贛，也並未回去盛京中久居的宅子裡。

後來，得知兄長要向一個村姑提親，鍾翰才知道，他從小一直莫名崇拜著的兄長，竟然在盛京之外的一個小山村裡另有住處，甚至在那裡，遇上了喜歡的姑娘。

再後來，這個姑娘真的成了他的大嫂，成為了錦衣衛指揮使鍾贛的夫人。

想起梁玉琢走時命人抱走的那些畫卷，鍾翰摸了摸鼻子。

他不求找一個和嫂子差不多的妻子，畢竟嫂子那脾氣他可吃不消，不過若是能像兄嫂那樣情投意合，想想似乎也是件不錯的事情。

鍾贛是三日後的夜裡才回盛京的。

聽說回來的時候，都已經是三更天，但城門處得了消息，見人回來當即開了門，且他進城後，並未回鍾府，反倒是帶人直接進了宮。

錦衣衛調查的那些事，除了故意攤開在明面上的那些，暗地裡的事情除了永泰帝，無人知曉。鍾翰只知道他家兄長大人這趟離京，去了月餘，說不定沒能留幾日，又要出門。

於是翌日天邊才泛魚肚白，鍾翰就已經迫不及待地坐在了鍾府的正堂。

庶僕皆知大人有個嫡出異母的弟弟，看見鍾翰大清早過來不敢怠慢，茶果、點心都擺了出來，以至於鍾贛洗漱罷出來時，便見他坐在正堂，津津有味地吃著點心。

知道自己的兄長本來就是個話不多的人，鍾翰一直到看著人默默無語地吃完早膳，這才湊過去道：「大哥。」

「何事？」鍾贛清早才從宮裡回來，怕驚擾到妻子，只在書房裡瞇了一個時辰就起來了。

「大哥，嫂子最近在幫我相看合適的人家，嫂子說等大哥你回來了，叫咱們兄弟倆好好聊聊，回頭再告訴嫂子我喜歡怎樣的小娘子。」鍾翰摸了摸後腦勺，有些不好意思。「大哥，你說，你怎麼就能找到像嫂子這樣好的妻子呢？」

盛京裡的人都知道，威風凜凜的錦衣衛指揮使平日裡永遠都是一副冷傲的模樣，卻對辛苦娶進門，門不當、戶不對的妻子疼愛萬分，不少人對此，都是一邊說著酸話，一邊羨慕得很。鍾翰也羨慕。

「你現在是侯爺、是當家人，要娶的是位能立起來的妻子，讓他們為你選，會選家世背景都與你相當，甚至能提拔你的，如果能情投意合就更是錦上添花。但你想要什麼樣子的？」

鍾贛清早回府，自有管事把梁玉琢回京後最近忙碌的事情告訴他。

因為都是男人，一些不好和身為嫂子的梁玉琢說的話，鍾翰一股腦兒地倒在了兄長的面前。

「不要醜的，要漂亮。」對自己這膚淺的要求覺得不好意思，鍾翰咳嗽兩聲。「也不用太漂亮……總要過得去，畢竟是正室夫人，要見客的。」

鍾贛皺眉。

「……可……可以不漂亮，但是我希望她厲害一點。」鍾翰低頭。「開國侯府的情況，大哥你也是知道的，她要是太柔弱，萬一我不在，阿爹又不管事，她會被阿娘搓揉死的。」

「那些妾跟通房呢？」

「如果她不喜歡，我可以給她們錢讓她們回家，或者給她們找合適的人家嫁了。」

鍾贛沈默，見鍾翰臉上寫滿了認真，轉念想了想，起身道：「走，帶你去個地方。」

「去哪兒？」

「軍營。」

鍾翰在朝中未領要職，自然從未去過軍營。他們的祖父曾是鐵錚錚的武將，但到了父親一輩，三位叔伯都靠軍功、科舉出仕，唯獨嫡長子——也就是他們的父親，年少時因祖父長年在外的關係，被祖母養成了驕縱的性情。

如果不是因為禮法規矩定的立長不立幼，以他們父親的本事，開國侯的爵位怎麼也不會落到他的頭上。

至於鍾翰，生母馬氏對他十分疼愛，鍾翰自幼沒入過軍營，更沒吃過什麼苦。

到了軍營，鍾翰寸步不離鍾贛左右，雖左顧右盼，但也不敢自己一個人在營地裡頭到處亂走亂跑。那些兵卒看著不起眼，可個個身強力壯，怎麼也比他有力氣得多。

鍾贛要去主帳找人，見他好奇，索性命他先留在帳外。話罷進帳，果真把鍾翰留在了外頭。

「嘿，前頭那小子，你是哪家的，怎麼混進軍營裡來了？」

鍾翰正好奇地盯著附近幾個持戟的軍漢，聽到聲音，只當是在喊別人，顧不上回頭看。

「嘿，小子，問你話怎地不回？」那人似乎因為沒能得到回應，來了脾氣，馬蹄噠噠兩下，一桿長槍直接架在了鍾翰的肩膀上

槍頭磨得鋒利，湊得近了，還能照出人影來。

鍾翰哪裡見過這樣的架勢，被嚇得往後退了兩步，左腳絆了右腳，差點一屁股摔倒在地。

那人「哈哈」笑了兩聲，槍桿子一轉，輕巧地挑住了鍾翰的衣領，將人輕輕鬆鬆提溜起來，這才沒叫人摔倒。

好不容易站穩了腳，鍾翰滿臉赤紅，又氣又惱，抬頭張嘴就要呵斥。「大膽，你可知我是開……」

「開什麼？」棗紅色的大馬上，身著男裝，卻分明是一副嬌娥模樣的少女耍了個花槍，衝著他抬了抬下巴。「小子，你剛才說你是開什麼？開鎖的？」

那少女明眸皓齒，膚色並不白皙，被太陽曬出了健康的顏色，可英姿颯爽的樣子看著十分引人注目。

鍾翰怔怔地望著坐在馬背上，看起來比自己高了一大截的少女，臉漸漸脹紅，到後頭連話也說不出來了。

「小子。」少女雙腿夾了夾馬肚，策馬走到他的身邊，笑問道：「你是傻小子嗎？怎麼

連話也說不出來了？」

鍾翰脹紅了臉。「我……我……」

「傻小子，連話都說不索利，不和你聊了。」少女笑了下，吹了聲口哨，有獵鷹自天上下來，停在了少女的手臂上。「我叫單姜，下回遇見了可別這麼傻乎乎的。」

少女說完便縱馬離開，鍾翰吶吶應了幾聲。

等鍾贛從主帳中出來，鍾翰雙目發光，直接迎了上去。

「大哥，我遇到想娶的小娘子了。」

這年冬，開國侯小侯爺鍾翰，迎娶了鎮國將軍單大人獨女單姜為妻。

這個自小在軍營中摸爬滾打長大的小娘子，生性要強，所有人都說，小侯爺娶她，為的是單將軍的兵權，不少人都不看好這段姻緣。

畢竟，這位小侯爺當初怎麼說也是盛京中有名的紈袴，後院還養著許多的鶯鶯燕燕，單家小娘子又是個烈性子，說不定要鬧出什麼事來。

但沒想到的是，開國侯府中那些女人早早被小侯爺各自送走，許她們自行婚配。單小娘子嫁進侯府時，除了幾個伺候過小侯爺、並不得寵的家生子，後院裡沒了其他人。

小侯爺終其一生都疼愛著，他這位生起氣來能耍著槍追著他滿侯府跑的妻子。

而嫁為人妻的單小娘子，也從未令人失望。

開國侯府在她手中欣欣向榮，她在盛京中的名聲，絲毫不輸給那位被人津津樂道了一輩子的錦衣衛指揮使夫人。

——全篇完

番外二

下川村的九月，稻苗吐穗，蘭慧挎著個竹籃從家裡出來。

蘭慧這幾日心情浮躁得很，秋收將近，別人家的男人們不管在哪兒掙錢，都陸陸續續回家準備忙活秋收，她家裡唯二的男丁，一個還光著屁股玩泥巴，另一個成日裡只知道躺在床上吃喝睡。原本以為能幫上忙的嫂子，卻不巧剛剛被診出了身孕。

於是，全家上下四個大活人，能下地幹活的，只剩下她一個。

蘭家在六年前搬到了下川村。當時村子裡有戶人家正巧因為家中遇上貴人，全家要搬去盛京，蘭家當即花了筆銀子買下那家的房子。

那時，蘭慧的爹娘還活著，辛勞了一輩子，攢了些銀錢，若非老家遇上水澇，也不至於一把年紀了還全家離鄉。那些錢，買了房子、買了幾畝地，又給二十郎當還沒成親的蘭慧大哥娶了一房媳婦。

眼看著新生活就要開始，半年後，蘭慧的爹娘得了場瘟病，和村裡好些人一樣，救治不及時，沒了。從那時起，蘭慧的生活就發生了變化。

大哥一如既往地偷懶，嫂子發現懷上了孩子，家裡的重擔開始壓在當時十四歲的蘭慧肩膀上。

一晃眼，蘭慧十九了，下川村裡年紀相仿的小娘子都已經成了孩子他娘，唯獨她還是一個人忙著養活一家老小，好像她大哥、大嫂都已經忘記，她已經不是十三、四歲的小娘子了。

田間地頭有村婦聚在一起議論紛紛，蘭慧從旁邊經過的時候，被她們帶著惡意的眼神盯得背脊發寒，剛停下腳步，那些人卻又轉過頭去。

她皺眉。「佘嬸子，有事嗎？」

「沒事、沒事。」被叫住的婦人連連擺手，嘴裡說著沒事，可蘭慧才往前走了兩步，餘光就瞥見那婦人一邊對著她指指點點，一邊和身旁的人在碎嘴說著什麼。

蘭慧仔細想了想，最近自己沒做什麼引人注目的事，不像上川村那個李家娘子，大病一場後突然成天說自己是什麼天命之女、通曉古今，還寫了一本詩集想送出去讓文人傳頌，結果被人毫不留情地呵斥，說是不守婦道、滿紙淫詩豔詞。

她一時半刻想不起自己究竟做了些什麼事，只好默不作聲地往自家那幾畝田地走。

下川村的稻子長勢總是比周邊幾個村子的好。聽說早些年這裡的稻種也只種那些鄉紳地主慣常讓佃戶種的香稻，用來供給貴人吃，除了香，產量和口感都不好。後來聽說是村裡有個小娘子找到了如今的稻種，才令村子不至於因種植香稻而入不敷出，連交稅收都成問題。

蘭慧沒見過那小娘子。

聽人說，那小娘子後來在村子裡置辦了許多田產，還和外頭的酒樓接洽生意，之後離開村子去了繁華的盛京，也不忘將那些生意交託給信得過的村民。

還聽說，那小娘子後來嫁了個在盛京裡頭當大官的丈夫，把守寡的親娘跟弟弟都接到了盛京裡。

聽說這些話的時候，村子裡的婦人們滿臉都是羨慕，恨不得自己的閨女也能有這樣的奇遇，好讓她們也跟著進盛京光鮮一把。

蘭慧的大哥有次也說過這話，蘭慧沒在意，她跟那小娘子比不了。

聽聞那小娘子的阿爹是落第秀才，後來在村子裡當過教書先生，因此女兒從小跟著耳濡目染，雖然是小地方出身，但讀書識字的本事絲毫不輸給外面那些大家閨秀。

光是這一點，下川村裡，便再難找出第二個。

蘭慧下了地，從旁邊走來個老婦人，嘴裡叨叨絮絮的，也不知在唸著什麼。蘭慧沒在意，仍舊彎腰在地裡忙活。

那老婦人在田地邊走來走去，一會兒低吟，一會兒又突然拔高聲音。蘭慧聽得背脊發涼，起身要去看看周圍有沒有認識她的村民，老婦人突然一聲高亢的大叫。

「就是這，就是這個人！快，快來！」

老婦人的喊聲就像一道驚雷，炸在蘭慧的耳邊。

「來了、來了，大師您讓讓，大師您小心。」

蘭慧被喊得耳朵疼，還沒來得及說話，就看見一群人提著水桶、捧著臉盆，匆匆忙忙地朝她這邊跑了過來。一邊跑，一邊還有黑紅的水，從水桶、臉盆裡灑出來，落在地上，殷紅一片。

「你們要幹麼？」

被聲音吸引過來的村民看到這一行人，都驚奇極了。有和蘭家相熟的村民上前就要阻攔，卻被幾個壯漢一把推開。「大師要作法，你們這些人都避開。」

村民們被這行人的舉止嚇了一跳，有老嫗捂著心口，聲音發抖道：「作什麼法？你們作什麼法要到我們村子裡來？」

那群人恍若未聞，一邊分出人手攔住試圖阻攔的下川村村民，一面讓那些拿著水桶、臉盆的人趕緊行動。

蘭慧還在地裡，見狀丟下手裡的傢伙，就要往外走。從旁邊突然撲過來兩個健壯的僕婦，抓住她的胳膊就喊。「快！快潑黑狗血，大師都說了，就是這個人！」

蘭慧這時候已經反應過來，知道那老婦人八成是附近裝神弄鬼給人設壇作法的騙子，收了別人的錢來收妖，在下川村走了幾圈，見她一個人好欺負就盯上了她。要是真被黑狗血潑了一身，就算她身上沒妖孽，也要被這人給弄出一身妖氣來。

蘭慧奮力掙扎，嘴裡不住喊。「放開我，什麼大師，就是個騙子！」

那兩僕婦聽見蘭慧怒罵的話，當下變了臉色，抓著她的胳膊，就要給她兩巴掌。

蘭慧性子厲害，眼看那巴掌要甩下來，躲不開第一下，第二下再來時，直接張嘴咬過去。

被咬住的僕婦疼得哇哇直叫，那老婦人又嘰哩咕嚕說了奇怪的話，幾盆、幾桶的黑狗血直接對著蘭慧潑了過去，也顧不上旁邊還站著的那兩個僕婦。

這時，有人影從旁邊衝過來阻攔，藍色的袍子一揮，裹住了本該被淋得一身黑狗血的蘭慧。被潑了一身的兩個僕婦發出尖叫，眼見作法失敗，那老婦人突然像被扼住了喉嚨似的，發出嘶啞的聲音，幾個壯漢轉身就要去抓突然闖入的陌生人。「大膽！」

又有人狂奔而來，一腳將其中一個壯漢踹倒在地，另有一人急得話都說不清了，一把抓過裹住蘭慧的衣袍，對著人就道：「大人，您怎麼把官袍都用在這上頭了？」

這一聲「大人」，嚇得周圍的村民全都撲通跪了下來。能被喊「大人」的，那都是當官的老爺，即便是剛才威風的神婆，這時候也嚇得牙關都打不開了。

蘭慧被衣袍裹住的時候，只來得及看見一個瘦高的人影突然衝到自己的面前，直到衣袍拿走，她才忍著令人作嘔的血腥味，抬頭去看那個出手相助的陌生人。

「官袍洗乾淨就是了。」那人身材瘦高，五官清秀，穿著一身青色的長衫，整個後背都是黑狗血，濕答答的，泛著噁心的臭味。

「鄉親們不用跪。」那人看了眼蘭慧，朝她淡淡地笑了笑，回身看向跪在地上頭都不敢抬起的眾人。「嬸子，我是梁學識，嬸子還記得我嗎？」

被他扶起的婦人兩腮凹陷，聽到這名字愣了愣，很快想了起來，激動道：「是二郎？梁家的二郎？」

梁家二郎是誰，蘭慧不知道。

她只知道，那個在村民們口中，因為聰明能幹最後帶著家人去盛京，嫁給了一個大官的小娘子姓梁。那小娘子還有個弟弟，行二，叫二郎，據說後來也得了機遇，幾年前考中狀元，光宗耀祖了一把。

蘭慧後來打聽到，那個替她擋了黑狗血的男人，就是當年的梁二郎，大名叫學識。

「梁二郎現在聽說已經是禮部侍郎了，禮部就是幫皇帝管理全天下讀書人讀書識字還有科舉考試的，好像還管跟番邦來往的事情。」

來蘭家說話的嬸子是梁家的舊識，和蘭慧大嫂的關係不差，蘭慧前腳剛忍著血腥味回家準備換洗，後腳這人就上門來說事了。蘭慧大哥正坐在院子裡曬太陽，也不管腳邊是光屁股的兒子爬過自己撒的尿。

「這人這麼厲害？我兒子以後要是也這麼厲害，我就啥事也不用幹，躺床上都有人伺候。」說著，他拿腳輕輕踩了踩兒子胖嘟嘟的屁股，又瞅了眼正坐在旁邊刷洗衣服的蘭慧。

「妹子，妳曉得那神婆幹麼潑妳狗血不？」

蘭慧搖頭。她之前在洗澡，沒能聽全嬸子說的話，從那半段聽到的話裡，全都是在說那位梁大人的。

「哦，那神婆是上川村的，聽說是他們里正的寶貝孫子被鬼迷了心眼，成天混混沌沌的，認不出人了，喝了符水也不頂用，就請了神婆作法。」

都是一個村的，神婆不敢拿上川村的人動手，就帶著人來了下川村。正巧撞見蘭慧一個姑娘家獨自在田裡頭，又瞧她十八、九歲的模樣還沒梳婦人髻，神婆心裡一轉，打定主意拿她開刀。

十八、九歲的姑娘家大多都已成為人婦、人母，如果這年紀還沒出嫁，在很多人眼裡，多半是有什麼問題。這個不知名的問題，到了神婆的嘴裡，能帶出來的就有一大堆的料。

蘭慧壓根兒沒想到自己會因為這麼莫名其妙的理由，被神婆一眼看中當作騙人的工具。她心裡頭的火正冒著，又有人從門口經過，是村子的里正，陪著一個威嚴的中年男子喊話。

「慧娘啊！」

「欸。」蘭慧應了一聲，雙手往後腰上一擦一抹，快走兩步到院門外，「里正，您找我？」

里正姓薛，如今已經頭髮花白，走路也不大索利，但村子裡的事依舊處理得十分得當。

「這位是梁侍郎身邊的人，特地過來和妳說些事情。」

蘭慧趕忙行禮，院子裡的婦子和蘭慧大哥這時候也趕緊站了起來。

「梁侍郎已經命人把那神婆捆著送去縣衙了。蘭……慧娘是嗎？此事梁侍郎已經叮囑人嚴正處置，屆時會給妳一個交代。」

中年男子說完話，又叮囑了幾句，蘭慧大哥藉機湊上前套近乎，被男子不動聲色地避開後，和里正一道離開了。

蘭慧送人到路口，回來時想到那個脫了官袍幫自己擋狗血的瘦高男子，抬手拍了拍臉頰。她知道，這事要不是正好被這位梁侍郎撞上了，她大概就要被那神婆毀了一輩子。

下川村因為梁侍郎回鄉探親熱鬧了好幾日，等到這位大人離鄉，下川村的熱鬧才漸漸歸於平靜。

蘭慧依然和從前一樣，過著肩扛全家的生活。秋去冬來，下川村開始時不時下上幾場雪，有時候沒有雪，天氣乾冷乾冷的，田邊地頭的土都能看到被凍得硬邦邦的。

蘭慧拿著大掃帚剛剛把院子裡的積雪掃成一堆，她抬頭看了看天，忍不住把掃帚一夾，雙手放在嘴邊哈了幾口熱氣，使勁搓了搓。

這天越發冷了。蘭慧的手已經凍得又紅又腫，還有地方裂開了口子，疼得厲害；可她一說想要歇一歇，大嫂就哭哭啼啼，大哥的臉馬上就會沈下來。一次、兩次也就算了，總這麼下去，蘭慧知道自己遲早有一天忍不下去。

可大概這事根本輪不到她忍不下去，她才掃完院子裡的積雪，準備出門買些菜，就看見昨夜根本沒回家，不知在外頭哪兒混了一夜的大哥領著一個黑中帶俏的女人，從外頭走了過來。

「大哥。」那女的四十多歲，皮膚黝黑，不說話時風韻猶存，一開口能看見她嘴裡鑲著的金牙，怎麼看也不像是她大哥在外頭搭上的姘頭。

蘭慧大哥支吾應了一聲，側頭看了看那女人。「蕉姑姑，妳看她這模樣……成嗎？」

蘭慧心裡咯噔了一下，見那個被稱作「蕉姑姑」的女人眼睛瞇起，仔仔細細、從頭到腳地把她打量了一番，讓她下意識地想要躲開。

「小模樣挺好的。」蕉姑姑點頭。「走路的樣子粗了點，但可以教好。」

「大哥。」

蕉姑姑伸手就要去捏蘭慧的下巴，蘭慧嚇了一跳，往後退了幾步，嘴裡一邊喊一邊去看她哥；然而，蘭慧大哥滿臉尷尬地別開臉，根本不去看她。

「蕉姑姑，妳看，我家妹子模樣雖然算不上頂好，可也不差，姑姑妳給開個價……」

「十兩銀子最多了，你妹子畢竟年紀大了，只能當個粗使丫鬟，年紀小些，說不定還能有別的用處。」

這番對話，蘭慧越聽越心寒；可聽到身後屋子裡傳來的孩子啼哭聲，蘭慧突然冷靜了下來。

左右都是在伺候別人，為什麼不離開這個家，去別的地方？

她是頭一回見到蕉姑姑本人，但對這個近年來頗有名聲的人牙子，她也曾經聽過幾耳朵的事。知道蕉姑姑只做給大戶人家挑丫鬟的活，蘭慧心裡的害怕就少了幾分。

簡單地收拾好自己的那點東西，蘭慧親眼看著大哥摸了摸腰裡鼓鼓囊囊的荷包——那是她的賣身錢。十三兩銀子，那多出的三兩，還是後來蘭慧主動與蕉姑姑說話，姑姑見她聰明，有主意、有膽識，另外多給的。

蘭家得了這十三兩銀子，日後她就成了別人家的，再不會牽掛這裡一分一毫，在大哥、大嫂假惺惺的挽留和慚愧下，蘭慧頭也不回地坐上馬車。

「姑姑，走吧！」

蕉姑姑意味深長地多看了她幾眼，終究問了一句話。「從此為奴為婢，不再自由，小娘子妳當真不後悔？」

「不悔。」

為奴為婢還可以贖身，或者老老實實地伺候府上的郎君、娘子，配個同樣老實本分的小廝、家丁，總比留在家裡，辛辛苦苦伺候兄嫂卻沒得一句關心來得好。

蘭慧就這麼跟著蕉姑姑走了。

下川村裡的大夥兒，得知蘭慧大哥夜裡和人喝酒賭錢，輸了二十多兩銀子，為了還賭債，把親妹子賣給人牙子的事後，除了讓老一輩將這對好吃懶做的夫妻臭罵一頓外，也找不出別的法子。

至於往後，下川村的人只會將蘭家夫妻倆當作茶餘飯後的談資，已經遠走他鄉的蘭慧更是不會去管他們的死活。

她跟著蕉姑姑去了不少地方，整整一年，像貨物一樣被人挑挑揀揀。和她一起的還有不少年紀小的男孩、女孩，大多生得乾淨俐落，沒有什麼毛病。

那些要蕉姑姑送人來的大戶人家有自己的規矩。

挑丫鬟，年紀大的不要，年紀太小的也不要，十歲出頭一點點的最好，買回去教養，十一、二歲就可以先從灑掃做起，過兩年伺候小主子，長開了還能當通房。

蘭慧的年紀偏大，模樣雖然看得過去，手腳也索利，但礙於年紀，不少人家不願意買她。

蘭慧也不急，畢竟蕉姑姑做的不是傷天害理的生意，她就跟著照顧年紀小的孩子們。漸漸地，蕉姑姑也開始有意向一些家風不錯的人家推薦她。

這年年關，盛京有戶人家託了蕉姑姑送一批丫鬟過來瞧瞧，蕉姑姑仔細打探過對方身分後，帶著蘭慧和幾個孩子登門。

他們的身分並不高，那家的管事開了角門，領人進去。

這家主子在朝中當官，聽說出身不高，是以對府裡的下人要求也相對寬鬆一些，只不許私下非議家主的事情，也不許與外人勾結來往，敗壞名聲。

蘭慧跟在蕉姑姑的身後，帶著身邊的孩子們走到了堂屋前，屋前的臺階上立著幾位管事模樣的中年男女，一個個打量貨物一般，仔細看著蘭慧等人。
輪到蘭慧的時候，依然還是那句聽了不下百遍的話。
「這個年紀大了點……」都二十歲了，還沒成親，也不知是不是哪裡有毛病？
蕉姑姑嘆了口氣，蘭慧卻已經習慣了，只老老實實回答了那幾位管事的問題。
管事們挑了幾個模樣乖巧的孩子，正準備讓蕉姑姑把剩下的人帶走時，有個小廝腳步匆匆地過來，附在管事耳邊低語了幾句。
蘭慧還未發覺什麼，蕉姑姑卻緊張地握住了她的手。
「姑姑？」
「慧娘，姑姑總算是給妳找著好主子了。」
蘭慧不解，正要詢問，卻見管事指了指自己道：「這個也留下吧！春水，帶她走吧！」
方才來的小廝笑盈盈地上前，對著蘭慧道：「小娘子隨我來。」
蘭慧回頭，見蕉姑姑緩緩搖頭示意她放心跟上，只好握了握拳，恭敬地跟著小廝，一步一步走進堂屋後的一座小樓，踩上了裡頭的樓梯。
樓梯不高，二樓的房門敞開著，能聞到裡頭淡淡的清雅香味。小廝在門外恭敬地喊了一聲，得到回應後方才領著蘭慧進門。
那聲回應簡單，雖然只是一聲「進來」，卻像是突然撞進了她的腦海中。蘭慧一怔，隨即覺得像是曾經聽過這聲音。

她跟著小廝往屋裡走，在書香、墨香中，她看到了坐在書案後，提筆正在書上寫字的男人，以及男人背後，一轉身就能眺望堂屋前所有風光的窗子。

他側顏俊秀，神情淡然，停筆後抬頭，驀然露出一個溫和的笑容來。「蘭姑娘，好久不見。」

侍郎府外，蕉姑姑登上了馬車，身側有個十四、五歲的小娘子乖巧地坐著，有些不捨地望了眼侍郎府的大門。「姑姑，妳說，蘭姊姊在這裡會好嗎？」

蕉姑姑伸手放下車簾，摟住小娘子，低聲道：「禮部侍郎梁學識梁大人，他和他的長姊錦衣衛指揮使夫人，都是盛京裡出了名的大善人，慧娘在這裡，一定會好好的，不受委屈。」

人的造化千百般，所有的一切都是運氣，也都不是運氣，誰也不會知道下一步會發生什麼事，蕉姑姑只能儘量為蘭慧找一個和善的主子。

但她不會猜到，未來的某一天，這個從鄉下出來的老姑娘，竟會成了禮部侍郎梁學識的心頭好。

那一年，遲遲不肯成親的梁侍郎，在同僚詫異的目光下，終於迎娶了他心愛的、出身低微的妻子。

——全篇完

番外三

夏日酷暑，沿著綠蔭山路往上一直走，便是附近十里八鄉最大的一處宅子。宅子內景致漂亮，平日裡只住了十餘個下人負責日常的維護，每年到了盛夏，宅子的主人就會帶著妻兒過來避暑，直至酷暑消、秋意濃方才回京。

這一年的夏日同樣的酷熱，才剛入夏，便有馬車沿著幾年前重新拓寬的山路去了宅子。宅子旁邊引入山泉，挖了一處荷塘，如今荷花開得正好，荷塘裡的水鳥聽見動靜，撲打著翅膀飛到另一頭去。

臨近荷塘的圍牆拋出了個小背囊，從牆後探出半個小腦袋，趴在圍牆上偷偷摸摸地環顧了一番，搖晃著低頭。「你撐著一些，別晃、別晃。哎哎，我要倒了，要倒了。」

如果往圍牆後看，就能看見探出腦袋的小男孩正騎在一個十餘歲的少年脖子上。少年吃力地一手扶牆，一手抓著男孩的腳踝，咬牙道：「阿娘叫你平日裡少吃點心你不聽，如今胖成這樣子，我都快托不住你了。」

一上一下兩相對視，分明是兩張極其相似的臉，只在年紀上差了那麼幾歲的模樣。

「騙人，我才不胖，阿爹說了我這樣剛剛好。」大概是真的撐不住了，少年一個晃悠，嚇得小男孩哇哇直叫。「大哥你當心些，別摔了我。」

「你別叫，小心叫阿爹、阿娘聽見了，抓你回去罰抄書。」

「那你趕緊托我一把。」

兄弟兩人扶著牆費了好一番力氣，終於叫小男孩得了助力爬上了圍牆。

見他上了牆，少年揉著差點被踩斷的肩膀無奈地鬆了口氣。不料，剛翻身下牆的小男孩突然發出「哎呀」一聲，少年一急，隔著圍牆呼喊道：「怎麼了？」

小男孩沒說話，只悶悶地應了兩聲。少年不放心，正打算繞到圍牆外看一眼情況，忽就看見一道黑熊一樣的影子躍過牆頭，穩穩地落在了面前。

少年愣愣地看著面前黑熊般粗壯的男人，再看了看騎在男人的脖子上正滿臉不高興地揪著他耳朵的弟弟，吞嚥道：「老五叔叔……」

已經成了五個孩子他爹的老五對付小孩自有一套，耳朵雖然被脖子上的小男孩揪著，也不覺得疼，看了看少年問道：「爬牆做什麼？大門開著呢！」

少年無言，男孩低頭抓了把老五的頭髮。「五叔叔你笨死了，走正門的話會讓阿爹、阿娘知道的，我是要離家出走闖蕩江湖，離家出走懂不懂？」

懂，怎麼不懂？就他家那幾個小崽子前幾天還鬧騰過一次呢，還不是出去沒兩步就被錦衣衛的弟兄們給拎小雞仔似地抓回來了。他媳婦是個能幹的，當下就拿了尺子硬生生一人給了幾下，還怪他成日橫衝直撞沒教好兒子，連帶著抱媳婦睡床的權利都被除掉了。

這麼一想，再看一臉尷尬的少年，和肩膀上鬧騰不休的小鬼，老五轉身就要往後院走。

「行吧，毛還沒長齊呢，就想著離家出走闖蕩江湖了。五叔叔今天送你回你阿娘那兒，想離家出走，還是先讓你阿爹揍你一頓吧！」

話音落下，小男孩一頓掙扎，少年無奈扶額，只好跟著老五往後院走。

後院水榭處，年輕的婦人正和同樣梳著婦人髻的女子說著話，腿上還趴著一個和男孩差不多大的小姑娘，聽見幼子的吵鬧聲，轉過頭來。「這是怎麼了？」

廣文侯及定國侯兩府，自兩位侯爺被斬殺後，府中諸人依照律法，處斬的處斬，流放的流放，不過才月餘的工夫，兩府的勢力就已經徹底在盛京之中消聲滅跡。

開國侯鍾軼心有畏懼，不久就上表朝廷，以年老體弱為由，請朝廷命長子鍾贛繼承侯位。鍾贛拒而不受，朝廷隨之准許開國侯嫡次子鍾翰繼位。

次年春，在永泰帝的主持下，鍾贛順利迎娶梁玉琢。

當年秋，梁玉琢懷上身孕。次年，誕下長子，取名稹。又過五年，梁玉琢再度懷上身孕，這一回誕下的是龍鳳胎，長女取名瑛，次子取名霈。

這些年來，梁玉琢和鍾贛一直琴瑟和鳴，家裡如同一開始說的那般，始終沒有通房、妾室；即便有人想要攀附錦衣衛的權勢，偷偷送了女子過來，也大多被鍾贛轉手扔了回去。

每年夏天，夫妻兩人都會帶著孩子回下川村的宅子避暑。如今的下川村，種的都是產量最高的糧食，因有當初和梁玉琢一道為黑谷捐糧的事，更是得了永泰帝的青眼。在赤奴被打出大雍國境後，下川村及周邊幾個村子都得到了朝廷的嘉獎。因此，對於梁玉琢夫妻倆的到來，附近的村民們都十分歡迎。

再加上，有陪同前來的錦衣衛在，梁玉琢對於三個孩子的安全一向是極其放心的；可這會兒看見騎在老五肩膀上、滿臉不樂意的幼子，她難免覺得驚訝。

「離家出走？」聽完老五的話，再等長子老實交代了事情的經過，梁玉琢挑了挑眉，伸手揪住了小兒子的耳朵。「闖蕩江湖？最近是不是又偷偷看了話本？」

「沒有、沒有。」鍾霈叫喚兩聲，又露出可憐兮兮的神情，卻沒能得到梁玉琢的同情。

「阿娘，我真沒有偷看話本，我就是……我就是想出去看看……」

梁玉琢笑笑，把兒子丟給老五，又對長子道：「身為兄長，不勸阻阿弟胡鬧，反而幫忙爬牆，這回你和阿弟一道去書房，把你阿爹寫的家訓謄抄三百遍。」

鍾贛因自幼經歷，與梁玉琢成婚後，便手書家訓，等長子開蒙就親自教導；再後來，抄家訓就成了夫妻倆教訓孩子的一個手段。

長子鍾稹孩提時也曾因頑皮被罰抄家訓，如今已經十五，又有功名在身，不想因為這麼樁糊塗事又被親娘要求罰抄家訓；至於鍾霈，正是調皮的年紀，哪裡能耐得住性子乖乖罰抄？

兄弟兩人在你看看我、我看看你中，終於迎來了鴉青送來的晚膳。

「睡著了？」哄著女兒睡下，梁玉琢直起腰看向站在一側的鍾贛。

「睡了，吵著想幫霈兒抄家訓，好不容易才哄睡著。」梁玉琢笑了笑，身後的奶娘輕輕關上房門，小丫鬟提燈走到夫妻倆的一側。「稹兒和霈兒呢？」

鍾贛牽著梁玉琢的手，大妻倆緩緩走在後院中。

「霈兒已經跟著奶娘去睡了。」

書房的燭光還亮著，梁玉琢遠遠地看向敞開的窗子，屋內書案後，已經漸漸顯出父輩英姿的長子仍在奮筆疾書。

「稹兒已經知錯，這會兒正替霈兒把剩下的幾遍家訓一起抄了。我也問過霈兒，緣何想要離家出走，妳猜他是如何說的？」鍾贛低頭，看著身旁一如從前的小妻子，低聲道：「霈兒說他要出去闖一闖，將來幫阿娘分擔生意，省得阿娘辛苦。」

梁玉琢愣了愣，忽然笑了。「這孩子……我還怕他是得知我又懷孕了，怕我不再疼他所以生氣鬧出走。」

鍾贛聞言，含笑看著她。「我們的孩子再胡鬧，心性總是好的。」

他想起那年成婚，掀開的蓋頭下是如花似玉的嬌美面容，再看著依偎在身邊，似乎時光未曾在她身上流逝的妻子，忽然低頭，吻了吻她的額頭。

見她眨了眨眼，似有些不解，又吻上她的眼角、眉梢。

「能遇著妳，能娶到妳，能和妳一輩子走下去，真好。」

——全篇完

2017年3月出版

琢玉成妻

文創風 499～500

玉不琢，不成器，
身分低微配不上他？
沒關係，待她將自己磨得發光發亮……

世態冷暖無常，兩情遠近不渝／畫淺眉

人家穿越是金枝玉葉，玉琢穿越是真的好累，
爹早逝、娘軟弱，還有個小弟要照顧，
她一面維持生計，一面和鄉里打好關係，這生活還算過得去，
但這田裡的稻子，總是長的不如意。
幸而上天眷顧，讓她結識了朝廷校尉鍾贛，
有了這貴人相助，她終於解決了收成問題。
日子漸漸寬裕，麻煩卻也接連而來，
先是鍾贛私下表露情意，可門第差距令她無法答應；
後是大戶威逼出嫁沖喜，仗勢欺人讓她滿是怒氣。
對前者，她逃之夭夭；對後者，她直言相拒，
無奈奶奶竟抬出孝字要迫她屈從，
好在他及時出手相助，讓她鬆了口氣，沒想到他卻乘機來個當眾求娶?!
既然他一片真心，她也不再逃避，
誰知半路殺出程咬金，朝他潑髒水，還要賴他負責做夫婿?!
哼！這般欺辱她的男人，她怎麼能不還點顏色？

文創風
500

琢玉成妻 下

國家圖書館出版品預行編目資料

琢玉成妻 / 畫淺眉著. --
初版. -- 臺北市 : 狗屋, 2017.03
冊 ; 公分. --（文創風）
ISBN 978-986-328-701-8（下冊 : 平裝）. --

857.7　　106000359

著作者	畫淺眉
編輯	林俐君
校對	沈毓萍　蔡佾岑
發行所	狗屋出版社有限公司
地址	台北市104中山區龍江路71巷15號1樓
電話	02-2776-5889～0
發行字號	局版台業字845號
法律顧問	蕭雄淋律師
總經銷	知遠文化事業有限公司
電話	02-2664-8800
初版	2017年3月
國際書碼	ISBN-13　978-986-328-701-8

本著作物由北京晉江原創網絡科技有限公司授權出版

定價250元
狗屋劃撥帳號：19001626
網址：love.doghouse.com.tw　E-mail：love@doghouse.com.tw